HARALD SCHNEIDER

Weinrausch

MÖRDERISCHE WEINIDYLLE Palzkis Vorgesetzter Klaus Pierre Diefenbach, der von allen nur KPD genannt wird, lädt einen Teil seiner Mitarbeiter anlässlich der Vollendung seines ersten Dienstjahres in Schifferstadt auf den Bad Dürkheimer Wurstmarkt ein. Ein Todesfall mit vergiftetem Wein am benachbarten Schubkarchstand katapultiert Palzki mitten hinein in die für ihn fremde Welt des Weingenusses. Weitere spektakuläre Todesfälle im Geilweilerhof, dem Institut für Rebenzüchtung, und in einer pfälzischen Nudelfabrik sorgen für weiteren Ungemach, bei dem Palzki schwer verletzt wird. KPD entbindet Palzki von seinen Aufgaben, doch dieser recherchiert undercover weiter. Störfeuer durch den verschrobenen Notarzt Dr. Metzger, den neuerdings auf Lyrik eingestellten Studenten Dietmar Becker und einen mysteriösen Cartoonisten lassen ihn mehr oder weniger unbeeindruckt. Nach rasanten Ermittlungen und skurrilen Erkenntnissen kommt er einem Geheimnis auf die Spur, das die internationale Weinszene nachhaltig verändern wird.

Harald Schneider, 1962 in Speyer geboren, wohnt in Schifferstadt und arbeitet in einem Medienkonzern als Betriebswirt. Seine Schriftstellerkarriere begann während des Studiums mit Kurzkrimis für die Regenbogenpresse. Der Vater von vier Kindern veröffentlichte mehrere Kinderbuchserien. 2013 wurde mit den Kindern von Reiner Palzki mit ›Die Palzki-Kids in großer Gefahr‹ eine eigene interaktive Kinderbuchreihe bekannt. Seit 2008 hat er in der Metropolregion Rhein-Neckar-Pfalz den skurrilen Kommissar Reiner Palzki etabliert, der neben seinem mittlerweile elften Fall ›Weinrausch‹ in zahlreichen Ratekrimis in der Tageszeitung Rheinpfalz und verschiedenen Kundenmagazinen ermittelt.

Bisherige Veröffentlichungen im Gmeiner-Verlag:
Wer mordet schon in der Kurpfalz? (2014)
Tote Beete (2014)
Ahnenfluch (2013)
Künstlerpech (2013)
Pilgerspuren (2012)
Palzki ermittelt (2012)
Blutbahn (2012)
Räuberbier (2011)
Wassergeld (2010)
Erfindergeist (2009)
Schwarzkittel (2009)
Ernteopfer (2008)

HARALD SCHNEIDER

Weinrausch

Palzkis elfter Fall

GMEINER SPANNUNG

Personen und Handlung sind frei erfunden.
Ähnlichkeiten mit lebenden oder toten Personen
sind rein zufällig und nicht beabsichtigt.

Besuchen Sie uns im Internet:
www.gmeiner-verlag.de

Im Ehnried 5, 88605 Meßkirch
Telefon 07575/2095-0
info@gmeiner-verlag.de

1. Auflage 2015

Lektorat: Claudia Senghaas, Kirchardt
Herstellung: Mirjam Hecht
Umschlaggestaltung: U.O.R.G. Lutz Eberle, Stuttgart
unter Verwendung eines Fotos von: © WG Herxheim am Berg
Druck: GGP Media GmbH, Pößneck
Printed in Germany
ISBN 978-3-8392-1686-6

Im Wein sind Mühe, Winzers Fleiß.
Im Wein sind Sonne, Sorg' und Schweiß.
Im Wein ist Erde neu erstanden.
Im Wein ist Geist aus Väters Landen.
Im Wein sind Schöpfung, Hoffen, Bangen.
Im Wein sind Jahre eingefangen.
Im Wein sind Wahrheit, Leben, Tod.
Im Wein sind Nacht und Morgenrot
und Jugend und Vergänglichkeit.
Im Wein der Pendelschlag der Zeit.
Wir selbst sind Teil von Wein und Reben.
Im Weine spiegelt sich das Leben.

Roland Betsch, 1888–1945

INHALT

VORWORT

Guten Tag. Es freut mich, dass Sie wieder dabei sind und sich für das neueste Abenteuer unseres Kommissars Reiner Palzki interessieren. Ich verspreche Ihnen die eine oder andere Überraschung.

Falls Sie zum ersten Mal einen Palzki-Roman in den Händen halten: Seien Sie gewarnt! Wenn Sie der Titel oder das Cover angesprochen haben und Sie in diesem Buch tiefgründiges Fachwissen rund um den Wein erwarten, vergessen Sie es. Schließen Sie das Buch und verschenken Sie es. Sie machen damit gleich zwei Menschen eine Freude. Das Gleiche gilt, wenn Sie das Stammpersonal der Palzki-Reihe unsäglich finden oder sich in der Vergangenheit an angeblichen Rechtschreibfehlern gestört haben (Thema Rote Bete in *Tote Beete*).

Ich will damit aber nicht sagen, dass Wein in all seinen Formen nur oberflächlich eine Rolle spielt. Nein, dieser Krimi ist tief darin verwurzelt. Er bietet gewisse Einblicke in die Weinbranche, allerdings nicht aus Sicht eines Fachbuches. Dennoch bin ich mir sicher, dass nicht nur Reiner Palzki in den folgenden Ermittlungen den einen oder anderen Aha-Effekt erleben wird, sondern auch Sie. Als Wein-Laie konnte ich völlig unbedarft in die Materie eintauchen und das komplexe Thema Wein mit seiner unendlichen Vielfalt und meiner unendlichen Fantasie anreichern. Vielleicht halten auch Sie nach der Lektüre inne und überlegen, wo die Realität aufhört und die Fantasie beginnt. Die Übergänge sind fließend, die Wahrheit wird erst die Zukunft zeigen.

Das, wie oben schon beschrieben, komplexe Thema Wein konnte ich auch dieses Mal nur mit zahlreichen Helfern meistern. Ich bin überwältigt, wie intensiv ich unterstützt wurde. In der Danksagung am Ende des Romans finden Sie Details. Nur mithilfe dieser Personen gelang es, sämtliche Orte und viele Informationen zum Wein in diesem Buch authentisch zu beschreiben. Und vielleicht fällt Ihnen die eine oder andere Ähnlichkeit der handelnden Personen mit tatsächlich existierenden Menschen auf, selbst wenn der Name verfremdet wurde. Sie wissen ja: Die obligatorische Mitteilung vor dem Roman, dass sämtliche Personen frei erfunden sind, trifft auf die Palzki-Reihe nicht immer zu.

Ich wünsche Ihnen viel Spaß.

Harald Schneider

KAPITEL 1
EIN JAHR KPD

Es hätte so ein schöner Tag werden können.

Ich verfluchte den Plan von der ersten Sekunde an. Vor ein paar Jahrmilliarden war es in der ersten Sekunde mit einem Urknall und ein paar chemischen Reaktionen getan. Eben gab es auch einen Knall, doch der tat höllisch weh. Die Scheibe war um mehrere Härtegrade stabiler als meine Stirn, die es sich gerade überlegte, aufzuplatzen oder mit einer optisch entstellenden Beule zu reagieren. Das gleichzeitig einsetzende Geräusch war ähnlich schmerzhaft und hatte die gleiche Wirkung wie eine komplette Schulklasse, die mit ihren Fingernägeln über die Tafel quietschte. Mein Kopf versuchte, sich wie ein Pullover umzustülpen, was evolutionsbedingt nicht trivial war.

Weitere Bewegungen übelster Art kamen hinzu: So musste das Leben einer Sprungfeder sein. Meine Gleichgewichtsorgane stellten ihren Dienst ein und schickten ein Notsignal an das Gehirn, das unaufgefordert einen Halskloß in Medizinballgröße produzierte. Jeden Moment würde mir die vorhin gegessene Pizza »Mit allem ohne Fischzeug« noch mal durch den Kopf gehen.

Erneut knallte ich mit voller Wucht an die Scheibe, und unmittelbar danach wurde ich zurück in den Sitz geworfen.

Ein diabolisches Lachen ertönte. »Ah, jetzt habe ich den Gang gefunden.«

Ich schielte mit letzter Kraft nach links und sah, wie

sich ein Fuß nicht darüber einig war, welches das Gas- und welches das Bremspedal war.

Ein letzter Ruck und der Polizeitransporter schoss wie eine Rakete vom Parkplatz hinter unserer Dienststelle auf den viel befahrenen Waldspitzweg.

KPD, wie wir unseren Dienststellenleiter Klaus P. Diefenbach nannten, saß auf dem Fahrersitz des Polizeitransporters. Dem nicht genug, musste er ihn auch noch selbst fahren. Das Schlimmste aber: Ich saß in dem Transporter und war dem fahrerischen Unvermögen meines Vorgesetzten hilflos ausgeliefert. Nie im Leben würden wir diesen Höllentrip überstehen, auch wenn wir kürzlich erst eine Fahrt mit ihm mit knapper Not überlebt hatten. Mein seit Jahrzehnten persönlich ausgeheckter Plan, in vielen Jahren an Altersschwäche zu sterben, wurde nahezu undurchführbar. KPD schien dies wenig zu beeindrucken. Er begann zu singen.

»Mir sinn die Tramps vun de Palz, uns steht des Wasser immer bis zum Hals.«

Während er singend zum zweiten Mal den Verkehrskreisel am Ende des Waldspitzwegs umrundete, blickte er nach hinten, zu den ebenfalls durchgeschüttelten Kollegen. »Singen Sie zur Einstimmung ruhig ein wenig mit. Sie kennen doch den Text dieses fröhlichen Liedes von Tony Marshall?«

Inzwischen hatte er einen Ausgang des Kreisels gefunden. Aus dem Fond meldete sich meine Kollegin Jutta Wagner.

»Wie wäre es, wenn ich das Steuer übernehme, Herr Diefenbach? Dann können Sie ungestört Ihren musikalischen Neigungen frönen.«

KPD drehte sich schwerfällig auf seinem Sitz herum, ohne das Gaspedal zu entlasten.

»Das geht nicht, Frau Wagner«, beschied er ihr. »Wie sieht das aus, wenn ich eine Frau fahren lasse und untätig danebensitze? Ich bin halt mal ein guter Chef.«

In letzter Sekunde konnte ich das Lenkrad herumreißen, sonst hätte der Kirchturm der Gustav-Adolf-Kirche ein statisches Problem davongetragen. Wegen meiner mutigen Reaktion ließ es sich allerdings nicht vermeiden, die hinter der Kirche befindliche Ampelanlage bei Rot zu überfahren. Glücklicherweise gab es keinen Querverkehr aus der Lillengasse.

KPD hatte diesen Beinahe-Crash nicht einmal bemerkt. Zornig fuhr er mich an: »Lassen Sie das, Herr Palzki. Heute fahre ich!«

Während unser Chef seinen Gesang wieder aufnahm, atmete ich tief durch und schloss die Augen. Die Wahrscheinlichkeit lag hoch, dass ich dieses das letzte Mal in meinem Leben tat.

Wie hatten wir es nur fertiggebracht, den Dienststellenleiter der Schifferstadter Kriminalinspektion ein ganzes Jahr lang zu ertragen, ohne uns wie in der Legende der Lemminge geschlossen über eine Klippe zu stürzen?

Tatsächlich war es erst ein Jahr her, seit KPD an unsere Dienststelle strafversetzt wurde und das Regiment übernahm. Nichts war mehr wie vor einem Jahr. Nur zwölf Monate, gefühlt dauerte diese, nach meiner Schulzeit zweitschrecklichste Lebensepisode, mindestens das Zehnfache.

Ein Jahr Dienststellenleiter, das musste natürlich gefeiert werden. In wenigen Tagen fand die offizielle Feier statt, zu der KPD nicht nur das Palatinum in Mutterstadt, ein großes Veranstaltungshaus, mietete, sondern sämtliche, ihm habhafte A-, B- und C-Prominente der Region eingeladen hatte. Da er ständig damit angab, welch guter Chef er sei, kam ihm die Idee, auch seinen Mitarbeitern etwas Gutes anzutun. Statt uns mit einer Woche Sonderurlaub wirklich zu überraschen, beschloss er, einen Ausflug mit uns zu unternehmen. Da ihm dieser Ausflug für alle Mitarbeiter zu kostspielig geworden wäre, die Mietpreise und das Catering für das Palatinum waren schließlich nicht ohne, lud er für den heutigen Samstag nur eine Handvoll Beamte ein, die danach ihren Kollegen von dem Abend berichten sollten. Da sich niemand freiwillig meldete, um an KPDs zweifelhaftem Ausflug teilzunehmen, deutete er ein paar seiner Untergebenen heraus. Neben Jutta Wagner und Gerhard Steinbeißer war auch ich einer der betroffenen Beamten.

»Herr Palzki«, sagte er bei der Besprechung, auf der er seine Pläne bekannt gab, »Sie dürften am meisten davon profitieren, mal einen ganzen Abend in meiner Nähe zu sein. Da können Sie viel lernen.«

Als er am Ende der Salierstraße wegen des Verkehrs auf der Speyerer Straße nicht schnell genug abbiegen konnte, schaltete er kurzerhand das Sondersignal ein und fuhr los. Die quietschenden Reifen des gegnerischen Wagens waren nur zu erahnen.

»Sind die Transporter nicht schallgeschützt?«, fragte KPD. »Der Lärm ist infernalisch.« Er schaltete das Signal aus, und meine Ohren begannen zu klingeln wie früher die Schrotthändler, die durch die Straßen fuhren und ständig ›Lumpe, alt Eise‹ riefen.

Wie durch ein Wunder erreichten wir die A 61 ohne weiteres Eingreifen meinerseits. KPD hatte sich an den großen Transporter, der ganz anders auf der Straße lag als sein luxuriöser Dienstwagen, ein wenig gewöhnt. Die drei oder vier Sachschäden an parkenden Autos und Verkehrsschildern würde er morgen irgendwie vertuschen oder einer Person, die er nicht leiden konnte, in die Schuhe schieben.

Jeder weiß, dass es auf der Autobahn andere Gesetze gab. Hier galt das Recht des Stärkeren, das Recht des Ichs, das Recht der Fahrzeuglenker, die zu Beginn ihrer Fahrt nicht in ihr Auto stiegen, sondern es anzogen. Sie verschmolzen mit ihrem Statussymbol und eigneten sich die mutmaßlich übermenschlichen Fähigkeiten ihres Wagens an. Was oft genug schiefging. Die Friedhöfe sind voll mit Menschen, die sich im Verkehr überschätzten, und leider auch mit ihren Opfern.

Ein einzelner Polizeiwagen auf der Autobahn setzte dieses Gesetz außer Kraft. Das mag in vielen Fällen daran liegen, dass die Zielgruppe, die auf Autobahnen generell auf das Recht des Stärkeren pochte, in Flensburg ein Punktekonto pflegte, das in schriftlicher Form nur noch durch DIN A3 in Querformat zu überblicken war. Verkehrspsychologen hatten sogar einmal vorgeschlagen, Polizeiwagenattrappen an wechselnden Stellen auf die Standstreifen der Autobahnen zu stellen.

Jedenfalls kam der psychologische Polizeiwageneffekt auf Autobahnen der Fahrweise von KPD zugute. Kaum ein Autofahrer traute sich, uns zu überholen. Teilweise mag es vielleicht auch daran gelegen haben, dass KPD beide Fahrbahnspuren für sich beanspruchte, während er singend und schunkelnd den Wagen lenkte.

Eine halbe Stunde war vergangen, und wir näherten uns nicht nur dem Ziel, nein, wir waren auch einigermaßen vollständig am Leben.

»Wo wollen Sie parken?«, fragte ich optimistisch meinen Chef, da ich aufgrund der geringen restlichen Wegstrecke Hoffnung auf ein Überleben schöpfte. Da ich die desaströse Parksituation kannte, mussten wir uns wohl oder übel auf einen längeren Fußmarsch gefasst machen.

KPD winkte lässig ab. »Lassen Sie das mal meine Sorge sein, das habe ich als guter und vordenkender Chef bereits geklärt.«

Längst standen wir in einem Stau. KPD sah ein, dass auf der vollgestopften Straße das Einschalten des Sondersignals nichts nutzen würde. Wir krochen im Rollatortempo seitlich an der Bad Dürkheimer Saline vorbei, die eigentlich Gradierbau hieß.

Am folgenden Kreisel bremste er hart vor der Absperrung, die den Zugang zum Parkplatz blockierte. Die Absperrung hatte ihren Sinn, denn hier fand das größte Weinfest der Welt statt: der traditionelle Dürkheimer Wurstmarkt.

KPD ließ das Fenster herunter und winkte zwei Helfern zu, die zufällig in der Nähe standen.

»Schnell, ihr da, schiebt die Gitter zur Seite, ich muss da rein!«

Da er als Einziger von uns Uniform trug und seine Stimme äußerst autoritär wirkte, war dieses Hindernis im Nu zur Seite geräumt. KPD hatte fast freie Fahrt, wenn man von der Masse an Besuchern absah, die die Wege säumten. Wenn KPD jetzt die Pedale verwechselte, würde man in der Zeitung von den ersten Verkehrsunfallopfern auf dem Wurstmarktgelände lesen können.

Nach knapp 50 geschlichenen Metern erreichten wir eine provisorische Polizei- und Erste-Hilfe-Station. Unser Chef fackelte nicht lange und stellte den Transporter eher mehr als weniger verkehrsbehindernd direkt vor dem Zugang zu dem kleinen Gebäude ab.

Wir stiegen aus und sortierten unsere Knochen. Mein Kollege Gerhard zeigte lächelnd zu der benachbarten

Kindereisenbahn. »Da kannst du dir für die Heimfahrt gleich ein Ticket lösen, Reiner.«

KPD marschierte mit herausgestreckter Brust und wichtiger Miene zur Polizeiwache. »Warten Sie hier!«, befahl er uns.

Kaum eine Minute später war er zurück. »So, ich habe alles geklärt. Die Kollegen passen während meiner Feier auf unseren Transporter auf.«

KPD stapfte voran, und wir folgten wie eine Herde Schafe durch das Gedränge. Plötzlich blieb er stehen und stellte sich breitbeinig in Positur.

»Schauen Sie sich das einmal an! Das ist das Dürkheimer Riesenfass!«

KPD tat so, als hätte er es eigenhändig erbaut.

»Oh«, taten ein paar Kollegen belustigt, »steht das schon lange hier?«

Unser Chef, der den Sarkasmus nicht verstand, antwortete bereitwillig und spulte sein aus Wikipedia angelesenes Wissen über das Fass ab. Wir hörten wie meist nicht zu. Da ich wusste, dass das Fass ein Restaurant beherbergte, ging ich darauf zu.

»Wo, äh, wo wollen Sie hin, Palzki?«, fragte KPD irritiert.

»Ins Fass, Herr Diefenbach. Sie haben das Restaurant bestimmt für uns reserviert, oder? Alles andere wäre unter dem Niveau eines Dienststellenleiters. Habe ich recht?« Ich grinste dreist.

KPD wurde sehr kleinlaut und lief rot an. Schließlich brachen ein paar leise und schlecht verständliche Wörter durch seine zugekniffenen Lippen. »Leider habe ich keinen Platz mehr bekommen. Es wäre alles besetzt, hat man mir am Telefon gesagt. Unverschämt, dass man hier prominente Bürger abweist.«

KPD setzte auf seine altgewohnte Taktik der Ablenkung. »Ich habe aber etwas viel Besseres in petto. Lassen Sie uns zunächst eine gemütliche Runde über den Festplatz schlendern, um ein wenig die Atmosphäre zu beschnuppern.«

Unser Chef zog die Zeitungsbeilage über den Wurstmarkt aus der Tasche, die vor ein paar Tagen der Rheinpfalz-Zeitung beigelegen hatte. Interessiert blickte er auf den abgedruckten Plan.

»Hier befinden wir uns. Lassen Sie uns diesen Weg bis zum Riesenrad am anderen Ende nehmen.«

Wir folgten wortlos unserem Chef. Es war ähnlich unlustig wie ein Wurstmarktbesuch mit meiner eigenen Familie, die zum jährlichen Repertoire der Familienausflüge gehörte und für dieses Jahr noch ausstand. Grundsätzlich hatte ich nichts gegen Volksfeste und Rummelplätze. Früher, vor wenigen Jahren, also als Jugendlicher, bin ich für mein Leben gern Himalaja-Bahn gefahren. Inzwischen war ich Fahrgeschäften, bei denen man sich auf irgendeine oder gleich mehrere Arten gleichzeitig im Kreis drehte, sehr skeptisch eingestellt, um es vorsichtig auszudrücken. Meine Kinder machten sich einen Spaß daraus, mich jedes Mal zu solch einem Himmelfahrtskommando zu überreden. Wenn dann noch meine Frau Stefanie nachlegte: »Reiner, du kannst den Kindern ruhig auch mal einen Gefallen tun«, war der familiäre Druck so groß, dass ich, ohne an die Konsequenzen zu denken, in solch eine Todesmaschine stieg. Melanie und Paul verließen danach stets gut gelaunt und belustigt das Karussell, während für mich der Rest des Tages gelaufen war. Paul und Melanie waren zu meinem Glück inzwischen in einem Alter, in dem man sich eher schämt, mit einem Elternteil gemeinsam in einem Fahrgeschäft gesehen zu werden. Die einzige Fahrattraktion, die ich früher mit Todesverachtung betrachtet hatte, aber seit einem Jahr anlässlich einer Ermittlung im Haßlocher Holiday-Park schätzen gelernt habe, war das Achterbahnfahren. Einmal seine Urängste überwunden und man konnte die rasante Tal- und Bergfahrt genießen, die nichts, aber auch rein gar nichts mit den sich mehr oder weniger monoton drehenden Fahrgeschäften zu tun hatte.

Die Sache mit den Drehkarussells hatte einen kleinen Haken in Form unserer vor Kurzem geborenen Zwillinge Lisa und Lars. In zwei, drei Jahren würde das Spiel von vorn beginnen, auch wenn es zunächst harmlos mit Feuerwehrauto und Pferd anfing, die sich gemächlich im Kreis drehten.

»Da, ein Bierzelt!« Natürlich wusste ich, dass es auf diesem Weinfest ein Bierzelt gab. Aus taktischen Gründen tat ich überrascht.

»Da müssen wir rein.« Ich übernahm das Kommando, und wie selbstverständlich folgten mir meine Kollegen.

KPD, der aufgrund seiner Verblüffung mit einer kleinen Verzögerung in das Zelt trat, fragte Jutta, wie mir Gerhard später verriet, wo ich denn sei, da er mich nicht entdecken konnte. Jutta antwortete ihm, dass ich zur Theke sei, eine Palette Bier besorgen.

Für eine ganze Palette hatte es zwar aus logistischen Gründen nicht gereicht, doch mein Einkauf konnte sich sehen lassen. Die Kollegen stürzten sich wie verrückt auf das Bier. KPD war mit der Situation hoffnungslos überfordert. »Okay, ein kleines Bierchen, dann gehen wir weiter.«

Dass ich das Bier mit Diefenbachs gutem Namen bezahlte und die Rechnung nach Schifferstadt schicken ließ, erwähnte ich wegen mangelnder Relevanz meinem Vorgesetzten gegenüber nicht. Er würde es noch früh genug bemerken. Mit seinem Okay für das ›kleine Bierchen‹ hatte er die Aktion schließlich selbst genehmigt.

Nachdem wir die Magengrundlage geschaffen und die vielen kleinen Bierchen nicht mehr in ihrem Urzustand existent waren, ging es weiter zum benachbarten Riesenrad.

»Das wollte ich schon immer mal fahren«, meinte KPD und gaffte in die Höhe. »Wer fährt mit?«

Unser Chef ging zum Kassenhäuschen, zückte seinen Geldbeutel und wandte sich um. Niemand von uns war ihm gefolgt. Stattdessen kam eine Herde Jugendlicher angesprungen und stellte sich hinter ihm an.

»Mach schon, Opa!«, krakelte ein ungepflegter Minderjähriger mit gewissen Erziehungsdefiziten und einstelligem IQ, »du bist dran.« Der Homo sapiens interruptus spuckte in Richtung Kassenhäuschen.

KPD war nah dran, wie das HB-Männchen in die Luft zu gehen. Solch eine Respektlosigkeit gegenüber einem Uniformträger war er nicht gewohnt. Ich war mir sicher: Würde nicht die Feier KPDs auf dem Spiel stehen, er würde wegen diesem Frevel kurzerhand den Wurstmarkt schließen lassen. Mich trieben ganz andere Gedanken. Wenn, natürlich nur zufällig und ohne böse Absicht, das Riesenrad in ein paar Minuten eine Störung hätte, dann, ja dann …

Ich dachte meine Gedanken nicht zu Ende. KPD war mittlerweile zu dem Entschluss gekommen, dass es für ihn persönlich keine Vorteile bringen dürfte, zusammen mit den Jugendlichen in einer Gondel zu sitzen. Wortlos verließ er den Platz und kam zu uns zurück.

»In Schifferstadt gibt es so etwas nicht! Bei uns herrscht noch Zucht und Ordnung. Na ja, kein Wunder, bei dem Polizeichef hier in Dürkheim.«

Er wartete, bis die Hirnlosen in der Gondel saßen und gen Himmel schwebten. »So, jetzt fahren wir alle gemeinsam Riesenrad. Mein Budget lässt es gerade noch zu, dass ich Sie alle dazu einladen kann. Na, ist das kein Grund zur Freude?«

Kurz darauf schwebten auch wir in Richtung Gestirne. Das getrunkene Bier war dabei nicht das Problem, sondern unser Chef, der es nicht auf seinem Sitz aushielt. Trotz Verbot stand er auf und zeigte mit wichtiger Miene mal dahin und mal dorthin. Dabei stolperte er mehr als einmal über unsere Füße.

»Bis zum Odenwald kann man schauen, das ist Wahnsinn!«

Ich konnte mir eine kleine Spitze nicht verkneifen. »Sieht man auch den Pfälzerwald, Herr Diefenbach?« Angestrengt schaute ich nach Osten, in die entgegengesetzte Richtung.

Nach der zweiten oder dritten Umdrehung hatte sich KPD beruhigt. Er setzte sich hin.

»Darüber muss ich unbedingt mit Herrn Becker reden.«

Um ein Haar wäre ich freiwillig aus der Gondel gesprungen, als ich diesen Namen hörte. Dietmar Becker, von Beruf Archäologiestudent, jobbte nebenher als freier Journalist für die hiesige Tageszeitung. Dem nicht genug, schrieb er, wahrscheinlich zu Therapiezwecken, Regionalkrimis. Und zwar stets mit einer absolut unglaubwürdigen Handlung und noch viel unglaubwürdigeren Personen. Selbst unsere Dienststelle kam in seinen Romanen regelmäßig vor, auch wenn dort in Wirklichkeit nichts so war, wie Becker es beschrieb. Hinzu kam, dass der Student es schaffte, sich in unsere Ermittlungen einzuschleichen, sobald wir mal einen etwas kniffligeren Fall zu bearbeiten hatten.

»Das wird Herrn Becker gefallen.« KPD sprach weiter. »So könnte sein nächster Krimi beginnen: Sein Protagonist, der bekannte und weithin geschätzte Dienststellenleiter Klaus P. Diefenbach …« KPD drückte seine Brust heraus, da Dietmar Becker in den Krimis tatsächlich KPD als Realperson mitspielen ließ, was dem Ganzen eine zusätzliche kuriose Note verlieh. »Ja, also, ich, äh, Herr Diefenbach besucht den Wurstmarkt. Während er zufällig am Riesenrad entlangschlendert, wird eine Person aus der Gondel geschubst und fällt ihm quasi vor die Füße. Diefenbach reißt den Fall an sich und klärt den Mord wie immer im Alleingang auf. Nur gestört durch seine inkompetenten Untergebenen.«

»Super«, sagte ich kurzweg. »Auf solch eine gute Idee kommt ein Journalist niemals. Am besten ist, wenn Sie Becker unterstützen und gemeinsam mit ihm auf Recherchereise gehen. Wenn Sie beide sich in Bad Dürkheim drei oder vier Woch…, äh, Monate, einquartieren, können Sie in Beckers nächstem Krimi Land und Leute authentisch beschreiben. Glauben Sie mir, das täte seinen Krimis gut.«

KPD zierte sich. »Sicher, Herr Palzki. Ich helfe Herrn Becker immer nach Kräften. Manches missfällt mir zwar an seiner Schreibweise, doch in diesen Punkten zeigt er sich beratungsresistent.«

Genau wie du, dachte ich hasserfüllt. KPD war noch nicht fertig.

»Im Moment habe ich leider keine Zeit, da meine Jubiläumsfeier oberste Prio…«

Etwas Unappetitliches spritzte auf KPDs Rücken. Von der Gondel über uns vernahmen wir mikrohumanes Gejohle.

Jutta, die neben unserem Chef saß, hatte Mitleid und wischte die Sauerei so gut es ging mit einem Papiertaschentuch weg.

»Wenn ich die Halbstarken erwische, mache ich sie für alle ungelösten Mordfälle in unserem Zuständigkeitsgebiet haftbar«, erzürnte er sich.

»Wir haben keine ungelösten Kapitalverbrechen«, wandte Gerhard berechtigterweise ein.

»Egal«, beschied KPD. »Die nächsten 20 Jahre sehen die keinen Wurstmarkt mehr. Und auch keine anderen Rummelplätze.«

Da die jugendlichen Bildungsflüchtlinge vor uns eingestiegen waren, mussten sie auch vor uns raus. Mit ausgestreckten Mittelfingern verschwanden sie in der Masse der Wurstmarktbesucher. Ein Glück, dass es sich bei der Gruppe nur um eine Minderheit handelte, ging mir nachdenklich durch den Kopf.

KAPITEL 2
WURSTMARKT SEHEN UND STERBEN

KPD blieb nicht viel anderes übrig, als sich zu beruhigen. Er hatte das Ziel unseres Ausflugs entdeckt: Die Schubkarchstände, die allerdings nicht die geringste Ähnlichkeit mit einem Schubkarren hatten. Es handelte sich um überdachte Bretterbuden mit integriertem Ausschank. Für jeden Schubkarch war ein anderer Winzer beziehungsweise die örtliche Winzergenossenschaft zuständig. Ihren Namen hatten die Schubkarchstände von den Händlern, die in früherer Zeit mit Ihren mit Waren beladenen Schubkarren den Michaelsberg bestiegen, um dort ihre Waren zu verkaufen.

Unser Chef zog seinen Plan aus der Tasche und tippte auf ein Kreuz. »Wir müssen zum dritten Schubkarchstand. Dort habe ich einen Tisch reserviert. Das ist zwar normalerweise nicht möglich, aber ich als Dienststellenleiter habe das mit meiner gesamten Kompetenz durchgesetzt.« Beifall heischend blickte er uns an, die Reaktion fiel sehr zurückhaltend aus.

»Welches Bier haben die?«, nervte ich meinen Chef, wohlwissend, dass es hier keines gab. KPD hatte meine Frage nicht wahrgenommen, da er wieder eines seiner Wissensreferate zum Besten gab. Er zeigte Richtung Norden auf einen nicht sehr hohen Berg im Vorfeld des Pfälzerwalds.

»Das ist der Michaelsberg«, erklärte er überbetont, als hätte er den Hügel eigenhändig aufgeschüttet. »Dort oben nahm der Wurstmarkt vor ewiger Zeit seinen Anfang. Natürlich hieß er damals noch anders.«

Ich unterbrach KPD. »Dort oben ist auch ein viel besserer Platz für das Riesenrad.«

Für einen Moment war er irritiert. »Ich weiß nicht, ob es das Riesenrad damals schon gab. Soviel ich weiß, war es eher ein Markt, auf dem Wein, Wurst und Brot angeboten wurde. Die Händler, also die Bauern und die Winzer sind mit ihren Schubkarren da hochgezogen, um ihr Zeug zu verkaufen.«

»Sehr umständlich«, wandte Gerhard ein. »Erst bringt man die Ware hoch und die Kunden müssen sie später wieder nach unten bringen.«

Unser Chef nickte eifrig. »Deshalb ist der Wurstmarkt nun hier unten. Nur an die beengte Parkplatzsituation hatte man damals nicht gedacht. Aber das kann uns heute egal sein.«

Wir waren am vereinbarten Schubkarchstand angekommen. Tatsächlich war eine der Sitzgruppen komplett unbesetzt. Alle 50 Zentimeter standen, akkurat ausgerichtet, Aufsteller mit dem Text ›Reserviert für Klaus P. Diefenbach, Kripochef Schifferstadt‹ auf dem Tisch. Unser Chef strahlte. »Hier ist der Kunde anscheinend noch König. Setzen Sie sich, meine Herren. Ja, natürlich, Sie auch, Frau Wagner.« Er machte vor Jutta einen Diener, was völlig belämmert aussah.

So richtig bequem war das Arrangement nicht. Es fehlten eindeutig die Lehnen, um sich stundenlang gemütlich auf der Bank herumfläzen zu können. Wahrscheinlich gehörte das aber zum Konzept, um möglichst viele Durstige bedienen zu können.

KPD, der als Erster etwa in der Mitte des Tisches Platz

genommen hatte, erstarrte. Seine Gesichtsfarbe wich in Sekundenschnelle.

»Was ist?« Eigentlich war mir das Befinden meines Chefs egal. Da ich aber, Zufall oder nicht, dicht neben ihm stand und mich hinsetzen wollte, hakte ich nach. »Sind die Weinpreise höher, als Sie gedacht haben? Wir können gern zurück ins Bierzelt gehen.«

KPD meinte etwas anderes. »Das zahl ich sowieso aus dem Schwarzgeldetat unserer letzten Benefizaktion. Schauen Sie mal unauffällig zum nächsten Tisch.«

Ich schaute hinüber. Dort ging es heiter und beschwingt zu. Gerade rief jemand: »Auf deinen Geburtstag, Ronald!«. Eine Geburtstagsrunde, na und?

»Haben Sie ihn gesehen?«, flüsterte mir KPD mit einer dermaßen feuchten Aussprache ins Ohr, dass nicht nur mein Sinnesorgan beinahe kotzte.

Er gab selbst die Antwort. »Arnold Schiwab, der hat mir noch gefehlt.« Mit seinem Kinn deutete er in Richtung eines Kerls, der die Definition des Body-Mass-Indexes ins Absurde führte. Es waren aber nicht etwa Fettpolster, die seinen Körper aufquollen, sondern ausschließlich Muskeln. Da er nur ein T-Shirt ohne Ärmel, ein sogenanntes Muskelshirt trug, sah sein Oberkörper den Ausstellungsstücken von Gunter von Hagens Körperwelten nicht unähnlich.

»Meinen Sie den Schwarzenegger dort drüben?«, fragte ich nach.

»Schwarzenegger?« KPD verstand meine Anspielung nicht. »Ich rede von Arnold Schiwab, von seinen Untergebenen wird er Cevapcici genannt. Das darf man aber nicht zu ihm sagen, er wird schnell sauer und reagiert dann über. Ein sehr unangenehmer Mensch.«

Das soll ein Chef sein, dachte ich. Wahrscheinlich gehörte ihm ein Fitnessstudio, auch wenn ich mir nicht vorstellen konnte, in welcher Verbindung er zu unserem absolut unsportlichen Chef stand.

KPD rückte näher zu mir, gleichzeitig versuchte ich auf der anderen Seite wegzurutschen.

»Willst du dich vielleicht auf meinen Schoß setzen?«, nörgelte Gerhard. Antworten konnte ich nicht, denn schon spuckte mir mein Chef die nächste Salve ins Ohr.

»Als ich noch in Ludwigshafen arbeitete, war Schiwab ein Kollege von mir. Gleichberechtigt, stellen Sie sich das mal vor, Herr Palzki! Ein unangenehmer Bursche, schon damals habe ich mich hartnäckig geweigert, ihn zu duzen wie die anderen Kollegen.«

Die Sache wurde immer peinlicher. Alle anderen hatten längst Platz genommen und blickten uns an. Sie warteten darauf, dass KPD eine Großbestellung Alkoholika in Auftrag gab, stattdessen bearbeitete er mein linkes Ohr. Er war mir inzwischen so sehr auf die Pelle gerückt, dass man von der anderen Seite des Tisches glauben musste, er schleckte mir mein Ohr aus.

»Wissen Sie, was er jetzt macht?«, spie er mir mit hohem Druck direkt aufs Trommelfell.

»Ersatztormann beim Fußballklub Kleinniedesheim?«, riet ich in Panikstimmung. Ich hatte einen Ruf zu verlieren, warum half mir niemand?

Er schien wie so oft gar nicht zuzuhören. »Polizeichef in Bad Dürkheim! Was sagen Sie jetzt, Herr Palzki? Schiwab ist es gelungen, Dienststellenleiter zu werden. Wie das, frage ich mich. Der hat nicht den Hauch meiner Klasse. Auch so ein guter Chef, wie ich es bin, soll er nicht sein. Es kursieren die dicksten Gerüchte, vor allem seine Mitarbeiterführung soll zum Gruseln sein. Sie können froh sein, Herr Palzki, nicht in Dürkheim arbeiten zu müssen.«

Gerhard zu meiner rechten Seite hatte ein bisschen Abstand nehmen können. Sofort rückte ich nach und schob meinen Oberarm vor KPDs Oberkörper. Jetzt sah es wenigstens nicht mehr so aus, als wären wir am Kopf zusammengewachsen.

»Das müssen Sie locker sehen, Herr Diefenbach. Wir sind schließlich zum Feiern hier, Ihre Untergebenen werden in Kürze die ersten Verdursteten auf dem Wurstmarkt sein. Außerdem dreht ihr Lieblingsfeind uns den Rücken zu, der wird uns nicht einmal bemerken.«

Langsam beruhigte er sich. »Hoffen wir es. Aber Sie haben recht, ich lasse mir durch Schiwab den Abend nicht vermiesen. Selbst wenn es einen Mord geben wird, würde ich ihm keine Sekunde helfen. Im Gegenteil, ich würde ihm sogar einen meiner unfähigsten Beamten überlassen, um seine Ermittlungsarbeit zusätzlich zu torpedieren.«

»Wir haben Durst, Durst, Durst!«, sang der Rest der Mannschaft dermaßen laut und falsch, dass die andere Feiergesellschaft neugierig zu uns herüberschaute.

»Ach, wer sitzt denn da hinter mir?« Schiwab stand auf, ein Hüne. »Herr Diefenbach höchstpersönlich. Dass Sie sich aus Ihrem Territorium heraustrauen!« Er lachte orkanartig, und ich vermutete, dass die Lache im Dürkheimer Fass deutlich zu hören war.

Die Peinlichkeit war von mir auf meinen Vorgesetzten übergesprungen. Soll er selbst schauen, wie er aus dieser Affäre herauskam. Er stand halbherzig und mit einem gequälten Lächeln auf. »Ah, der Herr Schiwab«, begann er neutral. »Sind Sie auch zum Feiern hier? Ich wünsche

Ihnen viel Spaß, ich muss mich jetzt um meine Mitarbeiter kümmern.«

Dass er uns Mitarbeiter statt wie üblicherweise Untergebene genannt hatte, war uns allen aufgefallen.

KPD setzte sich wieder hin, um seinem ehemaligen Kollegen zu suggerieren, dass er zu einem längeren Small Talk keine Lust hatte.

Der Dürkheimer Kripoleiter sah es anders. »Mara, Britta, Ronald, schaut mal, das ist der Chaotenkollege, von dem ich euch erzählt habe. Nach Schifferstadt hat man ihn strafversetzt. Fragt mich aber nicht, wo das liegt, dieses Schifferstadt.« Wieder verhüllte er den kompletten Wurstmarkt mit seiner Lache.

KPD versuchte sich zu retten. »Jaja, immer zu Scherzen aufgelegt, der ehemalige Kollege.« Er tat das einzig Vernünftige: Er wandte sich vom Nachbartisch ab und uns zu. »Dann wollen wir uns mal was zu trinken gönnen. Will jemand eine Schorle oder nehmen wir alle puren Wein?«

»Keine Schorle«, brüllten alle wenig synchron. »Wasser haben wir daheim genug.«

KPD schien das zu gefallen. »Ich bin auch strikt dagegen, den kostbaren Rebensaft mit Wasser zu verdünnen. Ein Frevel, wenn Sie mich fragen. Sollen wir es nach alter Wurstmarktsitte halten und die gefüllten Dubbegläser durch die Reihe gehen lassen?«

Dubbegläser waren eine tolle Erfindung. Es handelte sich um konisch geformte Gläser, die mit zahlreichen daumenkuppengroßen Dellen versehen waren, die man in dieser Region Dubbe nannte. Mittels dieser Dubben gelang es dem promillegeplagten Weintrinker in höhere Sphären als auf anderen Weinfesten vorzudringen, weil die besagten Dubben ein Entgleiten in Richtung Erdmittelpunkt in den meisten Fällen zuverlässig verhinderte. Die von fast allen Pfälzern beherrschte Kunst lag darin, den optimalen Zeitpunkt zu finden, um mit dem Trinken aufzuhören. Also etwa eine knappe Minute, bevor das Dubbeglas entgleiten würde. Dass manche Zeitgenossen diesen Zeitpunkt fälschlicherweise mit noch tolerierter Fahrtüchtigkeit gleichsetzten, konnte man an der höheren Nachfrage nach Monatsfahrkarten in der Zeit nach dem Wurstmarkt verifizieren.

Die von KPD angesprochene Sitte, die gefüllten Gläser durch die Reihe gehen zu lassen, damit jeder daraus trinken konnte, förderte sicherlich das Gemeinschaftsgefühl. Mit meinen Kollegen hätte ich damit auch keine Probleme. Dass es mich dennoch schüttelte, lag an KPD. Ich war dabei, mein vollgespucktes linkes Ohr mit einem Taschentuch trockenzulegen. In Kombination mit seinem Vorschlag drückte es mir einen ekelhaften Kloß in den Hals. Zum Glück intervenierte Jutta.

»Herr Diefenbach, am besten kriegt jeder sein eigenes Glas. Es gibt immerhin mehrere Sorten und die meisten haben ihr Lieblingsbier, äh, ich meine, Lieblingswein. Wir können auch so gegenseitig von allen Sorten probieren.«

Unser Chef war einverstanden. Zwei Kollegen erklärten sich bereit, die Getränke zu organisieren. Kurz darauf kamen sie mit zwei Tabletts voller Dubbegläser zurück.

»Alles außer Schorle«, brüllten sie über den Tisch. »Bedient euch.«

»Und welche Sorten sind das?«, fragte KPD unschlüssig.

»Alles durcheinander«, entgegnete einer der beiden Weinholer. »Wir wollen mal sehen, wer die meisten Sorten erkennt.«

Unser Chef setzte sich gerade hin. »Als Weinkenner kann mir niemand das Wasser reichen. Dann wollen wir mal.« Er nahm sich das ihm am nächsten stehende Dubbeglas mit Weißwein. Zunächst betrachtete er es ausführlich, was einen Kollegen zu der Frage veranlasste, ob er die Dubben zählen würde.

»Das muss ein sehr guter Tropfen sein«, begann er mit seiner Analyse. »Der liegt fehlerlos im Glas. Optisch einwandfrei.« Jetzt hängte er seinen Zinken über den Wein und sog die Luft ein, als würde er sich eine Linie Kokain ziehen. »Ah, diese Vielfalt. Das kann nur ein ...«, er schielte zum Plakat, auf dem die erhältlichen Sorten aufgelistet waren. »Obwohl, um ganz sicherzugehen, werde ich einen Schluck trinken. Normalerweise kann ich den Wein aber so unterscheiden, meist auch nach Jahrgang.«

»Ich kann sogar nach sauer und süß differenzieren«, quatschte ich blöd dazwischen.

KPD sah mich konsterniert an, ließ sich aber nicht aus der Ruhe bringen. Er nahm einen homöopathischen Schluck und hielt das Dubbeglas vor sich in die Luft. Dabei schmatzte er unappetitlich. Die beiden Kollegen, die den Wein geholt hatten, grinsten sich gegenseitig an.

»Dass es solch einen edlen Tropfen auf dem Wurstmarkt gibt, hätte ich nicht für möglich gehalten«, analysierte unser Chef weiter. Wir hatten den Eindruck, dass er selbst glaubte, was er uns erzählte.

»Kaum zu glauben, dass dieser Wein von manchen als Schorle missbraucht wird. Bei diesem Tropfen kann es sich nur um ...«

Der Rest des Satzes ging in einem Aufschrei unter. Am Nachbartisch brach die Hölle los. Alle waren von ihren Sitzen aufgeschreckt, und nicht wenige schrien, als ginge es um das eigene Leben. Zunächst war kein Grund für dieses Verhalten erkennbar. KPD schwankte zwischen Neugier und Desinteresse. Jutta, die mir gegenübersaß, konnte den Grund der Aufregung als Erste entdecken. Eine Frau war mit ihrem Oberkörper auf dem Tisch zusammengebrochen.

Der Mann zu ihrer Rechten, es war das Geburtstagskind mit dem Vornamen Ronald, so viel hatte ich vorhin mitbekommen, schüttelte die Dame. »Britta, was ist los mit dir?« Als sie nicht antwortete, ergänzte er in Richtung der anderen Anwesenden: »Sie ist bewusstlos, wir brauchen einen Notarzt.«

Während jemand telefonierte, drängelte sich Jutta zwischen die Bewusstlose und das Geburtstagskind. Sie drehte die Frau so gut es ging zur Seite und fühlte an der Halsschlagader. Erschrocken blickte sie auf. »Sie ist tot.«

Während die Gesellschaft rund um den Dürkheimer Kripochef mehr oder weniger im Weg stand, legte Jutta mit zwei Kollegen die Tote komplett auf den Tisch und begann mit Wiederbelebungsmaßnahmen. Es vergingen höchstens drei Minuten, bis mehrere Sanitäter auftauchten und übernahmen.

Inzwischen hatte sich eine unüberschaubare Menschenmenge gebildet, die den Schubkarchstand umzingelt hatte. Wir Schifferstadter saßen nicht mehr auf unserem Platz, sondern standen neben dem Ort des Geschehens und kamen uns irgendwie überflüssig vor.

»Gehen wir?«, fragte KPD irgendwann, was ich für eine vernünftige Idee hielt, auch wenn sie von meinem Chef kam. Vielleicht könnten wir ihn zum Bierzelt lotsen.

Ein letzter Blick zum Notarzt, der kurz nach den Sanitätern eingetroffen war. Er stand mit wichtiger Miene neben der Toten und sagte: »Ich muss die Polizei rufen, hier liegt eindeutig Fremdverschulden vor. Bitte sorgen Sie dafür, dass niemand den Platz verlässt.« Dass unser Chef Uniform trug, bemerkte er nicht.

KPD hatte den Notarzt ebenfalls gehört. »Mord?«, fragte er mehr zu sich selbst. »Das hätte ich diesem Schiwab nun doch nicht zugetraut. Obwohl …«, er brach mitten im Satz ab.

Neugierig, wie die meisten Beamten halt mal sind, drängten wir näher zum Tatort. Der Dürkheimer Kripoleiter gab sich gegenüber dem Notarzt zu erkennen und rief eigenhändig die zuständigen Beamten an.

Den Tatort einfach zu verlassen, war jetzt natürlich nicht mehr möglich. Unsere Zeugenaussagen dürften zwar wenig hilfreich sein, die Beurteilung darüber sollten aber die hiesigen Beamten treffen. Hoffentlich dauerte es nicht so lang, dachte nicht nur ich. Der bierbedingte Alkoholspiegel tendierte längst wieder in Richtung Nachweisgrenze, und zum Weintrinken war niemand gekommen.

Während sich unser Chef bei den inzwischen eingetroffenen Kripobeamten unauffällig einschleimte, um Näheres zu erfahren, verrieten uns die beiden Weinholer ein kleines Geheimnis.

»Wir haben doch vorhin gesagt, dass wir keine Schorle besorgt haben. Das war gelogen. Eine Schorle war dabei, nämlich die, die KPD genommen hat.«

Wir lachten ausführlich über unseren Weinkennerschauspieler. Eigentlich war es nicht zum Lachen, da wir solchen Kapriolen tagtäglich im Dienst ausgesetzt waren.

Ich entdeckte, dass sich unser Chef mit seinem Dürkheimer Pendant unterhielt. Da ich darauf spekulierte, bei diesem Gespräch etwas zu erfahren, was ich gegen KPD einsetzen konnte, näherte ich mich unauffällig.

»Ich habe darauf bestanden, dass Ihre Anwesenheit in die Akte mit aufgenommen wird, Herr Diefenbach«, sprach der Muskelprotz in ziemlich hochnäsigem Ton. »Das ist schließlich per se schon verdächtig. Mich würde es nicht wundern, wenn Sie Britta Zapfenstreich persönlich kennen.«

»Ich habe sie nicht umgebracht«, empörte sich KPD mehr oder weniger hilflos. »Ich kannte sie nicht einmal. Außer Ihnen, Herr Schiwab, kenne ich überhaupt niemanden von dem Tisch, an dem Sie gesessen haben.«

Der Dürkheimer Kripoleiter lachte mit seiner dröhnenden Stimme. »Kommen Sie, Herr Diefenbach, tun Sie nicht so, als würden Sie unsere Bürgermeisterin Frau Wilma Bier und den Marktmeister Ronald Hop nicht kennen.« Er überlegte kurz und ergänzte: »Tut mir leid, wenn ich Sie überschätzt habe, mein Lieber. Es kann sich schließlich nicht jeder in den höheren Kreisen bewegen. Ich werde den Fall jedenfalls bis spätestens Montag aufgeklärt haben. Immerhin war ich Tatzeuge, und die Zahl der potenziellen Täter ist nicht allzu hoch.«

KPD schluckte zunächst eine Weile vor sich hin, doch dann wehrte er sich: »Vielleicht waren Sie es selbst, Herr Schiwab. Haben Sie der Frau unauffällig etwas ins Glas geschüttet?«

Ich ließ die beiden Freunde allein. Mehr als weitere gegenseitige Beleidigungen würde ich sowieso nicht erfahren. Der Todesfall ging uns nichts an, wir waren nur zufällig zum Zeitpunkt der Tat in der Nähe. Da außer KPD niemand jemanden von der Geburtstagsgesellschaft kannte, konnten wir eigentlich an einem anderen Ort weiterfeiern. Schließlich wurden zu jeder Minute irgendwo auf dieser Welt Menschen ermordet.

Der Verkauf an dem Schubkarchstand war längst eingestellt. Das Personal stand in Gruppen herum und tratschte. So langsam bekam ich Durst. Die immer noch gefüllten Weingläser auf unserem Tisch wollte ich, warum auch immer, nicht anrühren. Bier würde ich hier sowieso nicht bekommen, daher fragte ich an der Theke übergangsweise nach einer alkoholfreien Flüssigkeit.

»Wasser hän mer«, entgegnete eine junge Dame im Studentenalter im hochpfälzischen Dialekt auf meine diesbezügliche Frage. »Mit oder ohne Musik?«, fragte sie nach, was ich als Eingeweihter mit der Frage nach Kohlensäure übersetzte.

Ich nahm mein Musikwasser und bedankte mich. »Für heute dürfte bei Ihnen Feierabend sein. Wahrscheinlich dürfen Sie erst morgen wieder ausschenken.«

Mühsam brachte sie ein kleines Lächeln zustande. »Dess is jetzert a fascht egal. Wahrscheinlich schenke mei Eltre dess Johr sowieso zum letzte Mol uffem Worschtmarkt aus.«

Aha, da hatte ich sogar die Juniorchefin vor mir stehen. »Wollen Ihre Eltern das Weingut verkaufen?« Das mit dem Weingut war natürlich nur ins Blaue geraten.

Sie schüttelte den Kopf und zog eine Grimasse. »Dess net, es stehe awer einschneidende Veränderunge des Worschtmarkts a. Niemand weeß ebbes Genaues, awer wenn sich nur ähn kläne Deel vun de Gerüchte als wohr rausstelle, dann gut Nacht.«

»Annette, kommst du bitte mal?«

Meine Gesprächspartnerin drehte sich zur Seite und rief: »Ich kumm, Papa.« Und zu mir gewandt: »Entschuldige Se bitte.«

KAPITEL 3
DER AUFTRAG

KPD war völlig am Boden zerstört.

»Die haben mich wie einen Schwerverbrecher behandelt«, echauffierte er sich, als wir eine Stunde später im Weindorf beisammensaßen. Es war uns nicht gelungen, in das Bierzelt zu kommen, da es gnadenlos überfüllt war. Stattdessen saßen wir nun im gemütlichen Ambiente und tranken Wein. Ja, auch ich hatte ein Glas vor mir stehen mit dem süßesten Rebensaft, den es hier gab. Die süße Weinschorle, die ich bestellen wollte, also halb Wein, halb Zitronenlimonade, verweigerte mir die Bedienung. »So ähn Scheiss gibt's bei uns net.«

»Ich musste tatsächlich meinen Personalausweis zeigen«, fuhr KPD fort. »Das hat dieser Schiwab eingefädelt, um mich zu ärgern, da bin ich mir hundertprozentig sicher. Ach was, sogar absolut sicher.«

Er stürzte sein drittes, oder war es bereits sein viertes Glas, auf ex hinunter. Von dem Weingenießer und Kenner Diefenbach war nichts mehr übrig geblieben.

Nachdem er sich genügend aufgeregt hatte, wurde es interessanter. KPD erzählte Geschichten aus seinen Jugendjahren. Leider war alles, was er von sich gab, juristisch längst verjährt.

»Mit so etwa 19 Jahren war ich mit ein paar Freunden mit einer Jugendgruppe im österreichischen Bruck in der Nähe von Zell am See«, begann er einen weiteren Streich zum Besten zu geben. »Wir waren in einem alten Bauernhof am Hang einquartiert. Mit dem Horst, der Name tut jetzt nichts zur Sache, bin ich eines Tages den Berg hochgelaufen. Da haben wir ein kleines Pumpwerk, das von einer Quelle gespeist wurde, entdeckt. Seltsamerweise war das Gebäude nicht verschlossen. In unserem jugendlichen Leichtsinn haben wir ein paar große Schieber zugedreht, uns aber nichts dabei gedacht.«

KPD lachte ausgiebig, bevor er fortfuhr. »Als wir zum Bauernhof zurückkamen, kamen uns ein paar entgegen und meinten, dass das Mittagessen ausfällt, da es kein Wasser gibt. Im gleichen Moment kam jemand aus dem Haus, der den Kopf voll eingetrocknetem Shampoo hatte. Da blieb uns nichts anderes übrig, als wieder hochzugehen und die Schieber zu öffnen. Später haben wir erfahren, dass aus dieser Quelle die gesamte Wasserversorgung des Berghangs bis zum Tal gespeist wurde.«

KPD war also auch mal jung. Dies war eine der Erkenntnisse des Abends, der trotz der Anwesenheit KPDs lustig endete. Selbst Jutta empfand dies so, auch wenn sie freiwillig auf das Trinken von Alkohol verzichtet hatte, um ihre lieben Kollegen zielsicher heim nach Schifferstadt zu bringen. KPD machte nur einen kleinen Versuch, selbst zu fahren. Nachdem er beim Einsteigen die Fahrertür des Transporters knapp verfehlt und anschließend an das linke Vorderrad gereihert hatte, konnten wir ihn zu einem Logenplatz auf der hintersten Bank überreden.

Die Nacht dauerte gefühlt weniger als eine Sekunde.

»Steh endlich auf, du fauler Sack!«, rief mir mein Sohn Paul zu, der wie üblich mit einem Hechtsprung auf meiner vollen Blase landete.

Man kann nicht sagen, dass ich gestern Abend viel Alkohol getrunken hatte. So ganz genau wusste ich es allerdings nicht. Den für mich ungewohnten Wein habe ich mit Sicherheit nicht abgepumpt. Im Laufe des Abends, wir saßen immerhin einige Stunden im Weindorf beisammen und amüsierten uns über KPDs Geschichten, kamen ein paar Gläser zusammen. Irgendwann hatte ich den Überblick verloren. Und genauso fühlte ich mich im Moment auch. Ich beschloss, das Familienleben für heute sausen zu lassen und eine private Krankmeldung vorzulegen.

»Lass das, Paul, mir geht es nicht gut.«

Statt einer Antwort zog er mir das Deckbett weg. »Boah, wie es hier stinkt«, meinte er. »Steh jetzt endlich auf, alter Mann.«

Stefanie erschien im Türrahmen und grinste über den Kommentar unseres Sohnes. »Na, dann komm schon, alter Mann«, zog sie mich zusätzlich auf. »Das Mittagessen steht auf dem Tisch.«

»Muss das wirklich sein, Mama?«, mischte sich Paul ein. »Wir können doch nachher ein paar Bratwürste und so essen.«

Stefanie lachte. »Das ›und so‹ hast du von deinem Vater geerbt. Kommt jetzt beide in die Küche, es gibt mit Käse überbackenen Gemüseauflauf.«

Meine Gedanken waren noch nicht so hundertprozentig klar. »Von was redet ihr da? Mittagessen, Bratwürste?«

Paul zog eine saure Miene auf. »Sag bloß, du willst dich wieder vor dem Wurstmarkt drücken? Du hast es uns versprochen, dass wir heute hingehen.«

Wurstmarkt, da war doch etwas, dachte ich. Seit ich vor zwei Minuten aufgeweckt wurde, war ich in der ›Niemehr-Alkohol‹-Phase, die ich seit Jahrzehnten nicht mehr hatte. Und die war im Moment gleichbedeutend mit der ›Nie-mehr-Wurstmarkt‹-Phase.

»Ich bin krank«, stöhnte ich so mitleidserregend wie nur irgendwie möglich.

Stefanie schaute mich tief an. »Krank? Von wegen! Weißt du, wer dich heute Nacht ins Bett geschleift hat? Deine Kollegen haben dich an die Haustür gelehnt, Sturm geklingelt und sind dann abgehauen. Es war keine schöne Aufgabe, um 4 Uhr heute Morgen das Eingangspodest nass aufzuwischen, nachdem du im Bett warst und vor dich hin geschnarcht hast.«

Ich überlegte, ob das wirklich wahr sein konnte. Tatsächlich wusste ich noch, wie wir auf der Heimfahrt KPD aus dem Transporter zogen und mitten auf den Verkehrskreisel am Schifferstadter Ortsausgang in Richtung Speyer setzten. Irgendjemand hat dann die Kollegen von der Schutzpolizei angerufen. Aber wie kam ich danach heim? Hat mir die frische Luft solch einen Schlag verpasst?

»Tut mir leid, ich bin trotzdem krank.«

Paul zeigte dafür kein Verständnis. Nach einer kurzen Auszeit kam er mit einer gefüllten Wasserspritzpistole zurück. Aber keine, wie ich als Kind hatte, sondern eine Magnum-Gigant-Größenwahn-Size mit Neuschwansteinaufkleber und einem Hektoliter Fassungsvermögen. Seine Mutter konnte gerade noch rechtzeitig intervenieren, bevor wir unser Schlafzimmer zur Badelandschaft umwidmen mussten.

Mit heftigem Brummschädel unternahm ich ein paar Aufstehversuche und wusste auf einmal, wie Einstein auf seine Theorie mit den gekrümmten Dimensionen gekommen sein musste.

Der Duft des Käseauflaufs verbesserte mein Befinden nicht. Paul und seine ältere Schwester Melanie saßen bereits unglücklich am Tisch und frönten erfolglos ihrer Gemüse-Aversion.

»Ich muss erst duschen«, beschied ich meiner Familie und ging auf dem einigermaßen kürzesten Weg ins Bad. Die Dusche bewirkte zwar keine Wunder, aber immerhin fühlte ich mich danach einigermaßen passabel.

»Ich habe dir deinen Teil in den Kühlschrank gestellt«, sagte meine Frau mit einem ironischen Unterton, als ich im Jogginganzug wieder auftauchte. »Ich wärme dir den Auflauf heute Abend auf.« Sie schaute an mir herunter. »So willst du aber hoffentlich nicht auf den Wurstmarkt gehen, oder?«

Falls Sie zufällig meine Frau kennen, wissen Sie, dass ich nicht den Hauch einer Chance hatte. Eine halbe Stunde später machten wir uns auf den Weg. Selbst unsere wenige Wochen alten Zwillinge Lisa und Lars lagen friedlich jauchzend in ihren Babykörbchen.

Das Interesse meiner Familie lag nicht im Besuch der Schubkarchstände oder des Weindorfes. Auch das Bierzelt konnte mir heute gestohlen bleiben. Gegen den Protest meiner Frau stopfte ich die beiden Großen an diversen Imbissbuden und Süßigkeitsständen voll. »Wurstmarkt ist nur einmal im Jahr«, begründete ich die Aktion, an der ich rege partizipierte. Auch wenn er über zwei Wochenenden ging, besuchten wir ihn jedes Jahr nur am ersten Sonntag. Das konnte man inzwischen durchaus als Familientradition titulieren.

Lisa und Lars war der Rummel absolut egal. Paul und Melanie wollten alle Fahrgeschäfte ausprobieren. Am besten gleichzeitig. Mir war das, von der Belastung der Geldbörse abgesehen, egal. Sie waren schließlich alt genug, um ohne mich zu fahren. So dachte ich jedenfalls, bis wir vor einem besonders brutalen Fahrgeschäft standen, dessen Funktion ich nicht kapierte.

»Das will ich auch fahren«, rief Paul begeistert. Ich drückte ihm und seiner Schwester Geld in die Hand.

»Da musst du mit«, sagte er. »Unter Zwölfjährige nur in Begleitung Erziehungsberechtigter, steht da auf dem Schild.«

Dieses Schild änderte schlagartig meine Meinung. Doch egal, welche Argumente ich vorbrachte, immer hörte ich die abwertende Antwort ›macht doch nichts, komm endlich‹.

Stefanie war mir keine große Hilfe, im Gegenteil. Leicht boshaft setzte sie sich sogar für die Belange der beiden ein. »Na, mach schon, Reiner. Du bist schon ganz andere Sachen gefahren. Sogar die GeForce-Achterbahn im Holiday-Park.«

»Da weiß man aber, was passiert«, konterte ich und zeigte auf das seltsame Fahrgeschäft, das sich immer noch nicht in Bewegung gesetzt hatte, seit wir hier standen. »Lasst uns erst mal eine Runde zuschauen.«

»Feigling, Feigling«, schrien Paul und Melanie über den Platz, und nicht wenige Besucher drehten sich zu uns um. Was für ein Rabenvater, dachten mit Sicherheit einige. Unter diesem psychologischen Druck zerbrachen mein Wille und ich. Todesmutig kaufte ich drei Karten und ließ mich ohne größere Gegenwehr von einem halbwüchsigen Kerl in der offenen Kabine anschnallen.

Manche Menschen mussten einen schrecklichen Tod sterben. Dies war mir vergönnt. Ich musste weiterleben und wusste nicht wie. Die nicht enden wollende Fahrt war eine von Menschen gemachte temporäre und zugleich ewige Hölle. Mit einem Mal wusste ich, dass sich Einstein mit der Theorie seiner gekrümmten Dimensionen geirrt hatte. Es gab nicht nur die bekannten drei oder vier, sondern mindestens ein paar Dutzend. Und in allen bewegte ich mich gleichzeitig. Die Kabine vollführte Bewegungen, die wohl noch nie ein Physiker beschrieben hatte. Doch auch die Unendlichkeit der Fahrt endete irgendwann, und ich konnte nur hoffen, in den korrekten irdischen Dimensionen gelandet zu sein. Wie aus der Ferne hörte ich Paul, als er ausstieg: »Voll krass, das muss ich gleich noch mal fahren.«

Für mich war der Tag gelaufen. Mein Gesicht war so weiß, dass ein Profifotograf damit einen Weißabgleich machen konnte. Stefanie ahnte, dass sie zu weit gegangen war. Sie nahm mich in den Arm und führte mich mehr oder weniger den Rest der Strecke. Selbst zum Autofahren reichte meine Kraft nicht und Stefanie übernahm das Steuer.

Daheim angekommen, fand ich gerade noch den Weg ins Schlafzimmer, und dann war der Tag für mich bereits Vergangenheit.

»Willst du heute arbeiten gehen?« Jemand schüttelte mich. »Du hast die ganze Nacht schrecklich rumgepienst, Reiner. Hat dich die Fahrt so mitgenommen oder war es der Restalkohol vom Vortag?«

Mir gelang es mühsam, ein Auge halbwegs zu öffnen. »Nächstes Jahr fährst du mit Paul dieses Höllenmonstrum, danach kennst du die Antwort«, sagte ich zu Stefanie.

Sie lachte. »Mein lieber Mann wird doch nicht alt werden? Früher hast du ganz andere Dinge weggesteckt. Erinnerst du dich?«

Ich erinnerte mich, wollte die Jugendsünden zum jetzigen Zeitpunkt aber nicht aufwärmen.

»Was ist jetzt? Soll ich auf der Dienststelle anrufen und dich für heute abmelden?«

Im Prinzip hatte Stefanie recht, ich fühlte mich saumiserabel. Die ganze Nacht war ich durch die von mir neu entdeckten Dimensionen gerauscht. Der Nobelpreis war mir so gut wie sicher. Dennoch, es war Montag. Jeden Montagfrüh fand unsere wöchentliche Lagebesprechung statt. Sie war immer uninteressant, da sie KPD zur Selbstbeweihräucherung nutzte. Doch heute wollte ich aus erstem Mund hören, wie es ihm Sonntagmorgen auf dem großen Verkehrskreisel erging. Die heutige Lagebesprechung versprach Spektakuläres.

»Wo sind die Kinder?«, fragte ich zunächst. »Müssen die nicht zur Schule?«

Stefanie lachte erneut. »Dort sind sie längst, ich habe dich ausnahmsweise etwas länger schlafen lassen.«

Ich schrak hoch. Das Trägheitsprinzip des ersten Newton'schen Gesetzes machte vor meinem Gehirn nicht halt. Ich spürte regelrecht, wie es mir an den Schädel knallte und für ein äußerst unangenehmes Kopfweh sorgte.

»Ich, ich muss ins Büro«, stotterte ich und begann mit ersten Aufstehversuchen.

Eine halbe Stunde später war es geschafft und ich war notdürftig wiederhergestellt. Das sicherlich gesunde Frühstück ließ ich ausfallen, selbst mit dem Wissen, dass mein Schifferstadter Lieblingsimbiss Caravella montags Ruhetag hatte.

Nach einer kurzen Verabschiedung, im Hintergrund schrien die Zwillinge um die Wette und die Gunst Stefanies, fuhr ich in den Waldspitzweg. Das Beste an KPDs

Lagebericht dürfte ich wohl verpasst haben. Dass ich zu spät kam, machte mir nichts aus. Montags kam ich regelmäßig zu spät, zum einen, um KPD zu ärgern, zum anderen, um mir langweiliges Gesülze zu ersparen.

Ich wunderte mich, dass sich so viele Beamte auf den Gängen und vor dem Kaffeeautomaten befanden. Normalerweise herrschte während KPDs Monologen nur Notbetrieb.

Fröhlich vor sich hin pfeifend kam mir Gerhard entgegen.

»Da bist du ja, mein Junge«, begrüßte er mich. »Wir dachten schon, du wärst krank. Übrigens, KPD sucht dich überall.«

»KPD? Was ist mit der Lagebesprechung?«

»Ach so«, entschuldigte sich Gerhard. »Das weißt du noch nicht. Die Besprechung wurde abgesagt.«

Das war ein böses Omen. »Wegen unseres Wurstmarktbesuchs? Hat er die Sache mit dem Kreisel geistig mitgekriegt?«

»Iwo«, antwortete Gerhard. »Das wird er erst, wenn er die Fotos im Internet entdeckt. Aber jetzt mach, unser Chef wirkte sehr ungeduldig.«

Mist, hätte ich nur ausnahmsweise auf den Rat Stefanies gehört und mich krankgemeldet. Ich klopfte leise an die Tür unseres Dienststellenleiters.

»Herrrein«, ertönte es augenblicklich, und ich tat es.

KPDs Büro vereinnahmte etwa ein Viertel der gesamten Stockwerkfläche inklusive Treppenhaus und Toilette. Kürzlich hatte er es zum dritten oder vierten Mal renovieren und vergrößern lassen. Und das alles innerhalb eines Jahres. Seine neueste Errungenschaft war ein kleiner Weinkeller, der sich allerdings nicht im Keller, sondern hier im ersten Obergeschoss befand. Und zwar in einer großzügig abgetrennten Ecke, die er nach dem Vorbild der Grotte auf Neuschwanstein errichten ließ. Dort ließ sich eine Wand aus Pappmaschee zur Seite schieben, der Zugang zu seinem wohltemperierten Weinkeller.

KPD hatte Besuch. Vor seinem Schreibtisch aus wertvollen Tropenhölzern, auf dem man bequem eine mehrgleisige Miniatureisenbahnanlage aufbauen könnte, saß auf einem kleinen Holzhocker, den ich noch nie vorher in diesem Büro gesehen hatte, Arnold Schiwab.

Das konnte heiter werden, dachte ich und ging zu dem Dürkheimer Kripochef. KPD eilte um seinen Schreibtisch herum, um mir zuvorzukommen. Es war in seinen Augen wohl sein Anrecht, mich als Erstes begrüßen zu dürfen. Ungewohnt freundlich schüttelte er mir die Hand, was er noch nie gemacht hatte.

»Guten Morgen, Herr Palzki«, flötete er in höchsten Tönen. »Gut, dass Sie ein paar Minuten Zeit für mich herausschinden konnten. Ich weiß ja, dass Sie viel beschäftigt sind. Als ermittlungstechnisches Allround-Talent habe ich einen Spezialauftrag für Sie.«

Er drückte seine Brust heraus und stellte sich breitbeinig und vor Arroganz strotzend vor mich. Er zeigte auf den muskelbepackten Hünen, der von dem zerbrechlichen Stühlchen aufgestanden war.

»Das ist Herr Arnold Schiwab«, stellte er mir ihn vor und tat so, als hätte er mich auf dem Wurstmarkt nicht über seinen Lieblingsfeind aufgeklärt.

»Vielleicht haben Sie ihn bei unserer Feier in den Schubkarchständen gesehen, er saß genau einen Tisch weiter, dort, wo es den bedauerlichen Todesfall gab. Herr Schiwab ist der Dienststellenleiter der Polizeiinspektion Bad Dürkheim. Ich kenne ihn aus meiner Zeit in Ludwigshafen.«

Schiwab wollte ebenfalls zur Begrüßung schreiten, doch KPD fiel ihm rigoros ins Wort. »Habe ich Ihnen zu viel versprochen? Dies hier ist der legendäre Reiner Palzki, sozusagen mein bestes Pferd im Stall.«

Das, was KPD da sagte, stank zum Himmel. Mir war klar, dass dieses Gespräch letztendlich auf meine Kosten ging.

Endlich durfte sich der Dürkheimer Beamte zu Wort melden.

»Angenehm, Herr Palzki. Es freut mich, dass Sie Zeit für uns haben.«

KPD zog aus einer Ecke einen gepolsterten Sessel herbei. »Setzen Sie sich, Herr Palzki.« Gleichzeitig zeigte er auf den Holzhocker. »Sie auch, Herr Schiwab. Im Sitzen spricht es sich leichter.« Er umrundete seinen Schreibtisch und machte es sich auf seinem Thron bequem.

Schiwab, der Größte von uns, musste aufgrund seiner Sitzgelegenheit dennoch zu uns aufschauen.

»Ich bin in einer misslichen Lage, Herr Palzki«, begann der Dürkheimer. »Darum habe ich Ihren Vorgesetzten um Amtshilfe gebeten.«

KPD übernahm das Wort. »Herr Schiwab darf in Sachen Todesfall auf dem Wurstmarkt nicht selbst ermitteln, da er Tatzeuge ist, vielleicht sogar als Tatverdächtiger infrage kommt.« Ein gemeines Grinsen flutete sein Gesicht.

Der Dürkheimer empörte sich. »Aber auf keinen Fall, Herr Diefenbach. Ich war nur zufällig zum falschen Zeitpunkt am falschen Ort. Ich habe Britta Zapfenstreich an dem Abend das erste Mal seit Jahren wiedergesehen.«

»Wie auch immer«, entgegnete KPD und blickte eindringlich in meine Richtung. »Sie werden die Ermittlungen übernehmen, Herr Palzki, und die Sache völlig neutral ohne Vorbehalt analysieren und keine Rücksicht auf Prominenz oder hochgestellte Personen nehmen. Dies wird bei uns in Schifferstadt nämlich nicht geduldet.«

Mir fehlten noch ein paar Informationen, die ich kritisch hinterfragen sollte. »Warum ermittelt nicht einfach Ihre übergeordnete Behörde, Herr Schiwab?«

Dieser druckste etwas herum, bevor er mit der Antwort herausrückte: »In Bad Dürkheim gibt es nur meine Polizeiinspektion. Todesfalldelikte werden von der Kriminalinspektion Neustadt bearbeitet. Und das möchte ich vermeiden.«

»Und warum? Soviel ich weiß, soll das Personal in Neustadt sehr kompetent sein.«

»Ist es auch, Herr Palzki«, erklärte KPD und gab damit seinem Feind Schützenhilfe. »Dessen ungeachtet sind die Ermittlungen bei uns in Schifferstadt beziehungsweise bei Ihnen besser aufgehoben.«

Schiwab atmete deutlich erleichtert aus. »Vielen Dank, Herr Diefenbach. Ich sehe das genauso.«

Irgendetwas war hier faul. Dass die beiden gemeinsame Sache machten, war äußerst ungewöhnlich, wenn man den Hintergrund dieser Männerfeindschaft kannte.

»Das werden die Neustadter wohl nicht zulassen«, sagte ich.

KPD war anderer Meinung. »Das ist längst geklärt, Herr Palzki. Schließlich verfüge ich über einflussreiche Kontakte, vor einem halben Jahr war ich sogar mit dem Innenminister zum Abendessen verabredet. Da Sie, Herr Palzki, während der Tat in nächster Nähe waren, aber im Gegensatz zu Herrn Schiwab potenziell nicht als Täter infrage kommen, konnte ich das Präsidium in Ludwigshafen leicht davon überzeugen, Ihnen die Ermittlungshoheit zu übertragen.«

»Warum machen Sie das nicht selbst? Sie waren schließlich auch dabei.«

KPDs Augen blitzten böse. »Aber Herr Palzki. Selbstverständlich coache ich Sie wie üblich im Hintergrund. Ich selbst muss mich leider auf meine Jubiläumsfeier konzentrieren. Falls bis nach der Feier keine Resultate vorliegen sollten, werde ich mich selbstverständlich stärker in den Fall einbinden.«

Im Prinzip hörte sich das gar nicht mal so schlecht an. Ich konnte ein paar Tage an der frischen Luft auf dem Wurstmarkt ermitteln ohne die Gefahr, KPD ständig vor die Füße zu laufen. Vielleicht ließe sich in Dürkheim sogar der eine oder andere fast-kulinarische Food-Geheimtipp entdecken.

KPD hatte es auf einmal eilig. Er drängelte uns regelrecht aus seinem Büro. »Wir haben nun alles besprochen und geregelt. Herr Palzki schreibt mir jeden Nachmittag ein E-Mail mit dem neuesten Stand.«

Im Flur war ich nun mit Schiwab allein.

»Wie gehen wir jetzt vor? Wo soll ich Ihrer Meinung nach beginnen?«

Schiwab war auf die Frage vorbereitet. »Das habe ich bereits organisiert. Der Treffpunkt ist um 15 Uhr im gleichen Schubkarchstand wie am Samstagabend. Dort lernen Sie die Bad Dürkheimer Bürgermeisterin Wilma Bier und den Marktmeister des Wurstmarkts Ronald Hop kennen. Außerdem wird Mara Haller vom Geilweilerhof anwesend sein, sie ist eine Kollegin der Toten.«

KAPITEL 4
STREITBARE ZEUGEN

»Du lebst?«, waren die ersten Worte Juttas, als ich ihr Büro betrat. Auch Gerhard war anwesend und hantierte an einer der mittlerweile vier Kaffeemaschinen in diesem Raum herum. Juttas Büro hatte sich in den letzten Monaten als Treffpunkt für Besprechungen ohne unseren Vorgesetzten etabliert.

»Noch«, antwortete ich. »Frag mich in 100 Jahren noch mal.«

»Scheiße«, fluchte Gerhard. Da ich den Kommentar zunächst auf mich bezog, schaute ich zu ihm rüber und sah, wie ihm eine karamellartige braune Soße über die Hose lief und zu Boden tropfte.

»Ist das ein Kaffeeautomat oder eine Altölsammelanlage?«, ärgerte ich ihn. Dann wandte ich mich an Jutta.

»Einmal darfst du raten, wer die Ermittlungen zum Dürkheimer Mordfall an der Backe hat.«

»Das war mir klar«, meinte Jutta. »Ich habe den Schiwab zu KPD gehen sehen. Vermutlich hat er was ausgefressen.«

»KPD meinte in seinem Beisein, dass er sogar der Täter sein könnte. Aber im Ernst, Jutta, bei den beiden liegt irgendwas im Argen, und ich will das herausfinden. Vielleicht ist das die erste große Chance, ihn loszuwerden. Ohne ihn gleich umzubringen, das wäre nur die zweite Option.«

Jutta wechselte das Thema. »Komm mal um meinen Schreibtisch herum.«

Ich blickte auf ihren Bildschirm. KPD saß versifft wie ein Penner auf dem höchsten Punkt des Verkehrskreisels im Gras und das auch noch in Uniform. Jemand hatte in das Bild einen Text eingefügt: ›Glaubt mir doch, ich bin der allerguteste Chef, den es gibt.‹

Trotz oder vielleicht gerade wegen der vermutlich gewollt falschen Rechtschreibung wirkte das Foto authentisch, zumindest was KPD anging: grenzenlos debil.

»Prima, schick das gleich nach Ludwigshafen ins Präsidium, Jutta.«

Meine Kollegin zeigte mir den Vogel. »Spinnst du? Dann wissen die gleich, wie der Hase läuft und wer für den Bockmist verantwortlich ist. Wart's ab, die kriegen das irgendwann von alleine mit.«

Ich rieb mir die Hände. »Und dann ist es Essig mit seiner Karriere. Ein Jahr ist mehr als genug.«

»Da wäre ich mir nicht so sicher«, rief Gerhard hinter einer Kaffeemaschine hervor. »KPD hat bestimmt eine Ausrede parat. Wie ist er eigentlich heimgekommen?«

»Du kannst ihn ja fragen«, antwortete Jutta und zog dabei ein fettes Grinsen auf. »Wahrscheinlich haben das die Kollegen von der Schutzpolizei übernommen.«

Ich setzte mich an den Besprechungstisch und öffnete die Keksdose. »Mal wieder leer«, stellte ich resignierend fest. »Bei unserem Chef würde das nicht passieren.«

Da ich keine Antwort erhielt, fragte ich weiter: »Wo ist eigentlich Jürgen?«

Jürgen war unser Jungkollege, der immer noch zu Hause bei seiner Mutter wohnte und von dieser wie ein kleines Kind verwöhnt wurde. Wir vermuteten spaßeshalber, dass er daheim sogar gefüttert wurde.

»Der hat sich krankgemeldet«, rief Gerhard zwischen

den Kaffeemaschinen hindurch. »Er war mit seiner Mama gestern auf dem Wurstmarkt. Seine Mama hatte noch ein paar Freundinnen dabei, und gemeinsam müssen die den armen Jürgen unter den Tisch gesoffen haben.«

»Ich dachte, Jürgen trinkt keinen Alkohol?«, wandte ich ein.

»Eben«, meinte mein Kollege trocken. »Nur dann, wenn er es von seiner Mama befohlen bekommt.«

Armer Tropf, dachte ich. Wie kann man nur so fremdbestimmt durchs Leben fließen, so ganz ohne Eigeninitiative. Beinahe wie eine Romanfigur: Jürgen wäre der fiktive Protagonist in einem Roman und seine Mutter die Autorin. Nein wirklich, solch ein Leben musste das allerletzte sein.

»Gerhard, hast du nicht zufällig eine abgelegte Freundin für unseren Jürgen übrig? Sonst wird das bis zur Rente nichts mehr. Irgendwann kommt seine Mama auf die Idee, ihrem Sohn eine Frau in Thailand zu besorgen.«

Gerhard genoss sein Leben. Seine Lebensabschnittsgefährtinnen wechselten schneller, als er sich ihre Namen merken konnte. Spätestens wenn das Thema Heiraten oder Kinder aufs Tapet kam, war Schicht für meinen Kollegen. In letzter Zeit hatte ich allerdings den Eindruck, dass sich die Zeiten zwischen den Wechseln schleichend vergrößerten. Vermutlich lag es an der einzigen Sache, die ihm zu schaffen machte: sein stetig nach hinten wandernder Haaransatz.

»Jürgen weiß nicht einmal, wie man mit Frauen umgeht«, tönte Gerhard. »Stell dir mal vor, der trifft sich zu seinem ersten Date und packt dann das Schwarzer-Peter-Quartett aus.«

Wir lachten ausgiebig. Nicht nur über Gerhards Witz, sondern auch darüber, dass ihm erneut eine braune Pampe über das Hosenbein lief.

»Jetzt reicht's!«, motzte er. »Die Maschine fliegt in den Schrottcontainer.«

Mangels Keksen und Frühstück musste ich mir bis zum 15-Uhr-Termin ein kleines Zeitbudget aufbauen. Daher änderte ich das Thema, um in Kürze die für mich wichtigen Fragen zu erörtern.

»Weiß von euch jemand, wo der Geilweilerhof liegt und was dort gemacht wird? Ich habe noch nie davon gehört.«

Meine beiden Kollegen schüttelten den Kopf. Jutta meinte schließlich: »Wenn der Jürgen da wäre, hätte er es in einer Minute herausgefunden.«

Sie hatte recht: Jürgens Know-how lag eindeutig in der Recherche. Was er nicht herausfand, gab es nicht. Er hatte Zugriff auf dermaßen viele Datenbanken, dass selbst die amerikanische NSA vor Neid erblassen würde. Ich vermutete, dass Jürgen sogar die Datenbanken der NSA anzapfen konnte, ohne dass diese es bemerkten.

»Warum willst du das überhaupt wissen?« Gerhard wurde neugierig.

»Dort soll die Ermordete gearbeitet haben. Heute Mittag treffe ich eine Arbeitskollegin von ihr.«

»Dann kannst du sie ja fragen. Ich schaue mal unabhängig davon nach, Reiner.« Jutta zögerte. »Ist überhaupt klar, dass Fremdverschulden vorliegt? In den Zeitungen wird das zwar erwähnt, aber Details werden keine genannt.«

»Woher soll ich das wissen?«, entgegnete ich aufgebracht. »Ich habe vor wenigen Minuten von KPD den Auftrag erhalten. Und dem ist es so was von egal, wie die Frau gestorben ist. Hauptsache, am Schluss stellt sich der Dürkheimer Kripochef als Täter heraus. Mehr interessiert den nicht.« Auffällig unauffällig blickte ich zur Uhr. »Oh, schon so spät. Dann werde ich mich mal auf die Socken machen.«

»Soll ich mit dir fahren?«, fragte Jutta.

Sosehr ich meine Kollegin schätzte, den Termin auf dem Wurstmarkt wollte ich ohne sie hinter mich bringen.

»Lass mal gut sein, Jutta. Das wird sowieso nur eine kurze Sache. Ich spiele ein bisschen Mister Marple, und heute Abend gebe ich KPD den Namen des Täters durch. Jemand anders als seinen Spezi Schiwab lässt der sowieso als Täter nicht zu. Den Rest der Geschichte soll er dann selbst ausbaden.«

Während ich die Dienststelle verließ und zum Wagen ging, fiel mir noch rechtzeitig ein, dass heute der caravellafreie Montag war und ich in Bad Dürkheim zurzeit nicht wirklich kompetent in Sachen Imbisskunde war. Daher machte ich zunächst zu Fuß einen kleinen Abstecher in einen der Discounter, die seit einigen Jahren immer zahlreicher wurden und unsere Dienststelle regelrecht umzingelt hatten.

Die knapp halbstündige Fahrt über die Autobahn war ereignislos, reichte zeitlich aber gerade so, meine Kaloriendefizite aufzufüllen.

Ich machte es wie KPD und fuhr bis zum Kreisel hinter der Saline. Vor der Absperrung hielt ich an und hupte energisch. Nach einer Ewigkeit kam ein reichlich angesäuerter Helfer angeschlurft und fragte mich, was los sei. Es war zum Verrücktwerden: Weder mein Dienstausweis noch der Hinweis, dass ich mit dem Leiter der hiesigen PI verabredet war, ließ ihn erweichen.

»Do darf kenner nei«, wiederholte er stur. Da er mir jünger und kräftiger als ich vorkam, wählte ich zähneknirschend und fluchend die Alternative und suchte einen anderen, wenn auch nicht ganz legalen Parkplatz. Für die Fußstrecke, die ich zurücklegen musste, würde ich bei

KPD Kilometergeld einreichen. Schließlich war ich zum Ermitteln hier und nicht zum Wandern.

Zeitlich gesehen hatte ich massig Luft, und das war gut so. Um diese Zeit waren viele Familien und Jugendliche unterwegs, Gedränge war aber eher die Ausnahme. Nach einem Steak und einer großen Portion Pommes mit diversen Soßen, immerhin hatte die Lauferei stark an meinem Kalorienetat gezehrt, nahm ich mir vor, an den Schubkarchständen zunächst in einem größeren Abstand vorbeizulaufen, um den Stand vom Samstag identifizieren zu können. So ganz sicher war ich mir nicht mehr.

Die Winzerstochter, mit der ich nach dem Mord ein paar Worte gewechselt hatte, gab mir den entscheidenden Hinweis. Im gleichen Moment klatschte mir eine Hand auf den Rücken.

»Herr Palzki, was für eine Überraschung! Haben Sie Urlaub?«

Ich drehte mich um: Dietmar Becker. In Lederhosen. Fast wäre mir das halb verdaute Steak mit der Megaportion Ketchup entglitten. Mit diesem gerade noch unterdrückten Lippenbekenntnis starrte ich auf den Archäologiestudenten in Bayerntracht. Er grinste fett von einem Ohr zum anderen und wartete darauf, dass ich etwas sagte.

»Da legst di nieder! Wie sehen Sie aus! Haben Sie den Wurstmarkt mit dem Oktoberfest verwechselt? Hier gibt's Wein und Wurst, wenn Sie Bier und Brezel möchten, müssen Sie in drei Wochen nach München.«

»Aber Herr Palzki. Ein bisschen Gaudi muss schon sein. Das Oktoberfest steht auch auf meiner To-Do-Liste. Ich bin seit Kurzem offizieller Kirmestester beim Michelin-Ableger Rummel-Guide. Der Wurstmarkt wird dieses Jahr seinen ersten Stern bekommen.«

Becker schaffte es immer wieder, mich zu verblüffen. »Aber hoffentlich nicht wegen der mörderischen Fahrgeschäfte.«

Der Student nickte eifrig. »Ich weiß gar nicht, was Sie gegen diese Fahrgeschäfte haben. Nehmen Sie zum Beispiel da vorn das neue Killing-me-hardly, nach der Fahrt wissen Sie nicht mehr, wo unten und oben ist. Einfach genial. Gestern Mittag wäre dort allerdings fast ein Unglück passiert. Das Fahrgeschäft lief eine Zeit lang versehentlich mit doppelter Geschwindigkeit. Laut Angaben des Betreibers hätten sich die Jugendlichen darüber gefreut, nur ein mitfahrender Senior hätte danach reichlich ramponiert ausgesehen.«

Er zeigte dorthin, wo ich gestern die Kontrolle über mich verloren hatte.

Ich versuchte, mich abzulenken. »Heißt das, dass Sie es aufgegeben haben, verrückte Kriminalgeschichten zu schreiben? Das wäre mal eine tolle Nachricht.«

»Im Moment ist nichts los in der Kurpfalz. Alles Friede, Freude, Eierkuchen. Sogar Sie treiben sich während Ihrer Dienstzeit auf dem Wurstmarkt herum. Falls es mal wieder eine schöne und komplizierte Ermittlungssache mit ein paar schrägen Toten gibt, wird sich Herr Diefenbach bei mir melden, das hat er mir versprochen.«

Da würde er dieses Mal lange darauf warten können. KPD ging schließlich davon aus, dass sein Exkollege der Täter ist.

»Wollen Sie sich einen Moment zu uns setzen, Herr Palzki? Dann kann ich Ihnen einen guten Bekannten von mir vorstellen.«

Fast mit Gewalt zog er mich zu einem Schubkarchstand, der direkt neben meinem Treffpunkt lag. Nun zeigte

Becker auch noch in diese Richtung. »Da drüben wurde am Samstag eine Frau ermordet. Das haben Sie bestimmt in der Zeitung gelesen.«

Ich nickte, da ich nicht vorhatte, ihm die ganze Wahrheit zu offenbaren.

Der Student zeigte auf einen leeren Tisch, auf dem mehrere ›Reserviert‹-Schilder standen. »An dem Tisch soll es passiert sein. Ich habe vorhin mit einer jungen Bedienung geflirtet. Sie sagte mir, dass der Täter längst überführt sei. Schade, das wäre eventuell ein toller Krimi geworden. Der Wurstmarkt kommt bisher in keinem meiner Romane vor, eigentlich eine Schande.« Becker drehte sich um und schaute in Richtung Riesenrad. »Wenn ich mal einen Krimi über den Wurstmarkt schreibe, lasse ich das Opfer aus dem Riesenrad fallen.«

»Herr Becker, das gibt's doch bestimmt schon. Unterschätzen Sie nicht Ihre Kurpfälzer Kollegen.«

Wir waren am Schubkarchstand angekommen. Ein knapp zwei Meter großer Kerl mit ähnlichen Haarproblemen wie Gerhard stand auf und streckte mir seine Hand entgegen.

»Steffen Boiselle, freut mich sehr.«

Becker übernahm den Gegenpart der Vorstellung. »Steffen, das ist der berühmte Kriminalpolizist Reiner Palzki, von dem ich dir schon so oft erzählt habe.«

Boiselle lachte und strahlte mich an. »Super, dass ich Sie persönlich kennenlernen darf. Ich habe alle Krimis von Dietmar gelesen, und mehr als einmal habe ich mich gefragt, ob es den Kommissar Reiner Palzki wirklich gibt.«

»Den gibt es schon, wie Sie sehen«, antwortete ich mit unterdrücktem Groll. »Allerdings ist er in der Realität etwas anders, als er in Herrn Beckers kruden Geschichten beschrieben wird.«

»Das kann ich mir denken«, sagte Boiselle. »Das wäre schlimm, wenn unsere Polizei wirklich so chaotisch wäre wie in seinen Büchern.«

Becker unterbrach uns. »He, ihr beiden, meine Geschichten sind bis zum letzten Wort stets absolut realistisch und authentisch. Ich weiß gar nicht, was ihr habt.«

Eigentlich wollte ich mich verabschieden, als ich im Augenwinkel wahrnahm, wie zwei Personen an dem reservierten Tisch am Stand gegenüber Platz nahmen. Es waren eindeutig das Geburtstagskind vom Samstag und eine Frau, die ich ebenfalls von dieser Runde in Erinnerung hatte.

»Setzen Sie sich doch einen Moment«, sagte Boiselle. »Soll ich Ihnen eine Schorle holen?«

Ich lehnte ab, und erst jetzt nahm ich die bunten Dubbegläser wahr, die teils auf dem Tisch, teils in einem Karton standen.

»Was ist das?«, fragte ich die beiden. Auf den Gläsern waren Cartoons abgebildet, die mir bekannt vorkamen.

»Sagt Ihnen der Name Boiselle nichts, Herr Palzki?« Becker schaute mich verblüfft an.

»Nee.«

»Die Cartoons des *100% PÄLZER!* in der Sonntagsausgabe der *Rheinpfalz* sagen Ihnen aber was?«

Eben machte es bei mir klick. In der *Rheinpfalz am Sonntag* wurden wöchentlich lustige Cartoons abgedruckt, die sich hauptsächlich mit den pfälzischen Eigenheiten befassten. In dem Zusammenhang stand auch der Name Steffen Boiselle, es war der Zeichner.

»Jetzt weiß ich, wer Sie sind. Entschuldigen Sie bitte, dass ich nicht gleich darauf gekommen bin.«

»Kein Problem, Herr Palzki. Mir geht es wie Dietmar. Die Leute kaufen im Buchhandel nicht den neuen Becker, sondern den neuen Palzki. Bei mir kennt man die Marke *100% PÄLZER!*, aber wie bei Dietmar seltener den Zeichner beziehungsweise den Autor.«

Ich nahm der Reihe nach ein paar Dubbegläser in die Hand und lachte über die Gags. Da fragte eine Lehrerin ihre Klasse: Nennt mir eine Persönlichkeit aus Oggersheim. Die Antwort: Daniela Katzenberger. Darauf die Lehrerin leicht verärgert: Nein, jemand Älteres. Die neue Schülerantwort: Die Mama von der Katzenberger.

»Was machen Sie mit den Gläsern auf dem Wurstmarkt?«, fragte ich Boiselle. »Wird es im nächsten Jahr nur noch solche Gläser geben?«

Der Zeichner strahlte. »Dagegen hätte ich nichts, wenn es auch unwahrscheinlich ist. Ich habe natürlich versucht, meine Fühler auszustrecken, um zu eruieren, wer für den Gläserbestand zuständig ist. Das macht jedes Weingut und auch die Winzergenossenschaft selbst. Im Moment haben die aber andere Probleme, als sich um neue Dubbegläser für den nächsten Wurstmarkt zu kümmern.«

Becker schüttelte den Kopf. »Da muss wohl einiges in der Organisation durcheinandergeraten sein. Einfach allen kündigen, das geht doch nicht.«

Da ich etwas seltsam aus der Wäsche schaute, erklärte mir Boiselle die Details. »Die Schausteller müssen sich jedes Jahr neu für den Wurstmarkt bewerben, das ist überall so. Die Weinzelte und die Schubkarchstände haben aber eine Art Dauerabo. Die Schubkarchstände dürfen sowieso nur Winzer aus Bad Dürkheim beziehungsweise deren Genossenschaft *Vier Jahreszeiten* betreiben.«

Becker fiel ihm ins Wort. »Und allen wurde für das nächste Jahr gekündigt. Prophylaktisch, wie es hieß.«

»Und wo liegt das Problem?«, fragte ich. »Das hört sich wie ein Monopol an, und das ist für die Verbraucher immer schlecht.«

»Da geht's nicht um Monopol oder kein Monopol«, erklärte Boiselle. »Jedenfalls wurde das nicht thematisiert. Es ist im Moment die Unsicherheit der Winzer, denn niemand sieht sich in der Lage, die Antwort nach dem Warum zu geben.«

»Gibt's da keinen Verein, der für den Wurstmarkt zuständig ist? Oder die Stadtverwaltung?«

Boiselle nickte. »Der Leiter des Ordnungsamtes ist als Marktmeister für alles zuständig. Aber auch der Marktmeister Ronald Hop weiß angeblich nichts Genaues.«

Für einen kleinen Moment zuckte ich. Dass bei der mörderischen Tischrunde am Samstag ebenfalls ein Ronald anwesend war, konnte nur ein Zufall sein.

Boiselle zeigte auf den reservierten Tisch gegenüber, an dem inzwischen auch Schiwab Platz genommen hatte. »Da drüben sitzt der Marktmeister. Ich hatte mal mit ihm zu tun«, sagte er, ohne Details zu verraten. Bestimmt war er in die Fänge des Ordnungsamtes geraten, weil er seinen Wagen an einer unmöglichen Stelle abgestellt hatte.

Ich linste heimlich zur Uhr. Die Zeit war reif und mein eben gefasster Plan genial. Becker würde keine Lunte riechen.

»Wissen Sie was?«, sagte ich zu beiden. »Ich gehe jetzt rüber zu diesem Marktmeister und kläre die Sache. Und wenn es mir gelingt, den Wurstmarkt zu retten, wird man mir zu Ehren im nächsten Jahr das Bierzelt vergrößern.«

Boiselle drückte mir zum Abschied eines seiner Gläser

in die Hand. ›Alles Dummbabbler‹, stand unter dem aufgedruckten Cartoon. Plötzlich schien er einen Geistesblitz zu haben. »Herr Palzki, wenn ich Sie mir so anschaue: Wie wäre es mit Palzki-Cartoons auf Weingläsern? Das wäre eine tolle Ergänzung zu dem *100% PÄLZER!*. Ihr Gesicht eignet sich hervorragend für eine karikaturistische Darstellung. Darf ich Ihnen ein paar Vorschläge zukommen lassen?«

Becker brach auf dem Tisch fast vor Lachen zusammen. Im ersten Moment dachte ich an einen Witz, doch Boiselle schaute dermaßen ernst und fasziniert, dass ich diese Möglichkeit verwarf.

»Sie wollen was?«, entgegnete ich entrüstet. »Einen ehrbaren Polizeibeamten verunglimpfen? Ich hänge Ihnen einen Monat lang sämtliche Kapitalverbrechen an, die in der Pfalz begangen werden, wenn Sie das machen.«

Boiselle lächelte. »Nun kommen Sie schon, Herr Palzki. Sie sind in der Pfalz eine sehr bekannte Marke, das könnte man ausbauen. Merchandising nennt man das heutzutage.«

»Ich bin keine Marke, sondern eine ernst zu nehmende Persönlichkeit. Was kommt nach den Weingläsern? Klopapier mit meinem Gesicht? Oder einen Detektivlernkasten für Kinder und Beckers?«

Der Student wiegelte ab. »Da reden wir mal in aller Ruhe darüber. Immerhin gab es schon mal einen Palzki-Salat bei der Nafa und sogar Palzki-Nudeln.«

»Gute Idee«, sagte ich. »Machen Sie mit meiner Sekretärin einen Termin aus. In vier oder 20 Jahren.«

»Sie haben doch gar keine Sekretärin«, erwiderte Becker.

»Eben«, lautete meine Antwort. Ich verabschiedete mich ebenso kurz und ging zum Stand gegenüber.

Der Kripoleiter erkannte mich sofort und stand auf.

»Pünktlich wie ein Kriminalbeamter«, prahlte er. »Ich liebe Pünktlichkeit. Willkommen auf dem Wurstmarkt, Herr Palzki.«

Auch die anderen waren aufgestanden.

»Das ist Ronald Hop, der Marktmeister des Wurstmarktes. Er hat am Samstag seinen Geburtstag gefeiert.«

Hop schien eine Frohnatur zu sein. Trotz des Todesfalls war er gut gelaunt und reichte mir die Hand. »Tach, Herr Palzki. De Arnold hot schunn viel vunn ihne erzählt. Do wärren mer de Mörder vun de Britta schnell im Knascht hawe.«

»Und ich bin Herrn Hops Chefin«, drängte sich eine zierliche Person mit nicht enden wollender Pferdeschwanzfrisur in den Vordergrund, die neben dem Marktmeister saß beziehungsweise im Moment stand. »Wilma Bier, Bürgermeisterin der Stadt Bad Dürkheim.«

Sie bemerkte mein Schmunzeln und wusste es sofort zu deuten. »Keine Wortspiele über meinen Namen, Herr Palzki. Ich kenne sie alle. Und falls ich es nicht kenne, spendiere ich eine Kiste Wein.«

Hop und Schiwab kicherten in sich hinein. Dann stellte mich der Kripoleiter der vierten anwesenden Person vor: »Das ist Mara Haller. Sie ist eine Kollegin der Ermordeten Britta Zapfenstreich vom Geilweilerhof. Sie kennen doch mit Sicherheit den Geilweilerhof, Herr Palzki?«

»Ja, klar«, antwortete ich und schüttelte der Frau die Hand. »Haben Sie auch Tiere auf Ihrem Hof?«

Mara Haller schaute mich verwirrt an. »Meinen Sie Versuchstiere? Selbstverständlich haben wir so etwas nicht. Oder sollte dies nur ein misslungener Scherz werden?«

Mist, alle paar Jahre passierte es: Ich trat versehentlich in ein Fettnäpfchen. »Entschuldigen Sie bitte, mein Humor ist manchmal etwas eigenartig. Was können Sie mir über Ihre Kollegin sagen?«

Inzwischen hatten wir uns alle gesetzt. Bevor Haller antworten konnte, unterbrach Hop: »Wollen Se was trinke, Herr Palzki? De Woi is vorzüglich. Wie wärs mit de Nummer drei?« Er zeigte auf ein großes Schild.

Ich wehrte mich mit Händen und Füßen. »Im Dienst darf ich nicht trinken, tut mir leid.«

»Ach, kommen Sie«, bettelte Schiwab. »Auf dem Wurstmarkt darf man das, ich werde es Herrn Diefenbach nicht verraten. Sie sollen sich auch nicht betrinken, sondern den Wein genießen.«

Alle hatten ein Dubbeglas vor sich stehen. Was sollte ich machen? Mich als Biertrinker outen? Dann würden die Zeugen blockieren und mir nichts verraten. Nein, ich musste mich aus ermittlungstaktischen Gründen bei ihnen integrieren. Einer von ihnen sein, das lernte man in jedem psychologischen Grundkurs.

»Also gut, dann nehme ich einen Wein. Aber bitte keinen zu saur…, äh, trockenen.«

Keine Minute später stellte der Marktmeister ein Glas vor mich. »Zum Wohlsein, Proscht!«

Alle hoben ihre Gläser und prosteten mir zu. Ich benetzte meine am Glasrand abgedichteten Lippen und tat so, als wäre dies eine Wohltat.

»Wirklich ein toller Wein. Wo kommt der her?«, fragte ich naiv.

»Aus Rheinhessen«, antwortete die Bürgermeisterin und lachte sofort los. »Nein, natürlich nicht. Bei uns werden nur heimische Weine ausgeschenkt.«

Ich wollte einen weiteren Versuch starten, um nähere Informationen über den Geilweilerhof zu erhalten, doch dieses Mal kam mir Schiwab zuvor. »Die anderen Gäste der Geburtstagsfeier sind leider verhindert. Das Beste dürfte sein, wenn Sie diese zur Vernehmung nach Schifferstadt laden.« Er überreichte mir einen handschriftlichen Zettel. »Ich bin die Namen mit Ronald durchgegangen, da ich selbst nicht alle Gäste kenne. Es ist auch die Reihenfolge eingetragen, wie diese Personen am Tisch saßen.«

Ohne auf die Liste zu schauen, steckte ich sie ein. »Um mir einen Überblick zu verschaffen, würde ich am liebsten mit Frau Haller beginnen. Kamen Sie gemeinsam mit Ihrer Kollegin zur Feier?«

Sie schüttelte den Kopf. »Britta war bereits hier, als ich ankam. Sie wohnte in Rödersheim. Das ist alles so furchtbar. Ich war heute früh im Institut, alle Mitarbeiter sind wie durch den Wind.«

Um mir ein weiteres Fettnäpfchen zu ersparen, fragte ich nicht nach diesem ominösen Institut. »Hatte Ihre Kollegin Feinde?«

»Britta doch nicht«, antwortete sie entrüstet. »Sie war eine ganz Liebe. Es wird eine Weile dauern, bis jemand ihre Arbeit voll ersetzen kann. Ich habe lange mit unserem Institutsleiter gesprochen. Wir haben nicht den Ansatz eines Grundes gefunden, warum sie jemand ermorden sollte.«

Schiwab meldete sich zu Wort. »Herr Palzki, ich will Sie weder kritisieren noch Ihnen vorschreiben, wie Sie Ihre Arbeit zu machen haben. An Ihrer Stelle würde ich aber damit beginnen, die eigentliche Tat zu rekonstruieren. Vielleicht war sie nur ein Zufallsopfer?«

Natürlich gab ich mir vor KPDs Lieblingsfeind keine Blöße. »Immer langsam, Herr Schiwab. Mein Vorgesetz…, äh, Kollege Diefenbach hat Ihnen bestimmt erzählt, dass ich unter anderem deshalb so viel Erfolg mit meinen Ermittlungen habe, weil ich ungewöhnliche Wege bestreite. Kein Verbrecher kann sich auf meine Taktik einstellen, weil er sie nicht durchschaut. Selbst wenn ein hoher Kripobeamter der Täter wäre, würde er letztendlich an meiner genialen Fragetechnik scheitern. Was befand sich überhaupt im Glas der Toten?«

Jetzt musste ich mich konzentrieren. Vielleicht prahlte der Kripochef mit Täterwissen und der Fall wäre bereits heute gelöst? KPD würde mir einen Orden verleihen.

»Ich kenne nur das vorläufige Obduktionsergebnis«, schmetterte Schiwab meine Hoffnung ab. »Eine Kopie sollte inzwischen bei Ihnen in Schifferstadt angekommen sein. Die chemische Substanz, die man in ihrem Wein gefunden hat, war zweifelsfrei sofort tödlich. Da es sich um eine Mischung verschiedener Stoffe handelt, wird es eine Weile dauern, die Bestandteile zu isolieren. Wenn Sie mich fragen, Herr Palzki: Da wollte jemand auf Nummer sicher gehen.«

»Wo kann man diese Substanzen kaufen – und woher kannten Sie Frau Zapfenstreich?«

Doppelfragen, die thematisch nichts miteinander zu tun hatten, waren eine kriminaltechnische Spezialität, um Zeugen latent zu verwirren. Analog dem bekannten Freud'schen Versprecher kamen bei dieser Fragetechnik häufig Details zutage, die der betreffende Zeuge bei zwei getrennten Fragen niemals von sich geben würde.

»Aha, Sie verwenden die Neumann'sche Fragetechnik, Herr Palzki«, antwortete Schiwab lächelnd. »Das habe ich auch im ersten Semester gelernt. Oder war es in der siebten Klasse der Volksschule?«

Mist, der Versuch war wohl gescheitert. Er sprach weiter. »Da ich wie Sie noch nicht weiß, um welche Substanzen es geht, kann ich Ihnen auch nicht sagen, wo man diese erwerben kann. Ist damit der erste Frageteil beantwortet?« Er wartete mein Nicken ab und fuhr fort. »Britta Zapfenstreich habe ich seit vielen Jahren nicht mehr gesehen. Es war Zufall, dass sie ebenfalls zu Ronalds Geburtstag eingeladen war.« Er grinste schelmisch. »Bevor Sie nachfragen: Britta und ich lernten uns in unserer Jugend bei einem Tanzkurs kennen. Seitdem habe ich sie auch nicht mehr gesehen. Daher gibt es für mich keinen Grund, sie zu ermorden.«

»Niemand nimmt das an«, ruderte ich zurück. »Herr Diefenbach hat mir nur befohlen, keine Rücksicht auf irgendjemanden zu nehmen.«

»Das ist auch richtig so«, sagte der Kripoleiter. »Deswegen nehme ich Ihnen das nicht krumm. Ich sehe schon, dass Herr Diefenbach seinen fähigsten Mitarbeiter geschickt hat. Wenn jemand den Fall löst, dann Sie!«

Alter Schleimer, dachte ich und setzte ihn an erster Stelle meiner vorläufigen Täterhierarchieliste.

Ich wandte mich an Ronald Hop. »Sie haben also am Samstag Ihren Geburtstag gefeiert. Herzlichen Glückwunsch, übrigens. Es war für Sie bestimmt ein Schock, dass die Feier ein so plötzliches Ende nahm.«

Hop nickte. »Es war zwar nur ä informelli Feier, dess richtische Fescht hänn mer vor änner Woch in ähm Restaurant gfeiert, trotzdem isses nadierlich tragisch, was mit de Britta passiert is.«

»In welcher Beziehung standen Sie zu der Ermordeten?«

»Ich muss dezu sache, dass an unsrer Samstagsrund kä Verwandte vun mir awesend warn. Die hann ich nur zur offizielle Feier eigelade. Dess Treffe uffm Worschtmarkt hab ich fer besonre Wegbegleiter in meim Lewe organisiert, die mir viel bedeiten. Fer jedi ehnzelne Person, die an dem Tisch gsesse hot, leg ich mei Hand ins Feier, dass se kenn Mörder is.«

»Dann können es nur Sie gewesen sein.« Vorsichtshalber grinste ich passend.

Hop nahm den Ball auf. »Oder es war jemand vum Nachbartisch. Waren dort net zufällich Sie gsesse?«

»Gut pariert«, antwortete ich. Hops Humor gefiel mir. »Meine Frage haben Sie noch nicht beantwortet.«

»Die Britta unn ich sinn zusamme in ähm Komitee. Mir setzen uns dodefir ei, de Pälzer Woi mehr im Ausland bekannt zu mache. Ich schick Ihne mol ähn Proschpeckt zu vun unserem Verein.«

»Es dürfte eher unwahrscheinlich sein, dass sie deswegen ermordet wurde, oder?«

»Eijo, des is Kokolores. Es gibt keehn Grund, warum ähner die Britta umbringe sollt. Also, kähn Grund, denn ich kenn.«

Ich versuchte mich zu erinnern: Hop und Schiwab saßen neben der Ermordeten, gegenüber die Bürgermeisterin, Mara Haller und eine weitere, im Moment noch unbekannte Person.

»Kannten Sie Britta Zapfenstreich?«, fragte ich die Bürgermeisterin mit dem eigenwilligen Wortspielnamen.

Sie schüttelte energisch den Kopf und erschlug mit ihrem fest gebundenen Zopf fast die neben ihr sitzende Haller. »Persönlich und näher kenne ich nur Herrn Hop und Herrn Schiwab. Ein paar weitere Anwesende kannte ich vom Sehen. Die Ermordete sah ich an dem Abend bewusst zum ersten Mal. Ich habe auch keine Kontakte zum Geilweilerhof, falls es Sie interessiert, Herr Palzki. Als Bürgermeisterin kann man sich schließlich nicht um alles kümmern. Dafür hat man schließlich kompetentes Personal, wie zum Beispiel Herrn Hop als Leiter des Ordnungsamtes. Er managt nicht nur seit vielen Jahren den Wurstmarkt, als Leiter des Ordnungsamtes sorgt er auch für die Sicherheit der Einwohner. Und selbst Verkehrssünder, die notorisch an den unmöglichsten Stellen parken und den Verkehr behindern, haben bei uns in Bad Dürkheim schlechte Karten.«

»Ganz so schlimm isses net«, mischte sich Hop ein. »Wilma, du duscht immer glei so, als wär unser Städtche de greschte Sindepuul weit und breit. Es stimmt zwar, das wir ä paar schräge Type hänn, im Große un Ganze kenne mer awer zufriede sei mit unsre Eiwohner. Unn die viele Falschparker, die kumme fascht immer vun außerhalb.«

Die Bürgermeisterin war anscheinend Widerrede nicht gewohnt. Umso sympathischer machte das Hop, der aussprach, was Sache ist.

Bier schaute ihren Mitarbeiter eine Weile zornig an, sagte aber nichts.

Mit einem »Okay« deeskalierte ich die Situation. »Kommen wir zu der Minute, bevor Britta Zapfenstreich auf dem Tisch zusammenbrach. Was ist da passiert?«

»Ich habe die Szene genau vor mir«, meldete sich der Kripochef. »Ronald hat ein neues Tablett voll Wein von der Bedienung entgegengenommen und auf dem Tisch abgestellt. Normalerweise lässt man hier an den Schubkarchständen die Gläser durch die Reihen gehen, was aber nicht immer funktioniert. Die beiden Damen vom Geilweilerhof wollten unbedingt den Wein Nummer fünf, alle anderen die Nummer drei.«

Ich fiel ihm ins Wort. »Das heißt, nur Frau Haller und Frau Zapfenstreich tranken von dieser Weinsorte, in der das Gift war?«

Hop übernahm die Gesprächsführung: »Eijo, ich hab denne beide ihrn Woi higstellt und den Rest haw ich am Tisch verdehlt. Dann hamma all getrunke.«

»Halt, da fehlt noch eine Kleinigkeit«, wandte die Bürgermeisterin ein. »Vergiss nicht den kleinen Tumult, als du die Armbanduhr gesucht hast.«

»Armbanduhr?«, fragte ich, weil ich ausnahmsweise mal nichts verstand.

»Dess is ganz bled geloffe«, erklärte der Marktmeister. »Mei Armband vun de Uhr is schunn ä weil locker. Als ich die Gläser verdehlt hab, isses uffgange und mei Uhr is unner de Disch gfalle. Do hämmer uns halt gebickt un die Uhr gfunne. Die war dann a direkt for de Fiß vum Arnold geleche.«

»Und nachdem Sie Ihre Uhr wiederhatten, haben Sie alle getrunken?«

Schiwab gab die Antwort: »Alle, die ein Glas hatten. Da die Gläser mit der Nummer drei durch die Reihe wanderten, haben immer nur ein paar gleichzeitig anstoßen können.«

»Unn kaum hänn mer getrunke, steht die Britta uff, verdreht die Aage und fallt dann uff de Disch. Mer hänn versucht zu helfe, awer die muss sofort dot gewese sei.«

»Das steht übrigens im vorläufigen Obduktionsbericht«, ergänzte Schiwab. »Der Tod muss unmittelbar nach dem Trinken eingetreten sein. Die wissenschaftliche Begründung können Sie selbst nachlesen.«

Ich war noch nicht zufrieden. »Wer von Ihnen hat alles unter dem Tisch nach der Uhr gesucht?«

Ein vierstimmiges ›ich‹ schallte mir entgegen und brachte mich damit nicht weiter. Vermutlich hätte in diesem Moment jeder, der einigermaßen in der Nähe saß, das

Gift in das Glas schütten können. Oder war es vielleicht schon vorher im Glas?

»Kennen Sie die Bedienung, die die Gläser brachte?«, fragte ich Hop.

Nach einer kurzen Phase der Orientierungslosigkeit antwortete er. »Es war Annette, die Tochter des Winzerbetriebes, der hier ausschenkt. Haben Sie diese etwa in Verdacht? Das wäre absurd, sie wusste garantiert nicht, welches Glas für Britta war.«

Da war ich anderer Meinung. »Es war doch nicht die erste Runde mit zwei Gläsern Nummer fünf und dem Rest Nummer drei. Könnte ein Außenstehender nicht zufällig mitbekommen haben, für wen die Nummer fünf ist?«

Die vier Anwesenden wirkten unsicher. »Na ja, ist das nicht ein bisschen weit hergeholt? Das kann doch nur eine rein theoretische Überlegung sein. Wenn ich solche abstrakten Überlegungen bei meiner Arbeit als Bürgermeisterin einfließen lassen würde, dann, äh, wie soll ich sagen …«

Sie hatte offensichtlich den Faden verloren. Die entstandene Sprechpause nutzte Schiwab: »Ich finde Herrn Palzkis Gedanken gar nicht so abwegig. Nicht immer ist der Mörder im persönlichen Umfeld des Opfers zu finden. Gerade in der Kurpfalz hat sich in der letzten Zeit gezeigt, dass die Ganoven immer raffinierter werden. Vielleicht sollten Sie den Winzerbetrieb genauer unter die Lupe nehmen, Herr Palzki. Da könnte es durchaus Beziehungen zu dem Geilweilerhof geben.«

»Davon ist mir nichts bekannt«, sagte Mara Haller. »Außerdem habe ich die gleiche Weinsorte wie Britta getrunken.«

»Vielleicht liegt eine Verwechslung vor«, brachte ich vorsichtig ein.

Haller schrak hoch. »Sie meinen, jemand wollte mich ermorden?«

»Ich will Ihnen keine Angst machen«, beruhigte ich sie. »Aber die Möglichkeit sollten wir nicht ausschließen. Kann ich Sie morgen früh an Ihrem Arbeitsplatz aufsuchen?«

Nicht nur mein Bauch sagte mir, dass dieser ominöse Geilweilerhof eine tragende Rolle spielte.

»Ich bin morgen ab 9 Uhr dort.«

»Prima, dann komme ich um elf, haben Sie eine Visitenkarte für mich?«

»Tut mir leid, die habe ich in der Hektik im Büro vergessen. Werden Sie den Geilweilerhof auch so finden?«

»Natürlich, ich bin Polizeibeamter.« Ich dachte an Jutta, sie wollte schließlich unabhängig von meinem Termin nach diesem dubiosen Hof recherchieren.

Das Gespräch dümpelte nun vor sich hin. Wegen des Gruppenzwanges hatte ich inzwischen mein Glas mehr als zur Hälfte getrunken. So übel, wie ich vermutet hatte, schmeckte der Wein gar nicht. Ich vermisste zwar eine Hopfennote, dennoch war ich von dem Getränk sehr angetan. Ich verstand allerdings immer noch nicht, wie man die verschiedenen Sorten am Geschmack erkennen konnte. Für mich gab es bisher beim Wein nur süß, sauer, rot und weiß als Unterscheidungskriterien.

Nachdem mich die Bürgermeisterin zu einem Besuch in ihrem Rathaus eingeladen hatte und Schiwab mit seiner Dienststelle sofort nachzog, verabschiedete ich mich. »Ich werde unser Gespräch nun in aller Ruhe analysieren und danach wieder auf Sie zukommen.«

»Vergessen Sie nicht, Herrn Diefenbach über den Zwischenstand zu informieren«, gab mir das Muskelpaket Schiwab mit auf den Weg.

Die Verabschiedung ging nicht leise vonstatten. Hop rief mir sogar noch etwas hinterher: »Denn kriee se schunn, denn dabbische Mörder.«

Das war natürlich fatal, da Becker und Boiselle immer noch am Schubkarch gegenüber saßen. Die afrikanischen Elefantenohren, die dem Studenten in solchen Situationen wuchsen, waren legendär. Er hatte die Witterung aufgenommen.

»Herr Palzki«, rief er mir von schräg hinten zu. Ich tat so, als würde ich es nicht hören, und ging weiter.

»Sind Sie der Ermittler in dieser Mordsache?«, war das Letzte, was ich von ihm hörte. Wahrscheinlich würde er noch heute bei KPD aufschlagen.

Nach einem kleinen Zwischenimbiss, wann hatte man schließlich schon die Gelegenheit, die kulinarischen Dienstleistungen des Wurstmarktes zu testen, suchte ich meinen Wagen. Die Höhe des angekündigten Verwarnungsgeldes, dessen Bescheinigung unter dem Scheibenwischer klemmte, verschlug mir die Sprache. Ich wusste bis eben nicht einmal, dass es Bußgelder in dieser Höhe gab. Vermutlich kassierte man in Bad Dürkheim im Wiederholungsfalle gleich eine Bewährungsstrafe.

KAPITEL 5
DIE ÜBLICHEN WIDRIGKEITEN

Vor meinem wohlverdienten Feierabend musste ich noch kurz ins Büro, um mir von Jutta die Recherche über den Geilweilerhof geben zu lassen.

Ich öffnete schwungvoll die Tür zu Juttas Reich und wunderte mich: leer. Waren die beiden vielleicht bei KPD? Ohne weiter nachzudenken, ging ich zu KPD und klopfte an. Ohne eine Antwort abzuwarten, öffnete ich die Tür und erwischte den Dienststellenleiter beim Lachsbrötchenessen. Dennoch schien er nicht sauer auf mich zu sein, eher im Gegenteil. Er schluckte den letzten Brocken hinunter.

»Hallo, Herr Palzki. Das finde ich gut, dass Sie mir persönlich Rapport erstatten wollen. Ein E-Mail hätte zwar gereicht, aber wenn Sie schon mal da sind, können wir gleich über den Fall diskutieren, zufällig habe ich ein paar Minuten Zeit, trotz meines stringenten Tagesplans. Nehmen Sie bitte Platz.«

Es war mir nicht möglich, das Missverständnis aufzuklären. Wo käme man da hin, seinen Chef über die eigene Arbeit auf dem Laufenden zu halten? Das gab es bei uns genauso wenig wie in allen anderen Unternehmen, die ich kannte.

»Das lohnt sich kaum, Herr Diefenbach. Ich muss erst die Protokolle der heutigen Vernehmungen in Reinschrift bringen und analysieren. Nur kurz vorweg: Ihr Exkollege aus Bad Dürkheim macht sich sehr verdächtig. Kann man ihm das zutrauen, was meinen Sie?«

KPD polterte los, ohne sich für die Hintergründe meiner Vermutung zu interessieren. »Klar doch, Schiwab war mir vom ersten Tag an suspekt. Ich meine, über genügend Menschenkenntnisse zu verfügen, um das behaupten zu können. Dennoch sollten Sie vorsichtig agieren, solange Sie nicht genügend Beweismaterial haben, Herr Palzki. Am besten ist, wenn Sie zwei oder drei mittelschwere Indizien haben, die für ihn als Täter sprechen. Dann helfe ich Ihnen, daraus eine schlüssige Indizienkette zu basteln. Stellen Sie mir doch bitte heute Abend, wenn Sie Feierabend machen, alle Fakten, die gegen Schiwab sprechen, ins E-Mail.«

Heute Abend? War er nun komplett verrückt geworden? Eigentlich wollte ich in den nächsten Minuten Feierabend machen. KPD wird auf sein E-Mail lange warten können. Wenn er mich morgen fragen sollte, werde ich von irgendwelchen technischen Schwierigkeiten faseln.

Während ich mich in Richtung Ausgang begab, konfrontierte mich mein Chef mit einer weiteren Nachricht.

»Mein persönlicher Polizeireporter hat mich vor ein paar Minuten angerufen. Herr Becker, Sie kennen ihn ja. Er will morgen zu mir kommen, weil er ein paar Informationen zu den Dürkheimer Ermittlungen einbringen kann. Am besten ist, wenn Sie zu dem Termin dazustoßen. Um 11 Uhr will er hier sein.«

Becker, natürlich. Nichts kann er zur Sache beitragen außer seiner grenzenlosen Neugier.

»Das geht leider nicht, Herr Diefenbach. Um 11 Uhr habe ich einen wichtigen Termin am Geilweilerhof.«

KPD wuchs ein Fragezeichen ins Gesicht. »Geilweilerhof? Was wollen Sie dort? Gibt's da eine Verbindung zu Schiwab?«

»Genau das will ich herausfinden, Herr Diefenbach. Das zweite Indiz, gewissermaßen. Bis morgen.«

Das Büro von Jutta war immer noch verwaist. Ich fragte eine Kollegin, die ich zufällig auf dem Flur traf.

»Weißt du, wo Gerhard und Jutta sind?«

Sie wusste es.

»Ich habe gesehen, wie sie gegangen sind. Sie waren auf dem Weg, um eine neue Kaffeemaschine kaufen. Und danach wollten sie gleich Feierabend machen.«

Toll, dachte ich. Was mache ich jetzt? Leichte Panik stieg in mir hoch, doch schnell hatte ich mich wieder gefangen. Wäre doch gelacht, wenn ich dieses klitzekleine Problem nicht in Eigenregie gelöst bekäme. Zunächst legte ich Jutta einen Zettel auf den Schreibtisch mit der Bitte, die Liste, die mir Hop erstellt hatte, durchzugehen und Profile der darauf aufgeführten Personen zu erstellen.

Danach suchte ich mein Büro auf. Seit sich KPD an Ostern in sein Büro eine Klimaanlage hatte einbauen lassen und die Versorgungsleitungen durch mein Büro gezogen wurden, sah es hier drinnen bis vor wenigen Tagen eher nach Müllhalde aus. Die mehr als unendlich vielen leeren Pizzakartons taten ihr Übriges. Inzwischen war mein kleines und bescheidenes Reich grundgereinigt worden. Sogar ein neuer Computer stand auf meinem Schreibtisch.

Der Schalter war schnell gefunden. Als Passwort benutzte ich seit eh und je das laut einer bekannten Rankingliste zweithäufigste in Deutschland genommene Passwort, das gleich nach ›123456‹ kam. Das war zwar nicht sicher, aber leicht zu merken. Nachdem ich

›Scheiß-Arbeit‹ eingegeben und bestätigt hatte, war ich schon drin. Fast so wie Boris Becker in der Internetwerbung vor 15 Jahren.

›Updates werden eingespielt‹, tauchte auf dem Bildschirm auf. Und natürlich gab es keine Möglichkeit, den Vorgang abzubrechen. Nirgendwo kam ich mir so hilflos vor wie am Computer. Resigniert zählte ich im Stillen die 32 Update-Positionen durch und wurde schließlich aufgefordert, das Passwort erneut einzugeben. Bei nächster Gelegenheit werde ich es in ›Scheiß-Computer‹ ändern.

Nach ein paar weiteren kleinen Widrigkeiten, deren Erwähnung kaum der Rede wert ist, zeigte mir eine zu Hilfe gerufene Kollegin, wie ich den Internetbrowser starten konnte. Den Wikipedia-Eintrag zum Institut für Rebenzüchtung – Geilweilerhof hatte ich schnell gefunden. Was dort gemacht wurde, verstand ich nur sehr grob. Ein Satz stach heraus: ›Hauptaufgabe des Instituts ist die Züchtung neuer, an das deutsche Klima angepasster Rebsorten mit Resistenzen gegen Schädlinge‹, und so weiter und so fort. Mir wurde sofort klar, dass ich morgen mächtig improvisieren musste. Ich suchte mir die Adresse heraus, das Institut befand sich in der Nähe von Landau. Mehr Informationen würden mich nur von meinem Ermittlungsschwerpunkt ablenken.

Zum Abschluss meiner zielgerichteten Recherche, fast kam ich mir wie Jürgen vor, wollte ich es wissen: ein E-Mail schreiben. Aber nicht an KPD, sondern an meine Kollegen.

Das E-Mail-Programm öffnete sich fast von allein, ich musste nur auf das Symbol klicken. Das war richtig einfach. Um es meinen beiden Kollegen mal so richtig zu zeigen, schrieb ich einen etwas verschlüsselten, aber schon gemeinen Text. Sie würden den Spaß bestimmt verstehen.

In den oberen Bereich des E-Mail schrieb ich zum Schluss Jutta und Gerhard rein und drückte auf Senden. Eine Fehlermeldung poppte auf: ›Empfänger unbekannt‹. Was war das jetzt schon wieder? Dass die beiden keine E-Mail-Adresse haben, konnte ich nicht glauben. Ich sah genauer hin und erkannte, dass ich die Namen in das Betrefffeld geschrieben hatte. Kann ja mal passieren. Ich verbesserte meinen Fehler und schrieb Jutta und Gerhard in das ›An-Feld‹. Wieder erhielt ich die gleiche Fehlermeldung. Kennt der dumme Computer nicht einmal die Namen meiner Kollegen? Es gab bei uns keine zweite Jutta und keinen zweiten Gerhard, meine Angaben waren folglich eindeutig. Dann musste es halt mit Trick 17 gehen. Ich würde das E-Mail ausdrucken und es Jutta auf den Schreibtisch legen. Nachdem ich das Drucker- und Faxsymbol geklickt hatte, fragte mich der naseweise Rotzlöffelcomputer, auf welchem Drucker beziehungsweise Faxgerät ich drucken möchte. Zur Auswahl standen rund ein Dutzend Namen in Hieroglyphenform. Mit unendlichem Zorn wählte ich den ersten Eintrag, und mir war es so was von egal, wenn der blöde Text in Ägypten ausgedruckt werden sollte. Irgendjemand würde ihn finden und damit glücklich werden. Mit hohem Aggressionspotenzial schaltete ich den Computer aus, was ebenfalls nicht so einfach war. Erst das Ziehen des Steckers verhalf mir zum Endsieg über den elektronischen Informationsterror.

Daheim angekommen, ging es endlich ruhiger zu. Zumindest in den zehn Sekunden, die ich benötigte, die Haustür aufzuschließen und in den Flur zu gelangen.

»Papa, weißt du, was mein blöder Bruder wieder angestellt hat?«, begrüßte mich die fast 13-jährige Melanie ohne jegliche Begrüßungsfloskeln.

Ich atmete tief durch und überlegte, ob ich zurück zur Dienststelle fahren sollte, um mich noch ein wenig, also bis morgen früh, mit meinem neuen lieb gewonnenen Computer zu beschäftigen.

Melanie verschwand und Paul tauchte im Flur auf. »Hat deine Tochter wieder blödes Zeug von sich gegeben?«, fragte er und wirkte dabei unsicher. Ich sah ihn abwartend an.

»Du, Papa«, sagte er schließlich und blickte mich mit einem treuherzigen Blick an. »Wenn man seinen Eltern im Haushalt helfen will, wird man doch nicht bestraft, oder?«

Wo hatte mein Sohn nur diese rhetorischen Kniffe her? Ich verhielt mich weiter abwartend. »Kommt darauf an«, antwortete ich unverbindlich.

»Wenn dabei was kaputtgeht, und man es nicht mit Absicht gemacht hat, ist es doch auch nicht so schlimm. Das zahlt doch eine Versicherung, oder?« Wieder dieser anschmachtende Blick.

Ich schob ihn zur Seite und ging ins Wohnzimmer. Die Einrichtung war unverändert, so schlimm war es also nicht.

Stefanie kam aus der Küche und sah außergewöhnlich entnervt aus. »Hat dir dein Sohnemann schon alles gebeichtet?«

Paul suchte hinter mir Schutz. »Er wollte dir helfen und dabei soll versehentlich etwas kaputtgegangen sein.«

Meine Frau war nah dran zu explodieren. »Helfen? Mir?« Sie blickte unseren beziehungsweise nach Stefanies Meinung meinen Sohn scharf an. »Den Sandkasten hat er leer gemacht.«

Wunderbar, dachte ich, das war längst überfällig. In unserem Garten hatte ich vor Jahren, als die beiden noch klein waren, einen riesigen Sandkasten gebaut, in den ein knapper Kubikmeter Spielsand reinpasste. Im Lauf der Jahre war der Sand nicht mehr so hygienisch einwandfrei, dass wir ab nächstem Jahr unsere Zwillinge Lisa und Lars darin spielen lassen konnten. Die Entfernung des Sandes stand daher seit einiger Zeit auf meiner Hausarbeitsliste. Dennoch, wie sollte Paul diese Massen an Sand weggebracht haben? Ich ahnte Schlimmes: Hatte er vielleicht wieder einmal etwas mit unserem Nachbarn, Herrn Ackermann, ausgeheckt? Herr und Frau Ackermann, die Bewohner der angrenzenden Doppelhaushälfte, waren eine Welt für sich. Bevor ich gedanklich abschweifen konnte, hakte ich bei Stefanie und Paul nach.

»Hat Herr Ackermann geholfen?«

Stefanie schüttelte den Kopf. »Nein, das hat Paul selbst geschafft.«

»Den vielen Sand?«

»Na ja, mit technischer Unterstützung.« Stefanies Gesichtsfarbe wechselte ins Signalrot.

»Und wie muss ich mir das vorstellen?«

»Er hat den Kärcher aus der Garage genommen.«

Ich musste mit Gewalt meinen heruntergefallenen Unterkiefer schließen, bevor ich weiterreden konnte. »Den Dampfstrahler?« Ich schaute Paul an. »Wie hast du den angekriegt?«

Paul schaute zu Boden. »Das war ganz leicht. Ich habe einfach alles durchprobiert, bis das Wasser vorn rausgeschossen ist. So wie du das immer machst.«

»Dein Vater leert damit aber keinen Sandkasten«, fiel ihm Stefanie ins Wort.

Ich stellte mir die Aktion gedanklich vor. Während ich Richtung Fenster ging, stellte ich noch eine Frage: »Lasst mich raten, der Rasen ist versaut. Hat das Gartenhäuschen auch was abbekommen?«

Direkt hinter dem Sandkasten stand unser Gartenhaus.

»Wie man's nimmt«, antwortete Stefanie. Im gleichen Moment sah ich die Misere. Die Tür stand offen. Paul hatte mit seiner Aktion nicht nur einen beträchtlichen Teil des Rasens beerdigt. Schätzungsweise die Hälfte des Schlamms hatte er mit dem Dampfstrahler in das Gartenhaus gedrückt. Die darin untergebrachten Gartenmöbel und so einiges mehr würden wir wohl entsorgen müssen.

Paul ließ ein paar Tränen fließen, was bei ihm nur ganz selten vorkam. »Das ging alles so schnell, Papa. Der Sandkasten war ruckzuck leer, und wegen dem blöden Dampfnebel habe ich erst danach gesehen, dass die Tür aufstand.«

Ich verzichtete darauf, den Schaden im Detail zu begutachten, schließlich hatte ich einen anstrengenden Arbeitstag hinter mir. Da nun Lisa und Lars ihre Stimmen erhoben, war auch Stefanie anderweitig beschäftigt. Irgendwann gab es dann ein mehr oder weniger schmackhaftes Abendessen, je nachdem, aus wessen Perspektive man es betrachtete.

Am nächsten Morgen fuhr ich auf dem Weg nach Landau an meiner Dienststelle vorbei. In der Nacht hatte ich davon geträumt, mein gedrucktes E-Mail wäre irgendwo in Nordkorea herausgekommen und die komischen Typen, die dort an der Macht waren, hätten umgehend unserer Dienststelle den Krieg erklärt.

Es war schlimmer.

»Die Sonderlagebesprechung im Sozialraum hat vor wenigen Minuten begonnen«, rief mir die Kollegin in der Zentrale zu, als ich, noch einigermaßen froh gelaunt, in der Dienststelle eintraf.

Der Saal war gerammelt voll. KPD hatte vermutlich auch die Beamten, die dienstfrei hatten, in den Sozialraum befohlen. Unser Chef stand vor der großen Leinwand auf einer kleinen Bühne, die er mit leeren Bierkästen improvisiert hatte. Alkohol war zwar normalerweise verboten, doch KPD selbst hatte vor einigen Monaten das Verbot gelockert. »Gegen ein Feierabendbierchen oder einen Verdauungsschnaps habe ich nichts einzuwenden, solange Sie auf Streife keine Ausfallerscheinungen zeigen«, hatte er damals gesagt. Das war just zu dem Zeitpunkt, als er begonnen hatte, seine Weinsammlung aufzubauen, die inzwischen durch den Bau des Weinkellers vollendet wurde.

KPD hielt im Moment eine flammende Rede, dennoch bemerkte er mein Eintreffen und unterbrach sich. Auch heute war er ungewohnt freundlich zu mir.

»Guten Morgen, Herr Palzki«, begrüßte er mich und sprach das ›Herr‹ ausnahmsweise nur mit zwei statt der üblichen fünf ›r‹ aus. »Ich habe Sie bezüglich der Sonderlagebesprechung nicht informieren lassen, weil ich wusste, dass Sie einen wichtigen Außendiensttermin haben. Umso mehr freut es mich, dass Sie sich Zeit nehmen, um sich über diesen Terrorakt gegenüber meiner Person zu informieren. Wir müssen jetzt alle sehr tapfer sein.«

Meine Güte, dachte ich. Sind seine Lachsbrötchen teurer geworden oder hatte die letzte Flasche Wein Kork?

»Meine Damen und Herren!« KPD wandte sich wieder an das Heer seiner Untergebenen. »Ich weiß, dass ich als guter Chef mit Ihrer bedingungslosen Unterstützung rechnen kann. Vergessen wir für ein paar Tage die unwichtigen Dinge unseres täglichen Lebens. Verkehrskontrollen werden ausgesetzt, kleinere Randale sollen die Bürger gefälligst selbst regeln, wir leiten schließlich keinen Kindergarten.« KPD holte tief Luft. »Nur so können wir unsere geballte Kraft dafür einsetzen, diesem schrecklichen Verbrechen auf die Spur zu kommen und die Hintermänner lebenslänglich hinter Gitter zu bringen.«

»Was ist denn so Schlimmes passiert?« Die Kollegen drehten sich allesamt zu mir um und bewunderten mich, weil ich den Schneid hatte, KPD anzusprechen. Dabei wollte ich die Lagebesprechung nur auf den Punkt bringen, damit sie sich nicht ewig hinzog. Schließlich musste ich dringend mit Jutta und Gerhard reden, bevor ich zu meinem Termin fuhr.

»Was passiert ist?« KPDs Stimme überschlug sich. »Eine brandgefährliche terroristische Gruppierung, um nichts anderes kann es sich handeln, hat es gewagt, mir eine anonyme Drohung per Fax in mein Allerheiligstes zu schicken.« Er hob ein Blatt Papier in die Höhe. »Diese ungeheuerliche Nachricht lag gestern Abend in meinem persönlichen Bürodrucker und Faxempfänger. Die Extremisten haben ihre Drohung sogar mit Namen versehen. Hier sehen Sie: Er zeigte den Ausdruck den Beamten, die in der ersten Reihe standen. »Jutta und Gerhard, das sind natürlich Tarnnamen.«

Bereits bei der Erwähnung seines Druckers war mir das Herz in die Hose gerutscht. Egal, jetzt half nur noch die Flucht nach vorn.

»Wie lauten denn die Drohungen?«, fragte ich unseren Vorgesetzten.

Er winkte mich nach vorn. »Kommen Sie, Herr Palzki, lesen Sie selbst.«

Der Text war äußerst verworren. Ich las Sätze wie ›Die Kaffeemaschinen werden euch ins Grab bringen‹ oder

›wenn man euch einmal braucht, verkrümelt ihr euch, das wird sich rächen‹.

Ich blickte KPD an. »Das sollen anonyme Drohungen sein?«

KPD riss mir den Ausdruck aus der Hand. »Das ist selbstverständlich verschlüsselt, Sie haben von Chiffrierung halt keine Ahnung. Ich habe sofort erkannt, dass es gegen mich persönlich gerichtet ist. Und das dürfen wir uns niemals gefallen lassen. Ich werde eigenhändig die Einsatzpläne erstellen. Auch wenn das Ganze zur Unzeit kommt, da meine Jubiläumsfeier ansteht, wir dürfen uns nicht unterkriegen lassen.«

Die letzten Worte schrie er: »Jeder, dem etwas auffällt, meldet sich sofort bei mir. Die Versammlung ist hiermit aufgehoben.«

»Warst du das?«, fragte Gerhard, als wir mit Jutta in deren Büro angekommen waren.

Ich druckste ein wenig herum. »Und wenn, wäre das schlimm?«

Jutta, die damit beschäftigt war, einen Karton in der Größe einer Waschmaschine zu öffnen, konnte sich das Lästern nicht verkneifen. »Niemand außer Reiner kommt in der ganzen Welt infrage, KPD diesen Blödsinn geschickt zu haben. Kaffeemaschinen, die jemand ins Grab bringen sollen, so was kann nur er sich ausdenken. Habe ich recht, Reiner?«

»Das war nur sinnbildlich gemeint«, versuchte ich zu erklären. »Woher sollte ich wissen, dass das bei KPD rauskommt.«

Gerhard war neugierig. »Wohin wolltest du den Text eigentlich schicken? Und warum kam das aus dem Drucker, wäre ein E-Mail nicht einfacher gewesen?«

Mir blieb eine Antwort erspart, da Jungkollege Jürgen eintrat. »Guten Morgen, tut mir leid, dass ich KPDs Besprechung verpasst habe. Meine Mama hat verschlafen. War was Wichtiges?«

Neben meinem Nein schallten ihm zwei Ja entgegen, und alle mussten lachen. Jutta warf mir ein übergroßes Stück Verpackungsmaterial aus Styropor entgegen. »Gleich greift sie an, die neue Killer-Kaffeemaschine. Hilf mir mal, das Gerät aus dem Karton zu hieven.«

Die für den Gewerbeeinsatz deklarierte Kaffeemaschine passte gerade so auf den Besprechungstisch, der unter dem Gewicht bedenklich ächzte. Jutta tat etwas, was 100 Prozent der Bevölkerung für überflüssig hielten: Sie las die Bedienungsanleitung.

»Du, Gerhard«, meinte sie kurz darauf halblaut. »Ich glaube, wir haben einen Fehler gemacht. Die Maschine hat keinen Wasserbehälter, die muss an das Frischwasser angeschlossen werden.«

Ich hätte jetzt lachen können, verkniff mir dies aber aus zukunftssichernden Gründen. Schließlich gab es Momente, wenn auch selten, in denen ich um ihre Hilfe froh war.

»Das haben wir gleich«, gab sich Gerhard siegesbewusst und verließ das Büro. Ich nutzte die Zeit, um ein paar Aufträge an Jürgen und Jutta zu verteilen.

»Jürgen, gut, dass du so früh da bist, du könntest ein paar Sachen nachschlagen. Auf Juttas Schreibtisch liegt ein Zettel mit allen Personen, die am Samstag an dem Tisch gesessen haben, als der Todesfall passierte. Sei so gut und stell mir von jeder Person ein Dossier zusammen. Insbesondere von der Bürgermeisterin, dem Kripochef, dem Leiter des Ordnungsamtes und einer gewissen Mara Haller.«

»Donnerwetter, fast alles leitende Beamte aus Bad Dürkheim«, stellte Jürgen fest. »Haben die alle Dreck am Stecken?«

»Haben das nicht die meisten Bürger, Jürgen? Warum sollten da Beamte die Ausnahmen sein?«

»Du bist doch selbst einer.«

»Na und? Wir zählen da natürlich nicht mit. Oder hast du keine reine Weste so wie ich?«

Jutta lachte, und Jürgen wusste darauf nichts zu antworten.

»Ach ja, lade bitte alle außer den eben vier Genannten zu uns zur Zeugenvernehmung vor. Aber nicht versehentlich wieder Haftanordnungen ausstellen, du kennst inzwischen den Unterschied, Jürgen?«

Ich wandte mich an Jutta. »Irgendwo in diesem Gebäude sollte der vorläufige Obduktionsbericht liegen. Würdest du diesen bitte suchen, lesen und verstehen? Ich meine, die Fremdwörter in einfaches Polizistendeutsch übersetzen?«

Ich überlegte, ob ich etwas vergessen hatte. »Ach ja, das Opfer hieß Britta Zapfenstreich. Jürgen, stell mir bitte auch von der Toten alle Informationen zusammen. Insbesondere das familiäre Umfeld interessiert mich. Sie arbeitete übrigens am Geilweilerhof, um elf treffe ich mich dort mit einer Kollegin von ihr.«

Gerhard kam mit einem 20 Meter langen Gartenschlauch zurück. »Habe ich dem Hausmeister abgeschwatzt, was Kürzeres hatte er nicht.«

Wir schauten so intensiv Gerhard zu, wie er den Schlauch mit einem Adapter am Waschbecken anschloss und quer durch Juttas Büro verlegte, dass wir nicht bemerkten, wie KPD zusammen mit Dietmar Becker zur Tür hereinkam.

»Herr Palzki, warum sind Sie noch hier?«, fragte er erstaunt.

»Ich bin auf dem Sprung, Herr Diefenbach«, säuselte ich. »Gerade haben wir gemeinsam diskutiert, wer für den feigen Anschlag auf Sie verantwortlich sein könnte.«

KPD war mit der Antwort zufrieden. Einen Moment stutzte er wegen der riesigen Kaffeemaschine, wandte sich dann aber an seinen persönlichen Reporter.

»Das trifft sich gut, dass Sie noch hier sind. Dann können Sie Herrn Becker zur Vernehmung mit ins Institut nehmen. Unter normalen Umständen, wenn ich mehr Zeit hätte, würde ich selbst mitfahren. Der Geilweilerhof steht schon lange auf meiner Besuchsliste.«

Ich hätte mir selbst in den Hintern treten können. Ein paar Minuten früher und mir wäre der Student erspart geblieben, der mir nun wie eine Klette folgen würde.

KAPITEL 6
GEFAHR AM GEILWEILERHOF

»Habe ich das nicht gut hingekriegt?«, strahlte mich der Student an, als er bei mir im Auto saß.

»Im Hinkriegen sind Sie Weltmeister«, antwortete ich sarkastisch. »Das wird langweilig für Sie«, ärgerte ich ihn weiter. »Am Geilweilerhof wird wissenschaftlich gearbeitet, nicht so laienhaft wie Sie. Warum sind Sie nicht auf dem Wurstmarkt geblieben?«

Becker lachte ausgiebig. »Meine Rummel-Guide-Expertise ist fast fertig, nur noch die Reinschrift fehlt. Und mit Steffen Boiselle stehe ich sowieso in ständigem Kontakt. Daher habe ich im Moment genügend Zeit, Sie bei Ihren Ermittlungen tatkräftig zu unterstützen. Was meinen Sie, Herr Palzki? Hat der Mord etwas mit dem Institut am Geilweilerhof zu tun? Das scheint mir ein rechter Elfenbeinturm zu sein, wenn Sie wissen, was ich meine.«

Ich verstand ihn absichtlich falsch. »Wenn Sie Elefanten sehen wollen, müssen Sie in den Zoo gehen. Aber nicht nach Landau, die haben keine Elefanten.«

Becker war anscheinend nicht zu Scherzen aufgelegt, ich eigentlich auch nicht. Der Student zog ein paar Broschüren aus der Tasche. »Ich habe mich über den Geilweilerhof kundig gemacht. Es ist zwar kein Geheiminstitut, dennoch wissen wahrscheinlich nur sehr wenige, was dort gemacht wird.«

»Das kann man leicht in Wikipedia nachlesen«, argumentierte ich dagegen.

»Aber nur, wenn man es macht«, konterte Becker. »Ich vermute allerdings, dass dort nur die Hälfte der Wahrheit steht.«

»Was meinen Sie damit?«

Becker blieb unbestimmt. »Das ist im Moment nur so ein Gefühl, und das hat mich bisher noch nie betrogen. Ich werde jedenfalls meine Sinnesorgane offen halten. Wer weiß, was dort alles im Geheimen entwickelt wird.«

»Sie lesen und schreiben eindeutig zu viele Krimis. Führen Sie sich mal lieber ein Lyrikbändchen oder so zu Gemüte, das beruhigt Herz und Nerven.«

»Woher wissen Sie denn davon?«

Ich hatte keine Ahnung, was er meinte. »Kripobeamte wissen alles.«

Verschämt schaute Becker zu Boden. »Meine ersten lyrischen Versuche sind noch nicht so optimal gediehen, ich weiß«, redete er sich um Kopf und Kragen. »Aber Herr Diefenbach unterstützt meinen ersten Gedichtband mit einer stattlichen Summe aus seinen Förderfonds.«

»Schwarzkasse, meinen Sie wohl. Lassen Sie mal was hören.«

Der Student zögerte einen Moment, doch dann legte er los:

»Wer spurtet so schnell durch Matsch und Schnee?
Es ist unser allseits beliebter Chef, der KPD.
Die gemeinsten Gangster jagt er täglich
alle Verbrecher scheitern deshalb kläglich.«

Gerade noch konnte ich ein Einnässen meinerseits verhindern. Ich wartete einen Moment, bis ich mich wieder seelisch und körperlich gefangen hatte, dann ließ ich das Lenkrad los und klatschte Beifall.

»Klasse, das hätte Mozart nicht besser hingekriegt.«

Becker sah auf. »Hat Mozart Gedichte geschrieben?«

»Das wissen Sie nicht? Haben Sie noch nie von seiner ›Ode an Salzburg‹ gehört? Das ist das erste Rezeptgedicht überhaupt, Herr Becker. Mozart hat darin seine berühmten Kugeln lyrisch verwertet.«

Der Student versuchte, von seiner vermuteten Unwissenheit abzulenken. »Und wie finden Sie *mein* Gedicht?«, fragte er erwartungsvoll.

»Das wird der Knaller. Wahrscheinlich werden sie wegen Ihnen in Schweden sogar einen Lyriknobelpreis kreieren. Das hat richtig Dynamit, Ihr Gedicht. Am besten dürfte es sein, wenn Sie in Zukunft mit dem Krimischreiben aufhören und sich ganz Ihrem einzigen Talent, dem Schreiben von Lyrik, widmen.«

Eine Antwort gab er mir nicht. Ich fuhr von der B 272 auf die A 65 und keinen Kilometer später wieder runter auf die B 10 Richtung Pirmasens. Dann wurde es kompliziert, und ich musste mein analoges Navi-System zu Rate ziehen. Aus der Jackentasche zog ich einen Papierausdruck hervor. ›Godramstein ab, dann nach Siebeldingen‹, hatte ich mir darauf handschriftlich notiert.

Die Landschaft wurde leicht hügelig, als wir durch die engen Dörfer fuhren.

»Kennen Sie sich hier aus?«, fragte Becker und klang überrascht.

»Ich bitte Sie, ich bin ein Pälzer Bu.«

Gleichzeitig schielte ich auf meinen Spickzettel. ›In Siebeldingen nach Frankweiler abbiegen, dann etwa ein Kilometer außerhalb.‹

Zusätzlich war das Institut gut ausgeschildert. Am erwarteten Ziel mündete auf der linken Straße ein asphaltierter Weg. Im Hintergrund konnten wir eine Ansammlung von wenigen Gebäuden erkennen, in deren Mitte ein mächtiger Turm, der wie ein Bergfried aussah, thronte.

Das große Gehöft war mit einer hohen Steinmauer umgeben.

»Das war früher mal ein Kloster«, erzählte Becker, der sich offensichtlich ebenfalls im Internet schlaugemacht hatte.

Ich fuhr durch ein Tor, und wir sahen, dass überall Menschen herumwuselten und Zelte und Bierzeltgarnituren aufbauten.

Ein Mann stellte sich meinem Wagen in den Weg und fuchtelte ärgerlich zur Seite. »Weg do, do kummt des große Zelt hi.«

Ich blieb cool und ließ die Scheibe herunter.

»Wir wollen zu Mara Haller, wo finden wir die?«

»A, do misse ner noch hinne durchfahre zum Labor.« Er zeigte zum Tor hinaus und dann nach links. Wir waren also zu früh abgebogen.

»Ist das nicht der Geilweilerhof?«, fragte ich unsicher.

»Ejo, isser des«, antwortete der Mann und wurde ungeduldig. »Jetzert fahren mol awer endlich weg, mehr misse fer de Sunntag noch viel richte.«

Ich wendete vorsichtig, und beim Verlassen des ehemaligen Klostergeländes entdeckte ich das Plakat. Am kommenden Sonntag fand hier ein Tag der offenen Tür statt. ›Wie immer am dritten Sonntag im September‹, stand groß in der Überschrift des Plakates.

»Alles voller Weinreben«, sagte Becker, als wir wieder auf dem asphaltierten Weg vor der Klostermauer fuhren.

»Hatte da nicht was von Bananenplantagen im Internet gestanden?«, versuchte ich meinen Begleiter zu ärgern, doch der schüttelte nur stumm den Kopf.

Hinter dem ummauerten Gehöft befand sich ein zweistöckiger lang gezogener Zweckbau, vermutlich aus den 70er-Jahren. Am rechten Ende hatte man ein Gewächshaus angeflanscht.

Der Parkplatz war mit mehreren Dutzend Wagen bis zum vorletzten Platz belegt. Mit Schwung lenkte ich in die winzige Lücke hinein.

»Passt«, sagte ich und lächelte innerlich, während ich ausstieg. Becker sah mich groß an. »Das hätte ich Ihnen gar nicht zugetraut, Herr Palzki. Ihr Chef behauptet immer, Sie hätten vom Autofahren so viel Ahnung wie von Einsteins Relativitätstheorie.«

Da ich bereits neben dem Wagen stand, bückte ich mich leicht und antwortete: »Seit vorgestern weiß ich sogar, wie viele Dimensionen es gibt. Jetzt steigen Sie aber mal geschwind aus.« Ich drehte mich grinsend zur Seite. Becker hatte es bemerkt, er konnte seine Beifahrertür nicht öffnen. Zwischen meinem und dem Außenspiegel des rechten Nachbarn würde höchstens ein Blatt Papier passen, wenn es nicht allzu dick ist. Mühsam rutschte der Student rüber zum Fahrerplatz und stieg aus. Er versagte sich eine Kommentierung.

Am Eingang ließen wir die Sprechanlage wissen, wen wir sprechen wollten. Mara Haller öffnete uns kurz darauf persönlich.

»Guten Tag, Herr Palzki«, begrüßte sie mich. »Pünktlich wie ein Maurer, haben Sie uns gleich gefunden?«

»Einwandfrei«, antwortete ich und stellte den Möchtegernlyriker vor. »Das ist Herr Becker.« Ursprünglich wollte ich mich dazu erniedrigen und ihn als Kollegen vorstellen, doch ich besaß noch einen kleinen Restanstand mir selbst gegenüber.

»Ich weiß, Ihr Chef, Herr Diefenbach, hat vorhin angerufen. Wenn ich mit Ihnen nicht klarkäme, würde er in ein paar Tagen persönlich vorbeikommen und den Mordfall lösen.«

Sie schaute abwechselnd zu mir und Becker. »Kann es sein, dass Ihr Vorgesetzter etwas komisch ist?«

»Das ›etwas‹ stimmt nicht«, antwortete ich. »Wo müssen wir hin?«

»Wir gehen am besten zuerst in mein Büro. Es ist zwar nicht sehr groß, aber es wird schon gehen.«

Wir gingen einen Flur auf der Rückseite des Gebäudes entlang, in dem ein Büro neben dem anderen mündete. Fast am Ende hatten wir Mara Hallers Büro erreicht. Die Einrichtung entsprach im Großen und Ganzen einem normalen Büro. An den Wänden hingen allerdings keine Pirelli-Kalender-Klons oder Kunstdrucke, sondern wissenschaftliche Tafeln und anderes absolut unverständliches Zeug.

»Ich bin am Julius-Kühn-Institut als Biologin für das molekularbiologische Labor zuständig.«

Ich unterbrach sie. »Was hat das Julius-Dingsbums-Institut mit dem Geilweilerhof zu tun?«

»Das ist historisch bedingt«, erklärte Haller. »Vor einiger Zeit wurde unser Institut für Rebenzüchtung in den Verbund des Julius-Kühn-Instituts eingegliedert. Dabei handelt es sich um das Bundesforschungsinstitut für Kulturpflanzen. Da gibt es noch eine Reihe anderer Institute, die über ganz Deutschland verteilt sind. Und eines davon sind wir.«

»Und die befassen sich alle mit Wein?« Diese Frage kam von Becker, folglich wusste er auch nicht viel mehr als ich.

Sie lachte. »Nein, die haben alle unterschiedliche Aufgabengebiete. Da gibt es ein Institut für Pflanzenbau und Bodenkunde oder eines für gartenbauliche Kulturen oder …«

»Ich verstehe«, unterbrach ich, um meine Gehirnkapazitäten nicht mit Infoballast zu blockieren. »War Ihre Kollegin in der gleichen Abteilung wie Sie beschäftigt?«

Sie zeigte mit dem Daumen nach oben. »Britta arbeitete einen Stock höher in der Analytik.« Sie überlegte einen Moment. »Soll ich Ihnen die Laboratorien zeigen?«

»Na klar«, platzte der neugierige Becker heraus.

Sie stand auf und ging mit uns zur anderen Längsseite des Gebäudes. Hier befanden sich die Labore.

Mara Haller musterte mich und schien zu grübeln. »Ich muss Sie leider bitten, wegen unserer Sicherheits- und Hygienebestimmungen einen Laborkittel anzuziehen. Ich weiß jetzt nur nicht, ob …« Den Rest des Satzes ließ sie unausgesprochen. »Doch, da haben wir was Passendes.« Sie überreichte mir einen weißen Kittel, der mir gerade so passte. Becker bekam einen, der, so wie ich schätzte, höchstens eine Nummer kleiner war.

»Würden Sie bitte auf dieser Liste Ihren Namen eintragen?«

Sofort kam mir die Horrorschleuse bei dem Salathersteller Nafa in Neuhofen ins Gedächtnis. Würden wir uns jetzt eine halbe Stunde lang Belehrungen anhören müssen und danach eine Komplettdesinfektion über uns ergehen lassen? Zum Glück waren die Hygienebestimmungen am Geilweilerhof nicht so ausgeprägt wie bei der Nafa.

Die Biologin führte uns durch die Labore, die untereinander verbunden waren. In einem Raum saßen Mitarbeiter an Mikroskopen, andere beluden Kühlschränke mit irgendwelchen Gefäßen. Vielleicht waren die Kühlschränke auch Öfen, so genau konnte ich es nicht erkennen.

»In diesen Laboren versuchen wir pilzresistente Rebsorten mit höchstmöglicher Qualität zu züchten. Außerdem sollen die neuen Reben möglichst anpassungsfähig sein und Ertragssicherheit bieten. Das alles in Kombination zu erreichen, ist bei der ungeheuren Vielfalt nicht einfach.«

Becker versuchte sich als Detektiv. »Werden die Ergebnisse alle offengelegt, Frau Haller? Oder gibt es auch inoffizielle Forschungen?«

»Inoffizielle Forschungen, wie soll ich das verstehen? Bei uns wird alles genaustens dokumentiert, wir arbeiten professionell und wissenschaftlich.«

Sie zeigte auf ein Plakat an der Wand, auf dem mehrere verschiedene Weinsorten abgebildet waren. »Sehen Sie sich das rechte Bild an, meine Herren. Auf die Rotweinsorte Regent sind wir besonders stolz. Sie wurde bei uns gezüchtet. In Kürze werden wir weitere neue Sorten anmelden, bei denen der Aufwand für Pflanzenschutz noch weiter verringert werden kann.«

Ich verstand nur eins: Die Führung durch die Laborräume würde uns in der Ermittlungssache nicht weiterbringen. So langsam zweifelte ich, dass die Ermordung Zapfenstreichs mit ihrem Arbeitgeber zu tun hatte.

»Zeigen Sie uns bitte noch kurz den Arbeitsplatz des Opfers«, bat ich Haller. »Dann sind Sie uns auch schon wieder los.«

Wir verließen die Laborräume und gingen zu einem Treppenhaus. »Dr. Felix Schwager arbeitet in der Analytik und ist für die Aroma-Analyse zuständig.«

Wir folgten ihr, auch wenn ich mir unter Aroma-Analyse nicht so richtig etwas vorstellen konnte. Sie öffnete den Raum 217, der mit ›Analytik‹ gekennzeichnet war. Vier oder fünf Mitarbeiter waren an verschiedenen Geräten beschäftigt, die allesamt sehr technisch und kompliziert aussahen.

Mara Haller sprach einen jüngeren Mann an, der seine Nase in einen ergonomisch geformten Glastrichter drückte, der über einen Schlauch mit einem seltsam anmutenden Apparat verbunden war. Auf der Oberseite befand sich ein Rondell, in dem eine Vielzahl kleiner Fläschen kreisförmig angeordnet war.

»Hallo, Felix, die Leute von der Polizei sind da. Ich habe dir angekündigt, dass sie Brittas Arbeitsplatz sehen wollen.«

Der Angesprochene notierte etwas auf einem Block, dann stand er auf und begrüßte uns.

»Guten Tag, die Herren, ich bin Felix Schwager. Britta Zapfenstreich war eine Mitarbeiterin von mir. Tragisch, was mit ihr passiert ist. Hoffentlich finden Sie den Täter.«

»Ganz bestimmt«, antwortete ich selbstbewusst. »Bisher habe ich sie alle gekriegt. Würden Sie uns bitte zeigen, mit welchen Tätigkeiten Frau Zapfenstreich befasst war?«

Schwager zeigte auf den Apparat, an dem er gesessen hatte. »Britta bediente hauptsächlich unseren Gaschromatografen mit dem Olfactory Detection Port. Wir sagen vereinfacht Schnüffeldetektor dazu.«

Ich assoziierte mit Schnüffeldetektor natürlich sofort irgendwelche illegalen Drogen. »Und welche Drogen, äh, Sachen werden an dem Gerät geschnüffelt?«

Während Schwager antwortete, entnahm Haller zwei oder drei Gläschen aus dem Rondell und zeigte sie mir. Die Beschriftungen brachten mich nicht weiter.

»Vereinfacht gesagt, zerlegen wir den Duft der Weine aus neuen Sorten in ihre Aromakomponenten. Mit dem

Schnüffeldetektor können wir olfaktorisch interessante Komponenten in einem Chromatogramm eindeutig, einfach und mit hoher Effizienz identifizieren.«

Schwager nahm Haller die Gläser ab und stellte sie wieder in das Rondell.

»Natürlich hatte Britta auch andere Aufgaben«, fuhr er fort und ging mit uns an das andere Raumende, an dem ebenfalls komische Geräte standen. Im Hintergrund sah ich, wie sich eine Mitarbeiterin an den Schnüffeldetektor setzte.

Schwager zeigte auf einen weißen Kasten, der auf dem Boden stand und für mich wie ein Kühlschrank aussah. »Das ist unser wichtigster Automat«, erklärte er lächelnd und öffnete ihn. Es war tatsächlich ein Kühlschrank. Er zog eine Flasche Cola heraus und fragte in die Runde: »Möchte jemand eine Flasche? Garantiert auf das Zehntel Grad optimal gekühlt.«

Nachdem wir alle eine Flasche in der Hand hielten, meldete sich erstmals Becker zu Wort. »Steht zurzeit zufällig die Entdeckung einer Weltsensation an?«

Schwager blickte verdattert. »Woher wissen Sie das?«

»Das habe ich in der Zeitung gelesen. Dort stand, dass es etwa 20 bis 30 Jahre dauert, bis eine neue Rebsorte am Markt eingeführt ist und Sie eine Gendatenbank mit 3.800 Sorten hätten. Und dann kam der Hinweis, dass aktuell eine neue, vielversprechende Sorte in der Mache sei, diese aber noch keinen Namen habe.«

»Und das stand in der Zeitung?«, fragten Haller und Schwager gleichzeitig und blickten sich erschrocken an.

Ich ärgerte mich, weil der Student offensichtlich einen leichten Informationsvorsprung hatte. »Stimmt es nicht?«, fragte ich nach.

»Doch«, antwortete Schwager vorsichtig. »Aber ich weiß nicht, ob diese Information für die Öffentlichkeit gedacht ist. Mara, könnten wir eine undichte Stelle haben?«

Nun war für Becker und mich endgültig klar, dass hier etwas faul war. Die beiden Akademiker wussten, dass sie bildlich gesprochen in der Falle saßen und mit weiteren Informationen rausrücken mussten. Ich nahm mir vor, mich an Schwager zu halten, weil dieser nach meinem Eindruck leichter zu knacken war. Zunächst wollte ich ihm noch eine kleine Nachdenkpause verschaffen.

»Bevor Sie uns Details zu Ihrem Geheimprojekt erzählen, können Sie uns noch schnell die Nachbarräume zeigen.« Meine Frage kam nicht von ungefähr. Mir war aufgefallen, dass Schwager und Haller sich immer so zu uns stellten, dass wir keine Möglichkeit hatten, in das Nachbarlabor zu schauen.

Der Analytik-Leiter trank seine Cola leer und nickte ergeben. »Kommen Sie halt mit rüber.« Mit einem Blick zu Haller meinte er: »Würdest du bitte in der Zwischenzeit den Leiter informieren?«

Vielleicht hatte es sich doch ausnahmsweise gelohnt, den studentischen Krampf-Lyriker mitzunehmen, dachte ich. Ohne ihn würde ich im Moment im Heuhaufen herumstochern. Selbstverständlich würde ich das nie in der Öffentlichkeit zugeben.

Im Nachbarlabor traute ich mir selbst nicht. Mit dem Rücken zu mir saß ein kleines Männlein an einem computerähnlichen Gerät. Aufgrund der typischen Einsteinfrisur hatte ich ihn sofort erkannt. Jacques Bosco, der letzte Universalgelehrte der Menschheit und Erfinder.

»Jacques, was machst du hier?«, fragte ich überrascht.

Das angesprochene Männlein drehte sich auf seinem

Hocker zu mir um, und ich erkannte meinen Irrtum: Es war mitnichten mein Freund Jacques.

»Ja, bitte?«, fragte er mich mit einer Fistelstimme.

»Entschuldigen Sie bitte, ich habe Sie verwechselt.«

Ohne ein weiteres Wort drehte sich die Person wieder zu ihrem Mikroskop.

»Mit wem haben Sie Herrn Diefenbach verwechselt?«, fragte Schwager und zeigte auf den Einstein-Klon.

Diefenbach? Was soll das jetzt wieder? Das konnte doch nur ein Zufall sein. Dietmar Becker runzelte ebenfalls die Stirn.

Dennoch wollte ich sichergehen und ging einen Schritt auf den Wissenschaftler zu. »Sind Sie zufällig mit Klaus Diefenbach aus Schifferstadt verwandt?«

Das Männlein drehte sich zum zweiten Mal zu mir. Stumm blickte er mich lange an, bevor er fast unmerklich nickte. »Wenn Sie den Polizeichef aus Schifferstadt meinen, dann lautet die Antwort Ja.« Wieder ließ er einige Sekunden verstreichen. »Es ist nur mein Halbbruder, und wir haben seit Ewigkeiten keinen Kontakt. Klaus weiß nicht einmal, dass ich hier arbeite. Kennen Sie meinen Bruder näher?«

»Er ist mein, äh, unser Vorgesetzter.«

»Ah, Sie sind Polizeibeamte. Mein Beileid, Sie haben nicht viel Freude an Ihrem Job, stimmt's?« Er grinste ein klein wenig mitleidig.

»Es geht so«, antwortete ich sicherheitshalber neutral. »Soll ich ihm Grüße von Ihnen ausrichten?«

Das Männlein schüttelte energisch seinen Kopf. »Lassen Sie mal, das muss nicht sein. Wenn ich nicht so viel zu tun hätte, würde ich Ihnen ein paar interessante Geschichten über Ihren Chef erzählen.«

Selbstverständlich brannte es mir unter den Nägeln, mehr von KPD zu erfahren. Doch Schwager lenkte ab.

»Sie sehen, in diesem Raum sieht es genauso aus wie im anderen. Auch hier befassen wir uns ausschließlich mit Aromen. Zum Beispiel dieser …«

Mara Haller rief aus dem Nebenraum. »Felix, würdest du mit unserem Besuch bitte rüberkommen?«

Wieder im ersten Raum angekommen, sahen wir uns einem Mittfünfziger im Maßanzug, Typ ›bedingungslos seriös‹ gegenüber.

»Guten Tag«, begrüßte er uns mit Handschlag. »Ich bin Professor Dr. Verrevin, der Leiter des Instituts.«

Schwager wollte beginnen, dem Professor zu erklären, worum es ging. Doch er unterbrach ihn hastig. »Frau Dr. Haller hat mir bereits alles mitgeteilt. Ich nehme die Herren Palzki und Becker mit in mein Büro.«

Das ging mir jetzt zwar eindeutig zu schnell, dennoch wusste ich nicht, was ich im Labor mangels Fachwissen noch untersuchen könnte. KPDs Halbbruder speicherte ich mir im Langzeitgedächtnis ab.

Becker und ich verabschiedeten uns von Schwager, der, während wir das Labor verließen, wieder am Schnüffeldetektor Platz nahm. Haller begleitete uns noch ein Stück, um ihr eigenes Büro aufzusuchen.

Wir waren höchstens drei Meter von der Labortür entfernt im Flur, als wir einen lauten Knall und unmittelbar danach einen grellen Aufschrei hörten.

Becker erreichte das Labor nur den Bruchteil einer Sekunde vor mir, was ihm keinen Vorteil brachte.

KAPITEL 7
WEINSTRASSENÄRGER

Schwager lag mit weit aufgerissenen Augen hinter dem Hocker auf dem Boden, drei Mitarbeiter standen geschockt irgendwo im Labor herum. Offensichtlich war Schwager beim Fallen mit dem Kopf auf der Tischplatte hinter ihm aufgeschlagen. Da ich von einem Unfall ausging, rannte ich sofort zu ihm. Der Professor stoppte meinen Plan mit einem beherzten Griff an meinen Oberarm, wofür ich ihm unendlich dankbar bin.

»Lüftung an, Fenster auf und alle raus!«, rief er in das Labor. Er sah nicht nur sehr seriös aus, er hatte auch eine ausgesprochen autoritäre Stimme.

»Was ist?«, fragte ich Professor Verrevin im Flur.

»Gift«, antwortete er kurz angebunden. »Ich habe das sofort an Dr. Schwagers Gesichtsausdruck gesehen. Es ist unwahrscheinlich, dass ich mich irre.«

»Aber wenn er nur verletzt ist«, entgegnete ich. »Wir müssen ihm helfen.«

Verrevin schüttelte den Kopf. »Helfer dürfen sich niemals selbst in Gefahr bringen. Meiner Meinung nach herrscht in der unmittelbaren Umgebung von Dr. Schwager Lebensgefahr. Auch wenn ich kein Arzt bin, mein Mitarbeiter ist tot.«

Der vorhandene Notfallplan funktionierte, innerhalb kürzester Zeit waren nicht nur diverse Notärzte informiert, sondern auch der Gefahrstoffzug der Landauer Feuerwehr.

Da aus Sicherheitsgründen alle Mitarbeiter das Gebäude verlassen mussten, hatte ich Gelegenheit, den Professor näher zu seiner Vermutung zu befragen. Becker konnte ich nirgendwo entdecken.

»Wie kommen Sie zu Ihrer Vermutung, dass Herr Schwager mit Gift ermordet wurde?«

Nachdenklich antwortete er: »Ermordet? Wieso denn das?«

»Liegt das nicht nahe?«, antwortete ich mit einer Gegenfrage. »Am Samstag Britta Zapfenstreich, eben Herr Schwager. An welches Gift denken Sie denn, Herr Verrevin?«

Ich ließ grundsätzlich bei der Anrede die akademischen Titel weg. Bis auf ganz wenige Ausnahmen hatte ich damit nur gute Erfahrungen gemacht.

»Kein bestimmtes, Herr Palzki. Ich habe nur eins und eins zusammengezählt. Auch der Gesichtsausdruck von Dr. Schwager spricht für meine These. Sie müssen wissen, ich war jahrelang in einem Labor beschäftigt, das sich mit der Prüfung und Bewertung toxischer Stoffe befasst.«

»Sie müssen aber wissen, welche toxischen Stoffe Sie in Ihren Laboren haben. Kann Herr Schwager da etwas verwechselt haben?«

Der Professor schüttelte energisch den Kopf. »Wir haben in unserem Institut überhaupt keine schwer toxischen Stoffe. Das dürfen wir gar nicht, dafür sind die Sicherheitsbestimmungen bei uns nicht ausgelegt. Nein, das Gift muss von außen hereingebracht worden sein.«

Ich ließ nicht locker. »Kann es mit dem Schnüffeldetektor zu tun haben?«

Verrevin schaute mich erstaunt an. »Den Gedanken habe ich auch. In diesem Fall hätte Dr. Schwager das Gift durch den Detektor eingeatmet.«

»Was bedeutet, dass jemand eines der Gläschen mit den Aroma-Analysen vertauscht hat.«

»Oder Dr. Schwager selbst«, erweiterte der Institutsleiter meine Vermutung.

»Suizid?«, fragte ich mehr mich selbst.

Verrevin zuckte mit den Schultern. »Ich kann Ihnen im Moment leider nicht weiterhelfen. Da kommen Ihre Kollegen aus Landau, können Sie mich für den Moment entschuldigen? Ich muss sie einweisen und danach der Frage nachgehen, ob der Tag der offenen Tür am Sonntag unter diesen Umständen stattfinden kann.«

Eigentlich wollte ich mit ihm erörtern, welche geheimnisvolle Entwicklung in den Laboratorien stattfand, die nicht für die Öffentlichkeit bestimmt war. Aber aufgeschoben war nicht aufgehoben.

Die nächste Stunde konnte ich nicht viel tun. Ich nutzte die Gelegenheit, die Umgebung zu sichten. Der Geilweilerhof lag auf einem kleinen Hügel im Vorfeld des Pfälzerwalds und war von Weinreben komplett umzingelt. Es gab sogar einen Rebenlehrpfad mit informativen Tafeln. Leider stand auf den Tafeln nicht, wer der Mörder von Zapfenstreich und Schwager war. Während ich an der Außenmauer entlangging, registrierte ich, dass sämtliche Rebstöcke mit kleinen Tafeln beschildert waren. Dies mussten die Versuchsanbauten der neuen Sorten sein, dachte ich. Doch wo sollte man hier eine geheime Sorte anbauen, ohne dass dies jemandem auffallen würde? Wein konnte man zwar in Kellern keltern und lagern, aber nicht anbauen.

Ich schlenderte in das Innere der ehemaligen Klosteranlage. Ungeachtet des Anschlags im Laborbau ging hier die Organisation für den Tag der offenen Tür weiter. Nachdenklich schaute ich zu dem markanten Turm hinauf, der etwa im zweiten Stock mit einem Nachbargebäude verbunden war.

»Da staunen Sie, was?«

Ich drehte mich um und stand einer jüngeren Frau mit auffällig asymmetrischer Frisur gegenüber, was sehr gewöhnungsbedürftig aussah. Beinahe hätte ich sie gefragt, ob ihr Geld nur für eine halbe Frisur gereicht hatte.

»Was befindet sich in dem Turm?«, war meine sozialtauglichere Alternativfrage.

Sie stellte einen mit Körnern gefüllten Eimer, den sie in der Hand hielt, auf den Boden. »Der steht leider leer. Schade, oder?«

»Das wäre doch der ideale Ort für ein Restaurant oder Café«, sagte ich. »Die Aussicht muss fantastisch sein.«

Sie lachte. »Da haben Sie recht. Bei schönem Wetter herrscht da oben eine paradiesische Weitsicht. Leider fehlt uns das Kleingeld, um den Turm zu renovieren. Auch ein Weinmuseum war mal im Gespräch, da gibt es sogar fertige Pläne. Bis jetzt hat sich aber kein Investor gefunden.«

Die halb Kurz- und halb Langhaarige schnappte sich ihren Eimer und verabschiedete sich.

Ich verließ das Klostergelände und ging wieder in Richtung Laborgebäude, um mich bei den Landauer Kollegen über die aktuelle Lage zu informieren. Auf dem Parkplatz traf mich der Schlag. Und das ist wörtlich zu nehmen: Mich traf die Vorderfront eines Notarztwagens. Muss ich erwähnen, um welchen Notarztwagen es sich handelte? Als ich hinter mir das Sondersignal hörte, dachte ich noch an einen friedfertigen Nachzügler. Erst als der Wagen hart hinter mir abbremste und mit seiner Stoßstange meine Waden touchierte, wusste ich, was die Sekunde geschlagen hatte.

»Donnerwetter, Palzki!«, schrie der feuerrothaarige

Fahrer durch die offene Fensterscheibe, »was haben Sie jetzt schon wieder angestellt? Das hätte ich mir gleich denken können, dass Sie für dieses Chaos verantwortlich sind. Wehe Ihnen, wenn mir die Kollegen bei den lohnenden Fällen zuvorgekommen sind. Das nächste Mal sagen Sie mir vorher Bescheid, wenn Sie Chaos anrichten, damit ich als Erstes vor Ort bin und die Menschheit retten und meine finanzielle Lage verbessern kann.«

Dr. Metzger, der bizarrste Not-Notarzt der Kurpfalz machte sich nicht einmal die Mühe, den Motor seines Reisemobils abzustellen, bevor er ausstieg.

Egal, wo ich in den letzten Monaten ermittelte, so gut wie immer lief mir dieser Pseudo-Notarzt mit seinen unmenschlichen Behandlungsmethoden über den Weg. Als freier medizinischer Berater hatte Dr. Metzger seine Kassenzulassung zurückgegeben und behandelte seitdem auf sonderbare Art und Weise seine Kunden, wie er die bedauernswerten Patienten nannte. Weg von den Mainstream-Behandlungen der schulmedizinischen Quacksalber, hatte er mir einmal erklärt. Stattdessen entwickelte er ständig neue fragwürdige Behandlungskonzepte, die sich nicht einmal ein krankes Hirn im Suff einfallen lassen konnte. Um von der Sinnlosigkeit seiner Therapien abzulenken, verpackte er die Angebote unter wohlgefälligen Namen. So nannte er beispielsweise einen Arzneimittelcocktail aus Resten seines Bestandes, dessen Zusammensetzung sich ständig änderte und gegen Beschwerden wie Rheuma, eingewachsene Fußnägel und Asthma helfen sollte, nach Hildegard von Bingen.

Sein aktuelles Angebot, das sich logopädischen Fehlentwicklungen widmete, hatte er nach Til Schweiger benannt. Seine undefinierbare Heilsalbe mit dem Nuschelfaktor war nicht nur bei den sonntäglichen Tatortsehern der Renner.

»Wa, wa, äh, was machen Sie hier?«, stammelte ich ihn geschockt an.

Die Reaktion war Metzger-typisch: Ein grölendes Lachen, das nicht im Geringsten irdisch klang, überflutete die weitere Umgebung. Metzger könnte locker einen kompletten Weinberg vogelfrei halten. Mit seiner Lache könnte man auf sämtliche Vogelscheuchen und Schussanlagen zur Vogelabwehr im Radius von mehreren Kilometern verzichten.

»Ich arbeite in Landau, haben Sie das vergessen?«

Natürlich hatte ich es nicht vergessen. Dr. Metzger war in dieser Saison bei der Landesgartenschau Landau als Gesundheitsbeauftragter auf Honorarbasis tätig. Zu seinem vertraglichen Tätigkeitsfeld gehörte glücklicherweise nicht die Betreuung der Besucher, sondern, und jetzt ist das Wort ›glücklicherweise‹ absolut fehl am Platz, die ärztliche Betreuung der Mitarbeiter. Seit alle Krankmeldungen über ihn laufen mussten, hatte es kein einziger Mitarbeiter gewagt, sich tatsächlich krankschreiben zu lassen. Der Krankenkassenverband hatte aufgrund der fehlenden Fehltage die Landesgartenschau als gesundheitsbewusstestes Unternehmen Deutschlands geadelt. Dr. Metzger, dessen Honorar abhängig war vom jeweiligen Krankenstand, verdiente sich zurzeit dumm und dämlich. Wobei das bei ihm, meiner Meinung nach, nicht allzu schwierig war.

Mittlerweile hatte ich mich ein wenig gefasst. »Wir sind nicht in Landau, sondern in Siebeldingsbums oder wie das heißt. Haben Sie keine Angst, dass Ihre gesunden Mitarbeiter auf der Landesgartenschau meutern, wenn Sie nicht in Bereitschaft sind?«

»Ach was«, wehrte Metzger mit einer für ihn typischen und grobmotorischen Handbewegung ab. »Ich habe jetzt feste Sprechstunden, da ich auch andere Verpflichtungen habe.«

Das hörte sich nicht gut an. Ich war der Meinung, dass Metzger, solange er in Landau beruflich gebunden war, nicht in der Vorderpfalz oder überhaupt an einem anderen Ort auftauchen würde. Seit ich wusste, wie Metzger Unfallopfer barg, fuhr ich viel umsichtiger Auto.

»Hoffentlich nicht wieder so eine krumme Idee wie vor dem Speyerer Dom oder der Mannheimer Uni.«

Der Notarzt riss mit seiner nächsten motorischen Handbewegung beinahe den Außenspiegel seines Horror-Mobils ab, in dem er regelmäßig, aber mit eher mäßigem Erfolg ad hoc Operationen durchführte.

»Viel besser, Herr Palzki«, meinte er und trat näher. Geheimnisvoll sprach er weiter: »Ich beuge mich mal wieder dem Kundendiktat. Sie wissen doch, die Nachfrage regelt das Angebot. Und wenn das Angebot exklusiv von mir kommt, steigt der Preis, das sollte man auch ohne BWL-Studium wissen. Monopol, Sie verstehen. Und im Vergleich zu dem ganzen Krankenkassenkram bin ich auch noch saubillig. Aber die zahlen meine neuen Produkte sowieso nicht. Die gibt's nur auf private Rechnung. Und zwar von mir. Da, schauen Sie mal!«

Er zeigte auf die Seitenfläche seines Reisemobils, das mal wieder eine neue Beschriftung aufwies.

›Dr. Metzgers seelenreinigende Weintherapie – nur echt mit dem doppelten Promillesymbol‹, las ich und war wie jedes Mal erschüttert.

Da ich keine Ahnung hatte, was ich darauf sagen sollte, nahm Metzger das Gespräch wieder auf.

»Da staunen Sie, was? Das geht jedem so, der das liest. Vorletztes Wochenende, als ich mich langweilte und Medikamentenroulette mit mir selbst spielte, ist mir das einfach so eingefallen. Zehn Minuten später war sie fertig konzipiert, meine neu entwickelte und ganzheitlich esoterisch angehauchte Weintherapie.«

Ich konnte immer noch nichts sagen, da mir die Worte fehlten. Metzger bekam das nicht mit, da er sich in seine Erklärungen weiter reinsteigerte.

»Das ist natürlich nichts für jedermann und -frau, obwohl ich keinen Unterschied zwischen Kranken und Gesunden mache. Vielmehr ist meine seelenreinigende Weintherapie ausschließlich für Kunden, die Geld übrig haben und nichts damit anzufangen wissen.«

»Seelenreinigend?« Dies war das erste Wort, das ich herausbrachte.

Metzger brauste auf. »Ach, Palzki«, schrie er mich an. »Sehen Sie doch nicht immer alles so eng. Haben Sie noch nie etwas vom Weingeist gehört? Na, sehen Sie, Geist und Seele, das ist schließlich dasselbe. Glaube ich zumindest, wer weiß das schon so genau.«

Hilfe, holt mich hier raus, dachte ich verzweifelt. Bevor mir Metzger nun Einzelheiten über sein neues halbmedizinisches Produkt ins Ohr drücken konnte, bereitete ich meine Flucht vor.

»Das ist alles sehr interessant, leider gehöre ich nicht zu Ihrer Zielgruppe. Als Beamter verdient man zu wenig. Ich muss jetzt weiter, vielleicht sieht man sich mal wieder.«

Hoffentlich nie mehr, dachte ich und drehte mich um.

»Was ist da überhaupt los?« Metzger ließ nicht locker.

»Irgendein mysteriöser Giftanschlag«, erwiderte ich. »Kann sein, dass da drinnen längst alle tot sind.«

Der Notarzt wurde nachdenklich. »Sind Sie sich da sicher? Das wäre betriebswirtschaftlich eine Katastrophe.

Totenscheine ausstellen lohnt sich abrechnungstechnisch überhaupt nicht. Viel Aufwand für wenig Knete.« Er grübelte. »Vielleicht kann ich den Hinterbliebenen Weintherapien verkaufen für ihre Trauerbewältigung.«

Er ließ sein immer noch nicht abgestelltes Reisemobil mitten auf dem Weg stehen und folgte mir zum Eingang des Laborgebäudes. Dort entdeckte uns Dietmar Becker. Ohne mich zu beachten, ging dieser auf Metzger zu. Seit geraumer Zeit waren die beiden per Du.

»Hallo, Matthias«, begrüßte ihn der Student. »Ich habe mir gleich gedacht, dass du auftauchst.«

Die beiden verschwanden im Gebäude, das anscheinend nicht mehr gesperrt war. Ich folgte ihnen in größerem Abstand und fand in der Eingangshalle den Institutsleiter. Er winkte mir zu.

»Da sind Sie ja, Herr Palzki«, sagte Verrevin, »ich hatte mit meiner These recht. Ein Schnelltest ergab, dass Dr. Schwager an Parathion gestorben ist.«

»Ist das sehr giftig?«

Der Professor bejahte. »Als Polizist sollten Sie das wissen. Parathion wird auch als E 605 bezeichnet, ein längst verbotenes Pflanzenschutzmittel. Es ist flüssig und zählt zu den äußerst gefährlichen und schnell wirkenden Kontaktgiften.«

Jetzt war ich an der Reihe zu staunen. E 605 war in den letzten 30 Jahren des 20. Jahrhunderts ein beliebtes Gift für Mord und Suizid, auch wenn der Tod äußerst qualvoll eintrat. Seit über zehn Jahren war es generell zumindest in der EU verboten.

Während ich meinen Gedanken nachging, kamen zwei Personen in Vollschutzanzug die Treppe herunter. Ein E 605-Opfer durfte keinesfalls berührt werden, um nicht selbst mit dem Gift in Kontakt zu kommen.

»Befand sich das Zeug im Schnüffeldetektor?«, fragte ich ihn.

Er nickte. »Der Schnelltest war eindeutig. Das Labor bleibt aus Sicherheitsgründen geschlossen, bis eine Grundreinigung erfolgt ist. Herrn Dr. Schwager hat man inzwischen abtransportiert.«

»E 605 ist ein Pflanzenschutzmittel. Gibt es dieses hier bei Ihnen, vielleicht Restbestände aus alten Zeiten?«

Der Leiter schüttelte energisch seinen Kopf. »Das hatten wir noch nie in Gebrauch. Die Landauer Kripo durchsucht zurzeit alle Räume, um sich zu vergewissern. Sollen sie nur, bei uns finden sie keine schwer toxischen Stoffe.«

Ich überlegte: Wenn Verrevin recht hatte, und davon ging ich im Moment aus, musste das E 605 jemand mitgebracht haben. Doch wer könnte das sein? Haller oder einer der Labormitarbeiter von Schwager? Oder vielleicht sogar der Institutsleiter selbst? Auch er stand für einen kurzen Moment neben dem Schnüffeldetektor. Dass der Tote das Gift selbst mitgebracht hatte, schloss ich aus. Suizid oder Unfall, das konnte nicht sein. Schwager wurde bewusst von jemandem umgebracht. Welches Geheimnis kannte er? War er gerade im Begriff, sich mir anzuvertrauen? Welche Verbindung gab es zu Britta Zapfenstreich?

»Herr Verrevin, erzählen Sie mir von diesem ominösen Geheimprojekt, das sogar in der Zeitung erwähnt wurde.«

Der Professor kämpfte mit sich selbst. »Ich habe keine Ahnung, wer die Informationen an die Presse weitergegeben hat«, begann er zögerlich. »Als ich den Artikel fand, war ich sehr wütend. Meine Strategie war, einfach kein Aufheben davon zu machen und zu spekulieren, dass die Sache schnell wieder vergessen wird. Nichts ist so alt wie eine Zeitung von gestern. Das ging auch ganz gut, nur wenige investigative Reporter fragten nach, denen ich allen eine hanebüchene und harmlose Geschichte erzählte.«

»Ist die Wahrheit nicht harmlos?«, unterbrach ich ihn.

Verrevin brachte ein zaghaftes Lächeln zustande. »Doch, natürlich. Außerdem ist es völlig legal. Die Geheimhaltung erfolgte ausschließlich aus Wettbewerbsgründen.«

»Das müssen Sie mir aber genauer erklären«, forderte ich ihn auf.

Er schnaufte ein paarmal durch. »Wir haben Baur's Idealrebe entdeckt!«

»Wer ist Baur und wo hatte er die Rebe denn versteckt?«

»Nein, also Erwin Baur, der erste Direktor des Kaiser-Wilhelm-Instituts für Züchtungsforschung, hatte bereits zu Beginn des 20. Jahrhunderts behauptet, dass es bei konsequenter Anwendung genetischer Gesetzmäßigkeiten möglich sein müsse, die Resistenz amerikanischer Wildreben mit der Qualität der europäischen Kulturrebe zu kombinieren.«

»Und seine Idealrebe ging dann verloren«, mutmaßte ich.

»Die gab es ja noch gar nicht, aber die Züchter, die sein Vorhaben angingen, mussten bald feststellen, dass dies kein leichtes, wenn nicht gar unmögliches Unterfangen mit den damals verfügbaren Mitteln war. Deshalb warf man zuerst das Zuchtziel Reblausresistenz über Bord, man hatte ja inzwischen die Propfreben. Und trotzdem brauchte man fast ein Jahrhundert, um pilzfeste Rebsorten zu züchten, die gut trinkbare Weine liefern. Unser Regent ist so ein Beispiel.«

»Woher kommt dann jetzt Ihre Idealrebe?«

»Die konnten wir mit unseren molekularen Markern, also einem genetischen Fingerabdruck, wie ihn auch Ihre

Forensiker verwenden, aus den über 20.000 Sämlingen vom letzen Jahr selektieren.«

»Und was genau macht sie jetzt so ideal?«

»Sie besitzt alle Eigenschaften, die sich Baur schon vor 100 Jahren erträumt hat: Der Einsatz von Pflanzenschutzmitteln wird nahezu überflüssig, und geschmacklich ist die neue Sorte, die übrigens noch keinen Namen hat, unschlagbar.«

Ich blieb stumm, um seinen Redefluss nicht zu unterbrechen.

»Sowohl die molekularen Marker als auch eine erste Blindverkostung sprechen eine eindeutige Sprache. Dies wird der beste Wein, den die Welt je gesehen beziehungsweise getrunken hat.«

»Wie konnten Sie einen Wein aus einem Sämling vom letzten Jahr herstellen? Frau Dr. Haller hatte mir erst vorhin erklärt, dass es Jahre dauert, bis sie das erste Mal tragen.«

»Das ist eine weitere geniale und sehr verwunderliche Eigenschaft: Ihre Wuchsgeschwindigkeit ist phänomenal, und die Winzer werden bereits im ersten Jahr nach einer Neupflanzung ihres Weinbergs lesen können!«

»Das ist alles schön und gut, aber das ist doch kein Grund, ein solches Geheimnis um diese neue Sorte zu machen.«

»Über eine Eigenschaft der Idealrebe haben wir noch nicht gesprochen.«

»Und die wäre?«

»Die Reblausresistenz!«

»Und weiter, was ist da das Problem?«

»Als diese im 18. Jahrhundert nach Europa eingeschleppt wurde, erlitt der Weinbau einen Kollaps, über

500.000 Hektar Reben wurden in Europa durch sie vernichtet – zum Vergleich: Ganz Deutschland besitzt lediglich 100.000 Hektar Weinberge – und damit gleich auch die Existenz der betroffenen Winzer. Man fand aber bald ein biotechnologisches Verfahren, um die Reben immun zu machen, indem man sie auf Unterlagen amerikanischer Wildarten pfropfte, deren Wurzeln der Reblaus nichts anhaben kann.«

»Was hat das damit zu tun?«

»Es hat sich damals ein neuer Wirtschaftszweig gebildet. Heute verdienen die Rebveredler gutes Geld. Wir fürchten, dass diese Sturm laufen werden, wenn sie von unserer Idealrebe erfahren, und ich fürchte, sie würden alles dafür tun, um die Einführung unserer Sorte in den Markt zu verhindern! Deshalb die Geheimniskrämerei, und darum haben wir unser bislang einziges Exemplar gut versteckt. Wir konnten sie bisher auf ein paar wenige Rebstöcke vermehren, die wir innerhalb der anderen Sorten gut versteckt haben.«

Schlagartig kam mir das Paradisum in den Kopf: ein perfekter Salat mit einem perfekten Geschmack, den mein Freund Jacques Bosco kürzlich im Auftrag des Neuhöfener Salatherstellers Nafa entwickelte. Ich ahnte einen Zusammenhang.

»Arbeitet zufällig ein gewisser Jacques Bosco für Sie?«

Wieder blickte er mich an.

»Sie kennen Herrn Bosco?«, fragte er zurück.

Bingo, dachte ich.

»Ein alter Freund«, kommentierte ich kurz und bündig.

»In der Tat stand uns Herr Bosco beratend zur Seite«, klärte mich Verrevin auf. »Das ist aber bereits fünf oder sechs Jahre her, als wir mitten in der Entwicklung der neuen Rebsorte standen. Herr Bosco hat einen maßgeblichen Anteil an unserem sogenannten Geheimprojekt. Mit der Entwicklung allein ist es aber nicht getan«, ergänzte er. »Dieses Jahr konnten wir ihn das erste Mal blind verkosten. Ärgerlich, dass es gleich in der Presse stand, aber leider nicht mehr zu ändern.«

»Kann es sein, dass sich diese Erfindung, sorry, ich meine Entwicklung jemand unter den Nagel reißen will?«

Verrevin überlegte. »Sie meinen wegen der beiden Tötungsdelikte? Das kann ich mir nicht vorstellen. Wir sind ein staatlicher Betrieb und eigentlich nur für die Entwicklung zuständig. Bezüglich der Anerkennung als neue Rebsorte müssten Sie sich an das Bundessortenamt wenden. Allerdings gibt es zahlreiche weitere Hürden und Ämter, bis die neue Sorte offiziell anerkannt sein wird. In ein oder zwei Jahren können Winzer im Rahmen der Anbaueignungsprüfung die neue Sorte anbauen.«

Natürlich musste ich Details in Erfahrung bringen, aber zu einer Reise durch die Beamten- und Behördenwelt hatte ich weder Lust noch Zeit.

»Gibt es jemanden außer Ihnen, der mir die Zusammenhänge komprimiert und laienverständlich erklären könnte?«

Verrevin überlegte kurz. »Ich kann Ihnen in Neustadt den Verein Pfalzwein empfehlen. Der Leiter, Dr. Paul, wird Ihnen bestimmt das Prozedere erklären. Pfalzwein hat zwar mit der Sortenanerkennung nichts zu tun, selbstverständlich tauschen wir uns aber regelmäßig aus.«

Ich notierte mir die genaue Adresse. Hier konnte ich im Moment nichts weiter tun. Ich beschloss, zurück nach Schifferstadt zu fahren und KPD zu erklären, dass die Landauer den Fall an sich gerissen haben. Dass sein Dürkheimer Freund Schiwab mit den Morden zu tun hatte, dürfte inzwischen ausgeschlossen sein. Das musste KPD einsehen, obwohl ich mir da nicht so sicher war.

Ich bedankte mich für die Informationen und verabschiedete mich. Auf dem Weg zum Auto fiel mir ein, dass ich auf der Hinfahrt eine Begleitung hatte. Er stand mit dem Notarzt vor dessen mobiler Klinik und diskutierte.

»Fahren Sie mit Ihrem Freund zurück?«, fragte ich ihn in der Hoffnung, eine zustimmende Antwort zu erhalten.

»Das geht leider nicht«, beschied Becker abschlägig. »Matthias muss dringend zur Landesgartenschau. Ich habe übrigens ein paar Informationen für Sie, Herr Palzki.«

Er verabschiedete sich von seinem Freund und rutschte über den Fahrersitz meines Wagens auf seinen Platz. Als er richtig saß und sich angeschnallt hatte, sagte ich in neutralem Ton: »Das ist aber verdammt knapp. Können Sie mich bitte rauswinken?«

Ohne sich über diese gemeine Schikane auszulassen, robbte er zurück zum momentan einzigen Ausstieg meines Wagens.

Nachdem er mich halbwegs korrekt ausgewiesen hatte, stieg er ein. Dieses Mal mittels Beifahrertür.

»Danke schön, Herr Becker. Entspannen Sie sich, bis wir in Schifferstadt ankommen.«

»Wir können noch nicht zurück«, meinte er.

»Und warum nicht? Der Tank ist voll, und ich habe sogar einen gültigen Führerschein. Glaube ich jedenfalls.«

»Das meine ich nicht. Wir müssen nach Neustadt. Sie wollen doch auch wissen, wer den Mann ermordet hat?«

Neustadt? War mir Becker mal wieder eine kleine Information voraus?

»Was sollen wir in Neustadt? Haben die auch eine

Kerwe, die Sie bewerten müssen für Ihren Rummelguide? Fünf Extrapunkte für Zuckerwatte mit Wodka-Feige-Geschmack?«

Becker lächelte geheimnisvoll und zog einen kleinen Notizblock aus seiner Gesäßtasche. »Man muss nur die richtigen Personen fragen«, erzählte er stolz. »Die Dame vom Reinigungsteam hat mir sehr weitergeholfen. Den Trick habe ich aus meinem Detektivhandbuch.«

»Welcher Trick und welches Detektivhandbuch? Tick, Trick und Track?«

»Machen Sie sich nur lustig, Herr Palzki. Ohne mich wären Sie jetzt in einer Sackgasse. Ich will Ihnen den Trick aber trotzdem verraten, vielleicht können Sie das mal gebrauchen bei Ihren Ermittlungen.«

Dass ich mit den Augen rollte, sah er nicht.

»Gerade bei vertraulichen Projekten werden stets nur die unbedingt notwendigen Mitarbeiter eingeweiht«, begann der Student seine Aufklärungskampagne. »Oft wird die Vertraulichkeit dadurch geregelt, dass Mitarbeiter nur für Teilbereiche eines Unternehmens Zutritt erhalten und somit nicht wissen, was in den anderen Bereichen passiert.«

Ich gähnte. »Habe ich im ersten Jahr gelernt.«

Becker ließ sich davon nicht irritieren. »Doch eine Personengruppe gibt es, die überall Zugang hat, und damit meine ich nicht die Manager der ersten Ebene.«

Ich versuchte, mich auf das Fahren zu konzentrieren.

»Die Putzkolonne, Herr Palzki. Na, dämmert es? Sind die Räume oder Labore oder sonst etwas noch so geheim, geputzt werden muss auch dort. Die Dame, die für die Analytik im ersten Stock zuständig ist, habe ich mit meinem herzlichen Wesen sofort eingenommen. Und gut sieht sie auch noch aus.«

»Bitte keine Einzelheiten, Herr Becker. Wann ist die Hochzeit?«

»Warum müssen Sie immer alles gleich ins Lächerliche ziehen, Herr Palzki? Ich werde Alina ein eigenes Gedicht widmen. Um auf die Sache zurückzukommen: Auf die Idee, die Putzfrau zu vernehmen, wären Sie nicht gekommen, gell?«

»Das gehört ebenfalls zum Ausbildungsziel des ersten Lehrjahrs. Haben Sie noch mehr Tricks auf Lager?« Ich gähnte künstlich.

»Von wegen«, fuhr Becker fort. »Ich habe wichtige Dinge erfahren. Und auch eine Adresse, die uns weiterhelfen kann. Deshalb müssen wir jetzt nach Neustadt.«

»Hat das mit dem Pfalzweinverein nicht Zeit bis morgen?«

Selten sah ich Becker dermaßen verwirrt. »Sie, äh, Sie wissen das schon?«

Ich lächelte siegesbewusst. »Ich bitte Sie, Herr Becker. Ich bin ein hochgeschulter Kriminalbeamter mit jahrelanger Erfahrung in der Verbrechensbekämpfung. Denken Sie, ich lasse mir von einem Möchtegernkrimischreiber und Krampflyriker die Butter vom Brot nehmen?« Ich zog meine Notiz mit der Adresse aus der Tasche und überreichte sie dem nach wie vor verdutzten Student. »Sie spielen Navi. Ich fahre schon mal in Richtung Autobahn.«

Becker hatte natürlich ebenfalls keinen Plan. Er zog sein Smartphone zurate. Nachdem er es eine Weile an diversen Stellen gedrückt und gewischt hatte, meinte er: »Autobahn ist suboptimal. Bei Edenkoben ist eine Vollsperrung. Wir können aber die Weinstraße nehmen. Das ist nur unwesentlich länger und führt durch ein paar Dörfer.«

Mit dem unwesentlich länger hatte er womöglich recht,

wenn man es auf die reine Fahrstrecke bezog. Wenn man hingegen die Fahrtzeit mit einkalkulierte, hatte man mit dieser Streckenvariante eindeutig verloren. Allerdings war diese Strecke, rein touristisch gesehen, ein Augenschmaus, da konnte keine Autobahn mithalten.

Wir fuhren durch Dörfer, deren Namen ich noch nie gehört hatte, obwohl ich gar nicht so weit entfernt wohnte. Fast jedes Dorf war dermaßen zuplakatiert, dass man meinen könnte, hier würden in Kürze Bundestags-, Landtags-, und Kommunalwahlen gleichzeitig stattfinden. Im Unterschied zu politischen Wahlen befanden sich aber keine regionalen Prominenzköpfe auf den Plakaten. Meistens war es nur ein prägnanter Slogan, teilweise hatte man den Hintergrund mit einem übergroßen Dubbeglas oder Ähnlichem aufgehübscht. ›Wir wollen unser Weinfest behalten‹, las ich oder ›Unser Fest soll uns gehören‹. Vermutlich hatte das alles einen tieferen Sinn, der sich mir aber verschloss.

»Man könnte denken, die dürfen keinen Wein mehr produzieren«, meinte der Student, der sich ebenfalls keinen Reim, nicht einmal einen lyrischen, darauf machen konnte. Zum Glück, es wäre ein missglückter Reim geworden.

Nachdem mir von den vielen Kurven, die wir bändigen mussten, schlecht geworden war, erreichten wir nach einer, eher zwei gefühlten Ewigkeiten, Neustadt an der Weinstraße. Da es die Weinstraße erst 80 Jahre gab, lautete der Neustadter Namenszusatz vor 1935 ›an der Haardt‹. Beckers Handynavi führte uns zielsicher zur Martin-Luther-Straße.

Das von außen verwinkelte Betongebäude beherbergte neben dem Pfalzweinverein weitere seltsame Institutionen. Verwundert las ich Namen wie Erzeugergemeinschaft

Pfälzer Grumbeere. An den Begriff Grumbeere sollte man mal Melanie, eine Bekannte aus Norddeutschland, dranlassen, dachte ich. Vielleicht gab es auch einen Gelleriewewerein, wie hier die Karotten in Dialektisch genannt wurden?

Im Erdgeschoss befand sich eine Touristeninformation, in der man unheimlich viele typisch pfälzische Produkte erwerben und neben Literatur auch eine reichliche Auswahl an Prospektmaterial finden konnte.

»Hallo, Herr Becker«, begrüßten gleich zwei Damen den Studenten. »Wir haben alle Ihre Bücher gelesen«, sprachen sie weiter im Chor und zeigten auf ein Regal. Ich musste tief durchatmen, um nichts Böses zu sagen: Sämtliche Becker'sche literarische Ergüsse standen dort sauber aufgereiht und präsentierten sich im besten Licht.

»Wann kommt Ihr nächster Krimi heraus?«, fragte die Jüngere der beiden, die Beckers Hand dermaßen fest und lang schüttelte, dass sie wohl gleich abfallen würde.

Der Student strahlte wie ein explodiertes Atomkraftwerk. »Ich bin mitten in der Recherche. Dieses Mal wird es einen Weinbecker geben, da sich alles um das Thema Wein drehen wird.«

»Das ist prima«, frohlockte sein Neustadter Fanklub. »Dann werden wir im Regal ordentlich Platz schaffen.«

Dem Student war die ganze Sache überhaupt nicht peinlich. Süß lächelte er die beiden an: »Vorher werde ich ein kleines Lyrikbändchen veröffentlichen. Vielleicht gefällt es Ihnen auch?«

Ohne aufgefordert zu werden, legte er eine Reimorgie hin:

»De gute Woi in unsrer Palz,
is in de Lebenssupp die Prise Salz.
Und dezu, des muss ma sage,

passt äfach nur ähn Saumage.«

Die Fräuleins klatschten sich in Ekstase. Ich räusperte mich, doch sie nahmen mich nicht einmal wahr. Erst als ich die flache Hand auf die Theke knallte, waren sie wieder bei Sinnen.

»Tag, wir wollen zu Herrn Dr. Paul«, sagte ich.

Eine der beiden Damen drängte Becker, eines seiner Bücher zu signieren: »Schreiben Sie bitte was Schönes rein, egal, was Ihnen durch den Kopf geht.«

Zum Glück sagte sie das nicht zu mir. Obwohl, zu gerne hätte ich ›Zicke, Zacke, Hühnerkacke‹ in Beckers Buch geschrieben.

Statt mir in Sachen Paul weiterzuhelfen, wandte sich die Buchsigniererin an den Autor: »Ist das ein Freund von Ihnen?«

Becker grinste von einem Ohr zum anderen. »Wissen Sie nicht, wer das ist? Das ist der berühmte Kriminalhauptkommissar Reiner Palzki, der mich bei den Recherchen zu meinem neuen Fall unterstützt.«

Ich traute meinen Ohren nicht, was sagte da dieser komische Krimischreiber über mich? Gerade wollte ich aufbrausend reagieren, als die Damen anfingen, mich scheinbar anzuhimmeln. Eine der beiden funkelte mich mit ihren braunen Rehäuglein an und flüsterte: »Dass ich das noch erleben darf! Der große Reiner Palzki! Sie sehen ganz anders aus, als ich Sie mir vorgestellt habe.«

Jetzt fing sie an, an mir herumzuzupfen. Auch wenn Becker gelogen hatte wie Münchhausen in seinen besten Tagen, ein klein wenig fühlte ich mich geschmeichelt. Ich stellte mich gerade hin, um mich vorteilhafter zu präsentieren als normalerweise.

»Ja, in der Tat, der bin ich. Herr Becker könnte ohne

meine Hilfe nicht einmal eine Banküberweisung korrekt ausfüllen.« Ein kleiner gehässiger Blick zu meinem Nebenbuhler musste genügen. Ich zog ihm sein Buch und den Kugelschreiber aus der Hand. Schneller als er reagieren konnte, hatte ich seine Unterschrift durchgestrichen und meine daruntergesetzt.

»Wa…, was soll das?«, stammelte er daraufhin.

»Ehre, wem Ehre gebührt«, antwortete ich. »Sie haben das Buch nur geschrieben, also sind Sie so eine Art Ghostwriter. Ich dagegen habe die gefährlichen Abenteuer tatsächlich erlebt.«

Das stimmte zwar nicht, denn was Becker in seinen kruden Krimis schrieb, war von der Realität unendlich weit entfernt. Das mussten meine weiblichen Fans aber nicht unbedingt wissen.

Die beiden Damen tuschelten. Bestimmt versuchten sie die interne Rangordnung festzulegen.

Schließlich sprach mich die Dame mit den braunen Rehäuglein an. »Ich hätte nie gedacht, dass es Sie wirklich gibt, Herr Palzki. So chaotisch, wie Sie Herr Becker in seinen lebensnahen Romanen beschreibt, kann doch normalerweise kein Polizist sein. Meine Kollegin und ich amüsieren uns jedes Mal königlich über die vielen Fettnäpfchen, in die Sie treten. Wir können nicht nachvollziehen, wie es eine Frau mit Ihnen länger als einen Tag zusammen aushält. Wenn ich mit einem Polizisten wie Ihnen verheiratet wäre, würde ich schon längst nach Neuseeland ausgewandert sein.«

Während ich mit offenem Mund dastand und gedanklich den geplatzten Seifenblasen nachweinte, lachte Becker wie Klaus Kinski.

»Und dabei beschreibe ich Herrn Palzki viel menschlicher, als er in Wirklichkeit ist«, meinte er zu den Damen und verschluckte sich dabei fast vor Lachen.

Ich nahm mir vor, meinen neuen Lieblingsfeind auf der Heimfahrt versehentlich aus dem fahrenden Wagen fallen zu lassen. Auch auf die Gefahr hin, dass sein nächster Krimi unvollendet blieb. Vielleicht würde ich sogar einen Preis bekommen für die Verhinderung des grausamsten Lyrikbandes der Neuzeit.

»Herr Becker steht unter Drogen«, sagte ich mit lauter und prägnanter Stimme. »Am Geilweilerhof hat er an ein paar Reagenzgläsern geschnüffelt.« Bevor die beiden Fräuleins etwas sagen konnten, wiederholte ich die wichtigste Frage: »Wo finden wir Herrn Dr. Paul?«

Dieses Mal klappte es.

»Sie müssen die Außentreppe hoch und dann in das Gebäude rein. An der Tür ist es ausgeschildert.«

Ich schnappte Becker, der im Moment erfolglos überlegte, was er zu seinem Vorteil sagen könnte, am Oberarm und zog ihn aus dem Laden heraus.

Der Eingang zum Pfalzwein e. V. war schnell gefunden. Wir kamen in einen Flur, auf dem zu beiden Seiten Büros abgingen. Da sich niemand um uns kümmerte, gingen wir geradeaus und landeten am Ende in einem Raum, in dem vier oder fünf Mitarbeiter an Schreibtischen saßen und anscheinend ziemlich beschäftigt waren.

»Guten Tag«, übernahm ich das Wort. »Ist Herr Paul zu sprechen?«

Am Schreibtisch, der sich vor uns befand, saß laut Namensschild Carolin Härtling. Sie stand freundlich lächelnd auf. »Haben Sie einen Termin?« Dann bemerkte sie den Studenten. »Ist es wahr? Sind Sie wirklich der bekannte Krimiautor Dietmar Becker?«

Oh nein, dachte ich, nicht schon wieder.

»Es ist nur sein missratener Bruder«, stellte ich klar. »Palzki ist mein Name, Kriminalpolizei. Ich muss Herrn Paul in einer dringenden Angelegenheit sprechen.«

Härtling stutzte. »Haben Sie Palzki gesagt? Sind Sie etwa der chaotische Polizist, den Herr Becker immer so toll beschreibt? Ich habe alle Ihre seltsamen Abenteuer gelesen, Herr Palzki. Ich bin ein großer Fan von Dietmar Becker.«

»Ich bin nur der Bruder«, sagte ich und verzichtete dieses Mal auf das Wörtchen ›missraten‹.

Carolin Härtling konnte man die Verwirrtheit bezüglich der Bruderschaft Beckers und mir deutlich ansehen. »Ich bin die Sekretärin von Dr. Paul. Leider hat er im Moment Besuch. Wenn Sie wollen, können Sie einen Moment warten, dann schaue ich, was ich für Sie tun kann.«

Becker verzichtete darauf, die verwandtschaftlichen Beziehungen geradezurücken und schwieg, was für seine Lebenserwartung durchaus vernünftig war. Frau Härtling deutete auf einen kleinen Tisch neben ihrem Schreibtisch. »Das ist zwar etwas beengt, aber ein paar Minuten wird's schon gehen. Wollen Sie einen Kaffee? Wir haben eine neue Maschine bekommen mit allen Schikanen. Sie können auch gern ein Gläschen Wein haben.«

Die Kaffeemaschine hatte nicht annähernd die Dimensionen im Vergleich zur Neuerwerbung in Juttas Büro. Dafür benötigte sie auch keinen eigenen Frischwasseranschluss.

Während Becker und ich stumm dasaßen und unfreiwillig einem Telefonat am Nachbartisch zuhörten, drangen Stimmen aus dem Chefbüro, dessen Tür nur angelehnt war.

»Ich kann Ihnen nicht mehr dazu sagen, meine Herren.

Das Gesetz ist vor ein paar Wochen in Kraft getreten. Dass Sie das nicht mitbekommen haben, kann man niemandem zur Last legen.« Dann hörte ich eine andere Stimme, die sehr aggressiv klang. »Und wegen dieses blöden Gesetzes müssen ab dem nächsten Jahr alle Weinfeste europaweit öffentlich ausgeschrieben werden? Ich fasse es nicht, das ist doch ein Schildbürgerstreich der EU.« Ich sah zu Becker, doch der lauschte ebenfalls mit seinen afrikanischen Elefantenohren. Eine weitere Stimme war nun deutlich zu vernehmen. »Aber warum auch die Weinfeste, die bisher von den einzelnen Winzern oder Winzerverbänden organisiert wurden?« Der Fragesteller wurde von der aggressiven Stimme unterbrochen. »Wir machen auf jeden Fall mit unseren Demonstrationen weiter. Wir lassen uns durch die EU nichts vorschreiben. Lieber kippe ich den ganzen Wein in den Fluss.«

Der Streit ging noch eine Weile hin und her und verließ dabei rasch die sachliche Ebene. Ich verminderte meine Aufmerksamkeit, da mich der Stress der pfälzischen Winzer nicht sonderlich interessierte.

Becker flüsterte mir zu: »Jetzt weiß ich, was los ist: Nicht nur die Weinfeste sollen europaweit ausgeschrieben werden, sondern auch der Wurstmarkt. Das ist ein Riesending. Ich glaube, da werde ich journalistisch einsteigen.«

»Finde ich gut«, antwortete ich dem Schreiberling. »Sie kümmern sich um die Weinfeste, ich um die Ermittlungen zu den beiden Todesfällen.«

»Und wenn das zusammengehört?«

Ich schüttelte den Kopf. Becker sah mal wieder Gespenster. »Dann treffen wir uns in der Mitte.« Wo die Mitte sein sollte, verschwieg ich, weil ich das auch nicht wusste. Einen Zusammenhang konnte zwar auch ich nicht völlig ausschließen, bisher hatte ich aber nicht den kleinsten Hinweis, der für diese These sprach. In der Kurpfalz passierten ständig die komischsten und verrücktesten Dinge. Wenn das alles immer miteinander zusammenhängen würde, dann, ja, was dann eigentlich? Egal. Ich musste mich von meinen verwirrenden Gedankengängen lösen, denn die Tür zum Chefbüro wurde geöffnet.

Zwei Männer, unschwer durch ihre Winzerkluft beruflich einzuordnen, verabschiedeten sich friedlich von einem jüngeren Mann. Dennoch, ihre Gesichter waren vor Zorn gerötet. »Ich weiß ja, dass Sie nichts dafür können«, sagte der Schlaksigere der beiden zu ihrem Gesprächspartner, der vermutlich auch mein Gesprächspartner war.

Dieser nickte freundlich und antwortete: »Wir tun alles, was in unserer Macht steht und unterstützen Sie, so gut es geht. Es muss sich allerdings im legalen Rahmen abspielen.«

Die beiden Winzer grinsten sich verschwörerisch an und waren kurz darauf verschwunden.

Frau Härtling hatte ihrem Chef in der Zwischenzeit unser Begehr und unsere Namen genannt. »Das ist aber nur der Bruder von dem skurrilen Kriminalbeamten, Chef.«

Ihr Chef nickte abwesend und bat uns in sein Büro.

»Nehmen Sie bitte Platz, meine Herren«, forderte er uns auf. »Möchten Sie einen Kaffee?«

»Frau Härtling war schon so nett«, entgegnete ich. »Mehr vertrage ich nicht, sonst schwebe ich unter der Decke. Natürlich nur bildlich gesprochen.«

»So stark ist unser Kaffee doch überhaupt nicht«, wunderte sich Paul. »Wir haben erst eine neue Maschine gekauft. Das war die beste Investition seit Langem. Ohne Kaffee würde bei uns überhaupt nichts funktionieren.«

Meine Güte, dachte ich. Nicht nur bei Gerhard und Jutta, sondern so gut wie überall, wo ich in den letzten Monaten hinkam, wurde Kaffee in Übermaßen getrunken. Und zwar das ganze Jahr über. Das stand eigentlich im krassen Widerspruch zu dem Kurpfälzer Renommee: Bei uns gab es die Deutsche Weinstraße und die Kurpfälzer Bierstraße: Wein und Bier wurden in unserer Region imagemäßig gepflegt. Ohne die beiden Getränke ging in der Kurpfalz gar nichts. Ohne Wein und Bier würden sämtliche Einwohner wegen Sinnlosigkeit ihres Lebens auswandern. Und wieso dann der viele Kaffee? War die Kurpfalz vielleicht der heimliche Kaffee-Importweltmeister? Ist noch niemand auf die Idee gekommen, unsere Heimat als weltweites Kaffeeland Nummer eins zu vermarkten? Könnte man in unserem Klima, nur mal hypothetisch betrachtet, wenn man alle Weinreben roden würde, die Wingerte durch Kaffeeplantagen ersetzen? War das vielleicht sogar das Geheimnis des Geilweilerhofes? Hatte man dort festgestellt, dass sich Klima und Boden in der Kurpfalz viel mehr für Kaffee als für Wein eignen? Würde sich Pfalzwein bald in Pfalzkaffee umtaufen?

Paul riss mich aus meinen Überlegungen.

»Sie müssen keinen Kaffee trinken, wenn Sie nicht möchten.«

Becker wollte, ich verzichtete.

»Es geht um den Geilweilerhof, hat mir Frau Härtling gesagt. Wie kann ich Ihnen helfen?«

Ich sah den Studenten böse an, da er das Gespräch an sich reißen wollte. Hier ermittelte ich, das musste ich ihm unbedingt klarmachen. »Herr Paul, Sie haben bestimmt von der Toten auf dem Wurstmarkt gehört?«

Er nickte.

»Bei dem Opfer handelt es sich um eine wissenschaftliche Mitarbeiterin der Versuchsanstalt.«

»Davon habe ich gehört. Herr Hop hat mich deswegen angerufen.«

»Wieso denn das?«, fragte ich überrascht.

Paul zog sich mit einer smarten Antwort aus der Bredouille. »Das war vielleicht etwas verkehrt ausgedrückt, Herr Palzki. Ronald Hop rief mich in einer anderen Sache an und erwähnte dabei den Mord während seiner Geburtstagsfeier. Ich war übrigens ebenfalls eingeladen, aber leider verhindert.«

In der Weinbranche kannte anscheinend jeder jeden, dachte ich.

»Kannten Sie das Opfer?« Die Frage kam von Becker, der dafür von mir einen weiteren bösen Blick erntete, obwohl seine Frage so verkehrt nicht war.

Paul schüttelte nachdenklich den Kopf. »Erst letzte Woche war ich bei Professor Verrevin, dem Leiter des Instituts.«

»Dann können Sie uns, äh mir, etwas über die Weinsensation erzählen, die demnächst in der Öffentlichkeit präsentiert werden soll.«

Paul tat überrascht. »Ich weiß nicht, was Sie damit meinen.«

»Kommen Sie«, forderte ich ihn auf. »Professor Verrevin hat mir gesagt, dass Sie mir weiterhelfen können. Falls Sie es noch nicht wissen, heute früh gab es einen weiteren Toten. Einen Mitarbeiter Verrevins hat es erwischt.«

Pauls Augen schienen fast aus seinem Kopf zu fallen. »Was? Was ist da passiert?«

»Herr Schw…« Ich gab Becker für diesen Patzer einen rüden Rippenstoß.

Ich tat unwissend. »Details kenne ich noch nicht. Professor Verrevin hat mir aber gesagt, dass Sie mir weiterhelfen sollen. Er hatte für lange Erklärungen vorhin keine Zeit. Sie können ihn von mir aus anrufen und sich rückversichern.«

Ich hoffte, dass er dies nicht tat, damit er sich mit dem Institutsleiter nicht abstimmen konnte. »Das Wichtigste weiß ich sowieso schon, es geht ausschließlich um die Details.«

Paul war überzeugt. »Also gut, ich glaube Ihnen, auch wenn es sich um eine äußerst heikle Sache handelt.«

Um ein wenig Zeit zum Nachdenken rauszuschinden, trank er in genießerischer Art ein paar Schlucke Kaffee.

»Professor Verrevin und sein Institut werden in Zusammenarbeit mit dem Bundessortenamt spätestens übernächstes Jahr, mit viel Glück sogar bereits im nächsten, eine neue Weinsorte präsentieren. Es gibt inzwischen zwei parallele Versuchsanbauten bei einem Deidesheimer Winzer und der Herxheimer Winzergenossenschaft, was aber topsecret und inoffiziell ist. Wenn diese Ernten genauso vielversprechend sind wie die bisherigen Testergebnisse am Geilweilerhof, wird man an die Öffentlichkeit gehen. Dass eine neue Sorte präsentiert wird, ist aber nicht die eigentliche Sensation.«

»Die Wahnsinnsqualität, ich weiß«, unterbrach ich ihn.

Paul nickte eifrig. »Sowie die Resistenz gegen Schädlinge aller Art. Vermutlich wird man zukünftig komplett auf den Einsatz von Pflanzenschutzmittel verzichten können.«

»Da gehen die Hersteller dieser Mittel auf die Barrikaden«, laberte Becker zwischenrein. »Vielleicht sind diese für die Morde zuständig?«

»Herr Becker, Sie schreiben zu viele schlechte Krimis«,

fuhr ich ihm verärgert über den Mund und wandte mich an Paul. »So viel hat uns Herr Verrevin bereits erzählt. Da muss es aber noch etwas geben, habe ich recht?«

Der Pfalzwein-Chef zögerte einen Moment. »In der Tat. Die neue Weinsorte ist bis ins kleinste Detail auf das Klima und den Boden in der Haardt zwischen Pfälzer Wald und Rheinebene abgestimmt. Der Wein wird in seiner Perfektion ausschließlich bei uns gedeihen. Und das ist Fluch und Segen zugleich.«

Becker, der ganz groß das Wort ›Pflanzenschutzmittelhersteller‹ in sein Notizbuch geschrieben und es zehnmal mit dem Kuli umkreist hatte, horchte ebenso wie ich auf.

»Was meinen Sie damit?«

»Was ich damit meine? Dass ich die Entwicklung der neuen Sorte äußerst ambivalent sehe. Nur bei uns kann sie erfolgreich wachsen, sämtliche Pfälzer Winzer werden den perfekten Wein haben wollen, das wird sich lawinenmäßig entwickeln. Jeder will der Erste sein. Das Ende vom Lied ist, dass die Rebenvielfalt verloren geht. Jeder trinkt nur noch die eine Sorte, weil sie eben perfekt schmeckt. Das wird aber nicht lang gut gehen, weil es genauso fatal ist, als wenn Sie jahrelang täglich Ihr Lieblingsgericht essen würden.«

»Darüber würde ich mir keine Gedanken machen«, versuchte ich ihn zu beruhigen. »Das wird der Markt von selbst regeln. Die Winzer werden nicht nur auf eine einzige Sorte setzen.«

»Hoffentlich«, sagte Paul. »Doch dann bleibt noch das andere Problem.«

Wieder schnappte er sich seine Tasse und verzögerte damit die Antwort. »Das Julius-Kühn-Institut am Geilweilerhof ist staatlich, die Anerkennung neuer Sorten läuft über das Bundessortenamt. Es forscht im allgemeinen Interesse, in diesem Fall nach neuen Rebsorten. Dass das Institut in der Kurpfalz seinen Sitz hat, ist historisch begründet. Damit will ich sagen, dass jeder Winzer in Deutschland von den Forschungen profitieren kann. Jeder kann sich neu genehmigte Rebsorten in seinen Wingert holen. Das Verfahren ist offen und transparent. Ich kann Ihnen auf Verlangen die nötigen Unterlagen zur Verfügung stellen.«

Ich hatte längst verstanden, wo das Problem lag, und unterbrach Paul. »Da die neue und perfekte Rebsorte nur in dieser Gegend gedeiht, wird der Ruf nach Mauscheleien laut. Alle Winzer außerhalb der Region werden neidisch sein.«

»Neidisch?« Paul verlor fast die Beherrschung. »Die werden stinkesauer sein und die Auflösung des Instituts verlangen. Der Geilweilerhof ist in seiner Existenz bedroht, wenn die neue Sorte auf den Markt kommt.«

»Und warum lässt man die Forschung an der neuen Entwicklung nicht einfach unter den Tisch fallen?«

»Das geht nicht, Herr Palzki. Professor Verrevin ist die Neutralität in Person. Ich war letzte Woche bei ihm und habe mit ihm genau darüber gesprochen, was Sie eben vorgeschlagen haben. Aber er hat alles abgewiegelt. ›Sollen die doch behaupten, was sie wollen‹, sagte er zu mir. ›Meine Mitarbeiter und ich wissen, dass wir neutral forschen. Dass dabei eine neue Sorte entstanden ist, die nur in der Pfalz gedeihen kann, ist nichts anderes als Zufall.‹ Mein Einwand, dass er sich damit selbst das Wasser abgräbt, hat ihn nicht interessiert. Er lässt sich nicht unter Druck setzen, sagte er abschließend. So ganz unrecht hat er damit schließlich nicht. Es sind sowieso schon zu viele Personen involviert. Denken Sie zum Beispiel an die Versuchsanbauten in Deidesheim und Herxheim.«

Wir schwiegen eine Weile, damit sich die vielen Informationen setzen konnten. Längst war mir klar, dass diese Ermittlungen sehr komplex waren. Vermutlich gab es ebenso viele Befürworter wie Gegner des Geheimprojektes, das diesen Namen eigentlich gar nicht mehr verdiente. Warum wurden Zapfenstreich und Schwager ermordet? Sämtliche Spuren, die mir im Moment bekannt waren, führten zum Geilweilerhof. Ich konnte froh sein, dass nun die Landauer Kripo am Ball war und diesen Fall bearbeiten musste. Gleich nachher würde ich versuchen, mich bei KPD taktisch klug aus der Affäre zu ziehen und mich aus diesem Fall zu verabschieden.

Ich gab Dr. Paul meine Visitenkarte und bat ihn, mich anzurufen, falls ihm etwas Wichtiges zur Sache einfiel.

Becker wollte ein paar zusätzliche Fragen stellen, die ich aber mehr oder weniger brutal abwürgte. Frau Härtling drückte jedem von uns zum Abschied eine Flasche Wein in die Hand.

KAPITEL 8
NOCH 'N GEDICHT

»Nach links«, sagte der Student am Ende der Martin-Luther-Straße. Ich zeigte ihm den Vogel. »Sie sind mir aber ein seltsames Navi. Haben Sie zufällig den Frauenmodus eingeschaltet? Wir müssen nach rechts in Richtung Autobahn.«

Wie ein treues Hündchen schaute mich der Student an. »Können wir nicht einen kleinen Umweg nehmen? Ausnahmsweise?«

»Imbissbude?«, riet ich aufs Geratewohl und mir poppte die Magensäure auf.

Becker atmete erleichtert auf. »Ja, ja«, sagte er wenig überzeugend.

Wir fuhren die B 38 in Richtung Westen.

»Dort können Sie rechts auf den Parkplatz fahren«, sagte er nach einer Weile.

Ich fuhr wie geheißen auf den Parkplatz, der sich gegenüber dem ehemaligen Hertie-Kaufhaus befand. »Wollen Sie mit mir ins *Madison*?«, fragte ich den Studenten, was ihn sehr verwunderte.

»Sie kennen die Disco?«

»Trauen Sie mir das nicht zu? Ist zwar schon ein paar wenige Monate her, aber ich war oft hier.«

»Das *Madison* gibt es nicht mehr«, sagte Becker.

»Und wo ist jetzt Ihre sagenumwobene Imbissbude? Ich habe Kohldampf ohne Ende. Wenn ich nicht gleich etwas zu essen kriege, werde ich zum Studentenmörder.«

Nervös schaute er sich nach allen möglichen Richtungen um. Schließlich gestand er kleinlaut. »Ich weiß es nicht mehr so genau. Hier irgendwo halt. Aber wissen Sie was? Zufällig wohnt Steffen Boiselle um die Ecke. Wollen wir ihn auf einen Sprung besuchen?«

Jetzt war die Wahrheit raus. Sprachlos und erbost fixierte ich Becker. »War das nur ein Märchen mit der Imbissbude, um mich hierherzulocken?«

Schweiß trieb dem Studenten aus den Gesichtsporen. Er stotterte sinnlos vor sich hin, wohl nach einer Entschuldigung suchend. Und die fiel ihm auch noch ein.

»Steffen Boiselle hat mich gestern Abend angerufen. Die Idee mit den Dubbegläsern und Ihrem Konterfei hat ihn fasziniert. Darum hat er gleich ein paar Entwürfe gezeichnet.« Eine Spur kleinlauter fügte er hinzu: »Wollen wir uns die mal schnell anschauen?«

Normalerweise hätte ich den unverschämten Studenten in seine Schranken verweisen und sofort heimfahren müssen. Auf der anderen Seite war mein Ruf in Gefahr. Was, wenn dieser komische Zeichner mich mit seinen Entwürfen ins Lächerliche zog? Nicht genug, dass Dietmar Becker mich in seinen sogenannten Krimis wenig vorteilhaft präsentierte. Kein Wunder, dass in letzter Zeit fast jeder, den ich traf, zuerst lachte, bevor er mich begrüßte. Ich musste meine eigene Person verteidigen, daher ging ich mit. Ein bisschen Selbstbestimmung in eigener Sache war in diesem Fall, trotz knurrendem Magen, nicht verkehrt.

Boiselles Verlag mit dem außergewöhnlichen Namen *Agiro* befand sich nur etwa 100 Meter vom Parkplatz entfernt ein Stück den Hang hinauf. Es war die letzte Häuserreihe vor dem Wald. Trotz mäßiger Steigung des Weges kam ich fast nicht ins Schwitzen.

»Hallo, Steffen, ich bin's, der Dietmar«, sagte Becker, nachdem die Sprechanlage aktiv war.

»Alles klar«, antwortete die Stimme aus der Anlage, »du kennst den Weg nach oben.«

Das Treppenhaus war brutal und erinnerte mich an das Fantasieinternat Harry Potters. Von außen hatte das Haus höchstens dreistöckig ausgesehen, die Treppe im Innern nahm und nahm kein Ende. Um unauffällig kleine Pausen einlegen zu können, blieb ich mehrmals stehen und betrachtete diverse gezeichnete Produkte des Verlags, die an den Wänden hingen.

»Gefällt Ihnen das, Herr Palzki?«

»Nee«, antwortete ich sicherheitshalber, um später genügend Argumente gegen Weingläser mit meinem Bild zu haben.

Irgendwann, es musste noch der gleiche Tag sein, kamen wir im Dachgeschoss, dem Sitz des Verlages, an. Es handelte sich allerdings um ein äußerst großzügiges Dachgeschoss, das aus einem einzigen Raum bestand. Es war mit dermaßen vielen Regalen bestückt, dass man eine mittlere Bücherei vermuten könnte. Da sowohl Büchereien als auch Verlage mit viel Papier zu tun hatten, passte der erste Eindruck ganz gut.

Steffen Boiselle begrüßte seinen Freund und wandte sich dann mir zu. »Hallo, Herr Palzki. Das freut mich, Sie so schnell wiederzusehen.« Er bat uns, an einem Tisch Platz zu nehmen, den man eher als Tafel bezeichnen könnte. Nachdem er uns ungefragt Kaffee hingestellt hatte, schaute er mich interessiert an. »Es wundert mich, dass Sie hier sind, Herr Palzki. Wie ich hörte, sind Sie für die Ermittlungen zum Todesfall auf dem Wurstmarkt zuständig.«

»So, so, was man alles so hört«, antwortete ich und

fixierte dabei den Studenten. Woher sollte Boiselle das schließlich wissen?

»Ich meine nur«, fuhr der Verlagschef fort. »Nachdem es jetzt ein zweites Opfer in Siebeldingen gab.«

Mein offener Mund war groß wie ein Scheunentor. Woher wusste Boiselle von dieser Sache? In dieser kurzen Zeit konnten niemals Presse oder Rundfunk davon Wind bekommen haben. Für mich war klar, wer der Informant war. »Herr Becker, wer hat Ihnen erlaubt, Interna an die Öffentlichkeit zu geben? Sie sind die längste Zeit KPDs Polizeireporter gewesen, wenn ich ihm das erzähle.«

Becker wehrte mit beiden Händen ab. »Von mir hat er es nicht!«, schrie er, obwohl ich höchstens einen Meter von ihm entfernt saß.

Boiselle verstand und rettete die Situation. »Nein, von Dietmar weiß ich das wirklich nicht, er ist unschuldig.«

Die machten doch gemeinsame Sache, dachte ich. »Herr Becker ist niemals unschuldig. Woher haben Sie dann diese streng geheime Information?«

Geheim war sie zwar nicht, meines Wissens gab es keine Nachrichtensperre, ein bisschen Druck konnte dennoch nicht schaden.

»Claude hat mich angerufen und mir davon erzählt.«

»Und wer ist dieser mysteriöse Claude?«

Boiselles Stirn kräuselte sich. »Sie haben doch mit ihm gesprochen. Das hat er mir jedenfalls erzählt.«

Irgendetwas schien hier schiefzulaufen. Warum hatte ich den Eindruck, nicht mehr Herr der Ermittlungen zu sein? Vielleicht lag es auch an meinem unbändigen Hunger, der mich von einfachen logischen Zusammenhängen abhielt und meine existenzielle Not in den Vordergrund meines momentanen Denkens stellte.

Der Verlagschef sprach weiter. »Claude ist mein Cousin. Professor Dr. Claude Verrevin, um genau zu sein.«

Was musste ich da hören? Boiselle war mit dem Institutsleiter verwandt? Die Verwicklungen zogen immer größere Kreise. Verrevin war der Cousin Boiselles und bekam Besuch von dem Pfalzweinchef. Dieser wiederum war ein Bekannter von Ronald Hop, dem Marktmeister des Wurstmarktes. Falls Becker aus dieser kruden Sache wider Erwarten einen Krimi schrieb, würden seine Leser an der komplexen Personalstruktur seiner Protagonisten verzweifeln. Was war ich froh, dass die Ermittlungen an die Landauer gingen.

»Was hat Ihnen Ihr Cousin alles erzählt?«

»Er hatte nicht viel Zeit. Einer seiner Mitarbeiter sei in der Analytik vergiftet worden. Claude hat nur angerufen, um unser Treffen abzusagen.«

Becker, der davon anscheinend auch nichts wusste, hörte ebenso interessiert zu und machte sich Notizen.

»Jetzt werden Sie mir sagen, dass Sie in den Forschungen des Geilweilerhofes involviert sind«, entgegnete ich sarkastisch.

Boiselle blickte erstaunt, hatte er den Sarkasmus nicht verstanden?

»Stimmt«, antwortete er. »Das ist aber alles streng geheim.«

Noch ein Mitglied des millionengroßen ›Streng-geheim‹-Zirkels, dachte ich. Vermutlich war ich bis heute Morgen der Einzige auf der Welt, der davon nichts wusste.

»Jetzt ist es nicht mehr geheim. Welche Rolle spielen Sie dabei? Wollen Sie als Verlag ein Sachbuch über die neue Rebsorte schreiben? Ist da vielleicht Vetterleswirtschaft im Spiel?«

»Kein Buch, Herr Palzki, und keine Mauschelei. Ich bin dabei, ein Logo für die neue Sorte zu entwerfen, die allerdings noch keinen Namen hat.«

»Sie?«

»Ich bin Zeichner, Herr Palzki. Oder dachten Sie, ich arbeite im Labor mit?« Er lachte.

Anscheinend war nun das Stichwort für Dietmar Becker gefallen. »Steffen, du hast mir am Telefon gesagt, dass du erste Entwürfe für die Dubbegläser mit Palzki-Motiv gezeichnet hast. Deswegen sind wir eigentlich gekommen. Herr Palzki ist mindestens so neugierig wie ich.«

Boiselle, der wohl froh war über den Themenwechsel, ging zu einem Regal und kam stolz mit einem Packen Zeichenblätter zurück. »Na, was sagen Sie dazu?«

Ich stierte auf das erste Blatt und musste heftigst schlucken: Ein komischer Typ mit ziemlicher Wampe und T-Shirt mit der skandalösen Aufschrift ›Bulle des Jahres‹ hielt einen überdimensionalen Burger in der Hand, aus dem die Soße nur so spritzte. In einer Sprechblase stand: ›Ohne Mampf kein Kampf!‹

»Wie finden Sie den Entwurf?«, fragte Boiselle erwartungsvoll.

»Wer ist diese Witzfigur?«, fragte ich irritiert zurück. Hatte Becker vorhin nicht davon gesprochen, dass Steffen Boiselle mich zeichnen wollte? Oder lag nur eine Verwechslung vor? Dieser gezeichnete Typ hatte nicht die geringste Ähnlichkeit mit mir.

Becker lachte. »Das sind Sie, Herr Palzki! Steffen hat Sie zu 100 Prozent getroffen. Die Ähnlichkeit ist frappierend, obwohl er Sie nur ein einziges Mal gesehen hat.«

»Gesichter und Menschen kann ich mir besonders gut einprägen«, erklärte Boiselle. »Normalerweise muss ich eine neue Figur erst ein paar dutzendmal zeichnen, bis ich sie richtig treffe. Bei Ihnen war das viel leichter. Sie sind der Idealtyp für Karikaturisten.«

»Wollen Sie mich veräppeln? Das bin doch niemals ich!«, protestierte ich lautstark.

Boiselle nickte. »So geht es vielen, wenn sie das erste Mal mit sich selbst konfrontiert werden. Das ist das Gleiche, wenn man auf einer Tonbandaufnahme das erste Mal seine eigene Stimme hört. Da ist man auch total überrascht.«

Der Verlagschef ging zu einer kleinen Küchenecke und kam mit einem Spiegel zurück. Er hielt ihn mir entgegen.

»Halten Sie die Zeichnung neben den Spiegel, während Sie reinschauen«, forderte er mich auf. »Dann sehen Sie die Ähnlichkeit.«

Ich tat wie geheißen und ignorierte erschrocken das Ergebnis. »Niemals«, rief ich entrüstet. »Zwei Ohren, zwei Augen und eine Nase, das ist das Einzige, was stimmt. Weder trage ich T-Shirts mit dummen Sprüchen noch lasse ich aus meinem Essen irgendwelche Soßen tropfen. Nein, das gebe ich nicht frei.«

Becker und Boiselle tuschelten miteinander. Schließlich sprach mich der Student an: »Herr Palzki, Sie sind eine Person des öffentlichen Lebens. Das Allgemeininteresse geht in diesem Fall über den persönlichen Schutz des eigenen Bildes. Sehen Sie es doch positiv: Nur wirklich prominente Persönlichkeiten werden karikiert. Bei Ihnen kann man es nicht einmal eine Karikatur nennen. Die Zeichnung ist dermaßen nah an der Realität, dass man fast von einem Foto sprechen könnte.«

Boiselle freute sich sichtlich über das Lob seines Freundes. »Dann werde ich nachher gleich ein paar Paletten Dubbegläser mit diesem Motiv ordern«, sagte er sichtlich erleichtert. »In zwei Wochen werden die Gläser lieferbar sein: im Buchhandel neben Dietmars Werken, bei Winzern und Winzergenossenschaften, auf Weihnachtsmärkten und vielleicht sogar im nächsten Jahr auf dem Wurstmarkt.«

Ich stand wütend auf und wollte mit einer Schimpftirade beginnen, da kamen eine Frau und ein Mann zur Tür herein.

Boiselle wandte sich sofort den beiden zu und stellte sie mir vor. »Herr Palzki, das ist meine Frau Ines und mein Kompagnon Clemens Ellert.«

Seine Frau hielt ein Tablett in der Hand, auf der kleine, vermutlich essbare Häppchen lagen. »Ich habe das Rezept von meiner Urgroßtante ausprobiert. So ganz zufrieden bin ich aber nicht. Will jemand probieren?«

Auch wenn die Dinger sehr ungewöhnlich aussahen, kämpfte sich etwa ein Hektoliter Magenflüssigkeit entgegen der Schwerkraft in meine Speiseröhre. Da ich trotz nahendem Hungertod über ein gerüttelt Maß an Selbstbeherrschung verfügte, stellte ich zur Sicherheit eine kleine Rückfrage: »Was ist da alles drin?«

Ines Boiselle verzog leicht ihre freundliche Mimik. »Meine Urgroßtante ist 98 Jahre alt und ernährt sich seit ihrer Jugend ausnahmslos vegan. Ich teile diese Ansicht zwar nicht, wollte aber einmal eines ihrer Rezepte ausprobieren. Einige der Zutaten, wie bestimmte Kräuter, bekommt man auf dem freien Markt überhaupt nicht. Meine Urgroßtante baut sie in ihrem eigenen Kräutergarten an, trotz ihres hohen Alters.«

Eine fast Hundertjährige mit eigenem Kräutergarten? Konnte das gut gehen? Reflexartig zog ich meine Hand zurück, die gerade das Tablett abgrasen wollte. »Oh, das ist schlecht. Bei manchen speziellen Kräutern bekomme ich Blähungen und Schlimmeres. Ich muss bezüglich meiner Nahrung sehr aufpassen.«

Während ich dachte, mich gut aus der Affäre gezogen zu haben, lachte der Student. Vielleicht sollte ich Becker meinem Chef als Täter präsentieren?

»Herr Palzki.« Er unterbrach seinen Satz, weil es ihn immer noch vor Lachen schüttelte. »Herr Palzki«, wiederholte er, »Blähungen haben nichts mit Bauchfett zu tun.«

Warte nur, du Bürschchen, dachte ich mit Mordgedanken. Deine Zeit wird bald kommen, sehr bald.

Steffen Boiselle nahm seiner Frau das Tablett ab und stellte es kommentarlos ein wenig entfernt auf den Tisch.

Da ich immer noch stand, fand ich es eine gute Idee, mich zu verabschieden. Bezüglich der zeichnerischen Verunglimpfung meiner Person würde ich mir kurzfristig eine Abwehrtaktik überlegen.

Der Verlagschef schenkte mir zum Abschied ein paar seiner Verlagserzeugnisse. »Das ist der aktuelle Kalender mit dem *100% PÄLZER!*. Ich hoffe, die Cartoons gefallen Ihnen. Vielleicht können Sie ihn auf der Dienststelle aufhängen.«

Ich nickte, weil mir bei dem Wort ›aufhängen‹ Dietmar Becker durch den Kopf ging.

Boiselle verstand mein Nicken dagegen als Zustimmung. Er verschwand kurz zwischen seinen Regalen und kam mit einem Buch zurück. »Sie dürften das richtige Alter haben, Herr Palzki.«

»Natürlich«, antwortete ich, auch wenn ich neuen Ungemach witterte.

»Ich habe für Sie einen Nachdruck der Erstleser-Fibel, die Sie in der ersten Klasse gehabt haben. Hier, mit diesem Buch haben Sie Lesen gelernt.«

Überrascht schlug ich das Buch mit dem Titel *Meine bunte Welt* auf und erkannte sofort Hans, Heiner und Elsa. Na, das war mal ausnahmsweise eine gelungene Überraschung.

»Vielen Dank, Herr Boiselle. Ich muss jetzt leider gehen, Sie wissen schon, die drei Toten.«

»Drei?«, fragten Becker und Boiselle gleichzeitig.

Ich nickte. »Sobald Sie in meinen Wagen steigen, werden es drei sein, Herr Becker.«

»Es war doch nicht so gemeint, Herr Palzki«, versuchte sich dieser zu entschuldigen. »Ich dachte, Sie sind ein humorvoller Mensch, der über den Dingen steht. Ich verspreche Ihnen, dies in meinem nächsten Roman zu erwähnen, damit die Leser ein korrektes Bild von Ihnen bekommen.«

»Zusätzlich zu den Dubbegläsern«, ergänzte Boiselle lächelnd.

Bevor weitere Unliebsamkeiten ans Tageslicht kamen, verabschiedete ich mich endgültig. Ja, ich nahm den Studenten mit, nahm mir aber vor, ihn meine Missstimmung deutlich spüren zu lassen. Zum Abschied drückte Boiselle Becker und mir jeweils eine Flasche Wein und ein Dubbeglas mit Cartoon in die Hand.

Der Abstieg aus dem Dachgeschoss war lang, aber unspektakulär. Stumm fuhr ich auf der Autobahn an Schifferstadt vorbei in Richtung Speyer. Becker, der sich wunderte, sagte keinen Ton. Erst als ich vor der Currysau hielt, atmete er erleichtert auf. Erstaunt stellte ich fest, dass es bei meinem Lieblingsimbiss neuerdings auch Pfälzer Wein gab.

Als mir versehentlich aus meinem vierten oder fünften Burger etwas Soße auf den Boden spritzte, lachte er kurz. Wenn er mir eine weitere Ähnlichkeit zu Boiselles Zeichnung attestiert hätte, würde sein nächster Krimi endgültig unvollendet bleiben. Unter Umständen könnte ich dann, in Absprache mit seinem Verlag, den Krimi fertig schreiben, damit die Leserschaft endlich mal erfahren würde, welche chaotischen Zustände bei uns in Schifferstadt und überhaupt in der kompletten Kurpfalz tatsächlich herrschten.

Während ich noch mit der Vorspeise beschäftigt war, hatte Becker seine kleine Mahlzeit längst beendet und bemalte ein Blatt Papier, das er aus seiner Tasche gezogen hatte.

»Die Personenkonstellationen sind dieses Mal äußerst komplex, Herr Palzki«, meinte er während seiner Malarbeit. »Aus Sicherheitsgründen werde ich auch dieses Mal dem Verlag empfehlen, am Ende des Romans ein Personenglossar anzufügen.«

Ich blickte kurz und uninteressiert auf sein Gemälde. Überall hatte er Namen hingeschrieben und diese wild mit Strichen in unterschiedlichen Stärken verbunden.

»Die Verbindung zwischen Ihrem Cartoonfreund und Verrevin können Sie ruhig etwas dicker einzeichnen.«

»Warum das denn?«, fragte er verunsichert. »Steffen steht wohl außer Verdacht. Mein Freund hat mit den Morden nichts zu tun.«

»Aha«, sagte ich, sonst nichts, was den Studenten weiter irritierte.

»Was meinen Sie mit ›Aha‹?«

Ich schob mir zunächst eine große Fleischscheibe in den Mund, um ihn etwas zappeln zu lassen. »Schon mal was davon gehört, dass in jedem besseren Krimi am Schluss der Unverdächtigste der Täter ist? Ach so, verzeihen Sie bitte, dass ich Ihre Werke als ›bessere Krimis‹ tituliert habe. Soll nicht wieder vorkommen.«

»Und welches Motiv soll Steffen haben?« Becker hatte vor Staunen eine Maulsperre.

»Motiv? Ich bitte Sie, ich bin noch am Anfang meiner Ermittlungen. Sie als Pseudo-Krimischreiber sollten wissen, dass das Motiv stets immer erst am Ende im Showdown ans Tageslicht kommt. Außerdem wird die Landauer Kripo die Ermittlungen übernehmen, falls Sie das nicht mitbekommen haben.«

»Steffen ist niemals ein Mörder«, sagte Becker bestimmt.

»Wieder ein Trugschluss«, erklärte ich ihm. »Ein Täter ist nicht immer zwangsläufig gleichzeitig der Mörder. Schon mal was von Auftragsmorden gehört oder einer Bande? Vielleicht wollen Herr Boiselle und sein Cousin die Weltherrschaft in Sachen Wein übernehmen? Oder Pfälzisch soll zur Weltsprache werden und Ihr Freund ist der Einzige, der pfälzische Wörterbücher verkaufen darf.«

»Jetzt ziehen Sie das aber ins Lächerliche, Herr Palzki.«

»Natürlich tue ich das. Aber die Übergänge sind halt fließend. Es gibt auf dieser Welt nicht nur die eindeutigen Motive wie Eifersucht und Geld. Manchmal sind es eben auch irgendwelche Verrücktheiten. Lesen Sie Ihre Romane, die sind voll mit diesem Zeug.«

Becker grübelte während der kompletten Rückfahrt. Im Hof der Schifferstadter Dienststelle verabschiedete er sich. Die Weinflaschen ließ er im Fond liegen.

»Ich muss dringend ein paar Recherchen anstoßen«, sagte er zu mir. »Falls Herr Diefenbach nach mir fragt, ich melde mich spätestens morgen früh bei ihm mit ersten Ergebnissen.«

»Welche Ergebnisse?«

Becker zog ein fettes Grinsen auf und verschwand. Das war wohl seine Art von Retourkutsche.

Bevor ich zu meinen Kollegen ging, wollte ich auf einen Sprung bei KPD vorbei, um ihn auf den neusten Stand zu bringen. So ganz stimmte das zwar nicht, denn meine Motivation, KPD aufzusuchen, lag einzig darin, mir diesen Fall von der Backe zu schaffen.

Die Tür zu seinem Thronsaal stand einen Spalt offen, was mich dazu veranlasste, ohne anzuklopfen einzutreten.

KPD stand mit dem Rücken zu mir vor einem Beistelltisch, der die Ausmaße einer Tischtennisplatte besaß, und drehte an einem Globus herum. Parallel dazu rezitierte er ein Gedicht:

»Ich, der gute Chef Klaus Diefenbach,
schnapp viele Gauner jeden Tach,
Niemand kann mir das Wasser reichen,
Böse Jungs müssen in den Knast ausweichen.«

Ich räusperte mich, obwohl ich eher laut rauslachen wollte. KPD bemerkte mich und drehte sich um. Um ihn auf meine Wellenlänge zu bringen und positiv einzustimmen, klatschte ich euphorisch in die Hände.

»Bravo, endlich mal jemand, der nicht nur zu Hausfrauenlyrik fähig ist. Sie scheinen im Reimen viel Erfahrung zu haben, Herr Diefenbach. Ein weiteres Talent, habe ich recht?«

KPD fühlte sich geschmeichelt von meiner Kriecherei, er machte sogar einen kleinen Diener vor mir.

»Schon in der Schule habe ich ganze Aufsätze in Reimform verfasst, Herr Palzki. Jaja, so manche meiner vielfältigen Talente schlummern ungenutzt. Leider hat auch mein Tag nur 24 Stunden. Herr Becker hat mich auf diese Idee gebracht. Er sagte mir, dass er ein Lyrikbändchen veröffentlichen will und fragte mich, ob ich nicht Lust hätte, ein Vorwort, natürlich gereimt, zu schreiben. Das hat mich wieder an meine Jugend erinnert, als ich den dritten Preis mit einem Gedicht gewonnen habe. Ein namhafter Silikonhersteller hatte den Dichterwettbewerb ausgeschrieben.«

Ich nutzte die Gelegenheit, meinem Chef eine weitere Nutzungsmöglichkeit seines Talents vorzuschlagen. Je weniger er mit der eigentlichen Polizeiarbeit beschäftigt war, desto besser für uns und alle anderen.

»Dann könnten Sie sich doch an das ungelöste Rhein-, äh, Reimprojekt dranwagen, an dem bisher sämtliche Lyriker gescheitert sind.«

»Äh, wie, von was reden Sie da, Herr Palzki?« KPD wurde neugierig.

»Komisch, ich dachte, als talentierter Verseschmied wissen Sie das. Bisher ist noch niemandem gelungen, das Nibelungenlied ins Pfälzische zu übersetzen. Warum nehmen Sie sich nicht ein paar Wochen Auszeit, um der Fachwelt Ihr Können als Reimmeister zu beweisen?«

KPD wand sich. »Das geht im Moment leider nicht. Ich muss doch meine Rede für mein Jubiläum vorbereiten. Die will ich in Reimen vortragen, das ist mal was anderes und wird mir eine noch bessere Presse als üblich einbringen.«

»Da wäre ich vorsichtig, Herr Diefenbach. Sie wissen bestimmt, dass es viel mehr Menschen gibt, die Gedichte schreiben, als Menschen, die Gedichte lesen oder hören wollen.«

»Und genau das will ich ändern, Herr Palzki. Jeder, der meine Lyrik hört oder liest, wird davon begeistert sein. Niemand wird es mehr wagen, eigene Gedichte zu schreiben, da er niemals so gut wie ich sein wird.«

Normalerweise würde ich jetzt meinen Chef mit einer Gemeinheit aufziehen. Doch ausnahmsweise musste ich ihn bei guter Laune halten und wechselte das Thema.

»Ich wollte Sie über meine Ermittlungen informieren.«

KPD strahlte. »Gut gemacht, Herr Palzki. Im Moment sollten wir die unsicheren Kommunikationswege wie Fax, Telefon und E-Mail meiden. Wer weiß, wer da alles in der Leitung sitzt. Die persönliche, bilaterale Aussprache Untergebener zum Chef gewinnt immer mehr an Bedeutung. Setzen wir uns an den Tisch.«

»Wurde der Attentäter, der Ihnen diese schändliche Drohung gefaxt hat, inzwischen gefasst?«

KPD schüttelte den Kopf. »Ausgerechnet in dieser Nacht ist das Rechenzentrum ausgefallen, und niemand kann nachvollziehen, woher die Nachricht kam. Vermutlich sind diese Gauner auch für den Ausfall des Rechenzentrums zuständig.«

Glück gehabt, dachte ich und atmete erleichtert aus.

KPD setzte sich hinter seinen Schreibtisch auf seinen Thron. »Jetzt können Sie loslegen, Herr Palzki.«

Ich erzählte ihm von meinem Ausflug nach Landau unter Auslassung jeder Erwähnung des Studenten. Nachdem ich von dem zweiten Opfer und dem Gespräch mit Professor Verrevin berichtet hatte, gab ich KPD zu verstehen, dass die Landauer Kripo die Ermittlungen so gut wie übernommen hatte. Jedenfalls, wenn er sein Okay gab.

»Schließlich ist es wohl für alle klar, dass unmöglich der Dürkheimer Dienststellenleiter Schiwab mit den Morden zu tun haben kann«, ergänzte ich rhetorisch geschickt. »Alle Fäden laufen am Geilweilerhof zusammen.«

KPDs Miene verfinsterte sich. »Arnold Schiwab soll unschuldig sein? Spinnen Sie jetzt komplett, Herr Palzki? Es ist doch offensichtlich, dass der zweite Mord nur ein Ablenkungsmanöver ist. Sie müssen berücksichtigen, dass er geschulter Kriminalbeamter ist. Zwar nicht so gut geschult wie ich, aber immerhin. Der kennt alle Tricks, der will Sie nur täuschen, Herr Palzki.«

Ich glaubte, nicht richtig zu hören, obwohl es eigentlich typisch KPD klang.

KPD trommelte mit den Fingern auf der Tischplatte. »Sie verrennen sich da in etwas, Herr Palzki. Ich weiß, Sie haben natürlich nicht die Lebenserfahrung wie ich und nur wenig Talent für die eigentliche Ermittlungsarbeit. Wenn ich zulasse, dass die Dienststelle in Landau den Fall übernimmt, mache ich mich der Fahrlässigkeit schuldig. Schließlich kennen die die wahren Hintergründe nicht und betrachten den Fall mit ihren Scheuklappen ausschließlich auf den Geilweilerhof bezogen.«

Er dachte nach, zumindest vermutete ich das.

»Ich kümmere mich darum. Als guter Chef muss man auch mal über seinen Schatten springen können. Ich biege die Sache wieder für Sie gerade, Herr Palzki. Gleich nachher rufe ich in Landau an und reiße die Ermittlungshoheit wieder an uns. Morgen früh kommen Sie bitte als Erstes in mein Büro, dann besprechen wir die weitere Strategie, kommen Sie aber bitte nicht wieder so spät, ich habe einen prall gefüllten Terminkalender.«

Geschockt blieb ich stumm sitzen.

»Ist noch was, Herr Palzki?«, fragte KPD.

Kopfschüttelnd stand ich auf und verließ den Saal. Warum musste ausgerechnet ich den schrägsten und verrücktesten Chef Deutschlands erwischt haben?

KAPITEL 9
EINE MYSTERIÖSE EINLADUNG

In Juttas Büro war Chaos pur.

Überall standen leere, teilgefüllte und gefüllte Gefäße in unterschiedlichen Größen herum. Gerhard, Jutta und Jürgen hantierten an der Kaffeemaschine.

»Mahlzeit«, sagte ich zur Begrüßung, die nicht erwidert wurde, wahrscheinlich bemerkten die Kollegen mich nicht einmal. »Ist es für eine Kaffeeparty nicht schon etwas spät?«

»Scheißgerät«, fluchte Gerhard, dessen linker Ärmel batikbraun verfärbt war.

»Soll ich euch einen Kaffee aus dem öffentlichen Automaten holen? Ihr zittert, als wärt ihr auf Entzug.«

Jürgen, der nur sehr wenig Kaffee trank und zu Hause bei seiner Mama nach 16 Uhr überhaupt keinen mehr bekam, lächelte als Einziger.

»Das Reinigungsprogramm ist etwas durcheinandergeraten«, erklärte er mir.

Gerhard hämmerte auf das Touch-Display ein. »Wenn ich könnte, würde ich dir sämtliche Transistoren aus der Platine prügeln.«

»Gewalt ist keine Antwort«, versuchte ich ihn zu beruhigen. »Hast du es schon mit einem Hammer versucht?«

Jutta hielt bereits das dritte Halbliterglas unter den Ablaufhahn, seit ich das Büro betreten hatte. Wasser mit leicht braunen Spuren lief unablässig.

»Könnt ihr das nicht stoppen?«, fragte ich naiv.

Jutta antwortete genervt: »Ne, geht nicht. Ich habe das

Reinigungsprogramm gestartet. Dann hat der blöde Automat nach der Anzahl der Spülgänge gefragt und ich habe drei eingegeben.«

»Und wo liegt das Problem? Drei Spülgänge brauchen doch wohl nicht so viele Behälter?«

»Das nicht«, erklärte Jutta. »Statt auf die Bestätigungstaste zu drücken, habe ich versehentlich zweimal auf null gedrückt. Und jetzt sind es halt 300.«

Innerlich freute mich das, zumindest ein bisschen. Auch Technikfreaks machen manchmal einen Fehlgriff. Ich brauchte mich folglich nicht mit meinen ausreichenden Computerkenntnissen zu schämen.

»Abschalten?«, warf ich als mögliche Antwort in den Raum.

»Gerhard hat's versucht«, ereiferte sich Jutta. »Seitdem sind es 3.000 Spülgänge. Die Elektronik scheint überfordert zu sein.«

Unter Stress stehend kommt man meist nicht auf die naheliegendste Lösung. Da ich den im Moment nicht hatte, war mir die naheliegendste Lösung sofort klar. Fett grinsend stellte ich mich vor die Maschine und erklärte: »Jetzt wird euch mal der Technikfreak Reiner Palzki zeigen, wie man einen dummen Kaffeeautomaten bändigt, der drei einigermaßen qualifizierte Polizeibeamte narrt.«

»Wehe, du drückst irgendwo auf das Display«, schrie Gerhard. »Auf 30.000 Spülgänge kann ich verzichten.«

Lächelnd drehte ich mich zur Seite und ging zum Waschbecken. Dort drehte ich ganz altmodisch die Wasserzufuhr ab.

Der Druck in der Maschine ließ sofort nach, es tröpfelte nur noch. Meine Kollegen schauten mich völlig belämmert an.

»Dreh sofort wieder auf«, forderte Gerhard.

»Warum denn?« Im gleichen Moment schrillte ein nerviger Piepston durchs Büro.

»Darum«, schrien alle drei gleichzeitig. »Denkst du, das haben wir noch nicht versucht? Schau mal auf das Display!«

Ich las ›Bitte Wasserzufuhr öffnen, damit die Spülgänge fortgesetzt werden können‹. Das Piepsen wurde immer lauter.

Jutta war bereits auf dem Weg zum Waschbecken, doch ich kam ihr mit einer anderen Aktion zuvor: Ich zog den Netzstecker aus der Wand. Das Piepsen hörte schlagartig auf.

Gerhard klatschte sich mit der nassen Hand an die Stirn. »Ausgerechnet Reiner muss auf die Lösung kommen, unglaublich.«

Mein Strahlen war rekordverdächtig. »Mit meiner Lebenserfahrung ist das nur eine Kleinigkeit, außerdem habe ich Kinder.«

Jutta musste natürlich querschießen. »Und was passiert, wenn wir den Strom wieder einschalten?«

Eine Antwort erübrigte sich, da KPD zur Tür hereinkam und sich, wie ich vorhin, über die vielen Gefäße wunderte. Bevor er eine Bemerkung machen konnte, blieb sein Blick an der Kaffeemaschine hängen.

»Ist es denn wirklich wahr? Das letzte Mal habe ich nicht so genau hingeschaut. Ist das tatsächlich das Modell *Koffein 5000* mit Molekularsieb und vollintelligenter Spülreinigungssteuerung?« Er ging näher und entdeckte das Typenschild. »Wow, dieses Wunderwerk wurde in der neusten Ausgabe von *Chef-Design, das sich nicht jeder leisten kann* vorgestellt. Wie kommen Sie zu diesem Prachtstück?«

Gerhard und Jutta waren erstaunlich blass. Ich ahnte Übles, war die Maschine vielleicht irgendwo vom Laster gefallen?

Jutta druckste zunächst herum. »Also, das ist so, äh, Herr Diefenbach. Wir, äh …«

Gerhard hatte eine Idee und unterbrach sie. »Es handelt sich um ein Leihgerät. Der Hersteller möchte sein Zugpferd in allen besonders gut funktionierenden Polizeidienststellen präsentieren. Und das kostenlos für zwei Wochen. Wir dachten, das wäre etwas Besonderes für Sie als guter Chef, immerhin haben Sie einjähriges Dienstjubiläum in Schifferstadt.«

Während Gerhard der Schweiß an den Schläfen heruntertropfte, konnte sich KPD vor Freude nicht beruhigen.

»Das ist mal eine tolle Überraschung für mich als guter Chef. Das zeigt deutlich, wie beliebt ich bei meinen Untergebenen sein muss.«

Gerhard nickte eifrig. »Natürlich haben wir das Gerät ausführlich getestet und grundgereinigt. Der Kaffee schmeckt fantastisch. Es scheint zwar noch ein paar winzige Kinderkrankheiten in der elektronischen Steuerung zu geben, aber im Großen und Ganzen ist das eine Supermaschine.«

Jutta nahm den Ball auf. »Wenn Sie möchten, können wir sie gleich in Ihr Büro bringen lassen. Der Hausmeister wird sie anschließen.«

»Das wollte ich ebenfalls gerade vorschlagen, Frau Wagner«, sagte KPD mit euphorischer Stimme. »Sie alle dürfen selbstverständlich während des 14-tägigen Tests zwei- bis dreimal am Tag zu mir kommen, um sich ein Tässchen Kaffee zu zapfen. Als guter und großzügiger Chef spendiere ich sogar die Milch und den Zucker.« Mit einem Blick auf die halbe Palette Kaffee, die neben der Maschine auf dem Boden stand, ergänzte er: »Der Kaffee sollte für die zwei Wochen reichen.« Er grübelte: »Wenn nach meiner Jubiläumsfeier im Schwarzgeldetat noch genügend Reserven sind, und davon gehe ich aus, werde ich die Maschine nach dem Testzeitraum käuflich erwerben. Das wird ein Schmuckstück in meinem Büro werden.«

Fröhlich pfeifend ging er von dannen. Wenigstens sagte er dabei kein Gedicht auf.

»Da habt ihr euch ein schönes Eigentor geschossen«, sagte ich zu meinen Kollegen, als KPD längst verschwunden war.

»Wieso?«, fragten sie zurück.

»Maschine futsch, Kaffee futsch.«

Die beiden lachten, Jürgen nicht.

»Besser konnte es gar nicht laufen«, verriet mir Gerhard. »Wir haben die Maschine und den Kaffee auf Rechnung gekauft im Namen von KPD. Bei passender Gelegenheit wollten wir ihm die Sache sowieso unterjubeln. Manchmal darf man auch ein bisschen Glück haben.«

»Dann mache ich jetzt besser Feierabend. Ich schätze, dass in der nächsten Minute der Hausmeister auftaucht, um die Maschine abzuholen. Ich möchte nicht dabei sein, wenn er sie anschließt und einschaltet.«

Auf einmal hatten es auch meine Kollegen eilig, Feierabend zu machen.

Zu Hause gab es keine wesentlich neuen Störfeuer in meinem Leben. Alles war friedlich, nur die Kleinen schrien, aber die wussten es halt nicht besser.

»Paul und Melanie sind in ihren Zimmern?«, fragte ich Stefanie nach dem Begrüßungskuss.

»Paul? Keine Ahnung, wo der sich rumtreibt. In einer halben Stunde muss er da sein, dann gibt's Essen.«

Pünktlich, also nicht einmal eine Viertelstunde zu spät, kam Paul.

»Herr Ackermann ist voll cool«, sagte er zur Begrüßung. »Den sollten wir als Lehrer haben, und zwar für alle Fächer.«

Ich kam ins Grübeln. Was sollte aus meinem ältesten Sohn werden, wenn er 14 und damit strafmündig würde? Alles, was ihm bis jetzt unser Nachbar beigebracht hatte, war, milde ausgedrückt, hochgradig kriminell. Ich musste dringend mit Stefanie bereden, wie wir ihm diesen schädlichen Einfluss entziehen konnten.

Als die Kinder endlich oben in ihren Zimmern waren, setzte sich meine Frau mit Lisa zu mir auf die Couch. Während sie ihr die Brust gab, meinte sie: »Es scheint sich in jeder Generation alles zu wiederholen.«

»Wie meinst du das?«

»Paul«, antwortete sie. »Wir müssen uns was wegen Herrn Ackermann einfallen lassen.«

»So weit bin ich auch schon«, entgegnete ich. »Sonst sehe ich schwarz für die Zukunft unseres Sohnes. Aber was meinst du mit wiederholen?«

Sie brachte mühsam ein Lächeln zustande. »Weißt du, was deine Eltern immer über deine Kindheit erzählen?«

Entrüstet unterbrach ich sie: »Jetzt bleib doch bitte mal sachlich. Das waren andere Zeiten, und die Streiche, die ich gemacht habe, waren im Grund genommen alle harmlos.«

»Harmlos?«, wiederholte meine Frau lauter, als sie wollte. Lisa erschrak und begann zu schreien. »Und euer damaliger Nachbar?«

»Du meinst Jacques? Ich bitte dich, ich habe Jacques viel zu verdanken. Hervorragende Noten in Physik zum Beispiel.«

»Und mehrere Verweise«, ergänzte sie.

»Das waren alles pädagogische Fehlurteile. Es ging ausschließlich um das praktizierte Sammeln von Lebenserfahrung.«

Stefanie nickte stumm.

Ihr Vorwurf war vielleicht berechtigt. Bereits als kleiner Bub spielte ich in Jacques' Werkstatt Verstecken. Meine Eltern sind mehr als einmal fürchterlich erschrocken, als beispielsweise plötzlich grüner Nebel aus dem Schornstein seiner Werkstatt stieg oder ein paar Fensterscheiben zersprangen.

Auch wenn der Vergleich Jacques zu Herrn Ackermann unmöglich war, gab es offensichtlich in beiden Fällen Beweggründe, die die jeweiligen Eltern zur Sorge um ihren Nachwuchs trieben. Immerhin ist aus mir ein potenter Polizeibeamter geworden, die Möglichkeiten für Pauls geistige Entwicklung standen also gar nicht so schlecht, redete ich mir stumm ein.

*

Am Mittwochfrüh verabschiedete ich mich nach einem wie üblich äußerst gesunden Frühstück. Was würde der neue Tag beruflich bringen? Auf welche Absurditäten würde mich KPD ansetzen? Die ganze Nacht hatte ich von Wein und Weinreben geträumt.

Der heutige Tag schien nicht mein Glückstag zu werden. Auf dem kurzen Weg zwischen Haustür und Auto lief ich Frau Ackermann über den Weg, die eine Einkaufstasche in der Hand hielt.

»Guten Morgen, Herr Palzki«, begann sie zu schnattern. Frau Ackermanns Stimmbänder surrten in einer

Frequenz, mit der man Radioprogramme übertragen konnte.

»Sie wissen ja, wie es ist, Herr Palzki. Alles muss man selbst machen. Mein Mann liegt den ganzen Tag faul auf der Couch herum. Manchmal frühstückt er mittags sogar im Liegen, weil er zu faul zum Aufstehen ist. Und ich darf mich um den Einkauf kümmern. Nicht einmal einen Führerschein hat er noch, weil er vor ein paar Jahren einen Unfall hatte. Danach haben wir dann umziehen müssen, weil das Nachbarhaus baufällig war und abgerissen werden musste. Aber das habe ich Ihnen wahrscheinlich noch gar nicht erzählt, oder doch? Nächstes Wochenende will er mit mir auf den Wurstmarkt gehen, dabei habe ich doch überhaupt nichts anzuziehen. Er will mit der S-Bahn nach Ludwigshafen und dann mit der Rhein-Haardt-Bahn nach Bad Dürkheim fahren. Oh, bin ich aufgeregt, Herr Palzki. Ich war in meinem ganzen Leben noch nie außerhalb von Schifferstadt. Außer bei der Geburt in Speyer, aber daran kann ich mich nicht mehr erinnern. Mein Mann will auch Ihren Sohn mitnehmen, hat er das schon gesagt? Überhaupt ist er viel mit Paul zusammen in letzter Zeit. Und dann will er sich in der Garage eine Schwarzbrennerei einrichten. Ups, hätte ich das Ihnen nicht sagen dürfen, Herr Palzki? Das kleine Geheimnis behalten Sie für sich, oder?«

Frau Ackermann stockte, was ich bisher für unmöglich hielt. Vermutlich lag es an meinem entsetzten Gesichtsausdruck. Paul und Familie Ackermann gemeinsam auf dem Wurstmarkt? Und Herr Ackermann will in seiner Garage Schnaps brennen? Mein Sohn war in höchster Gefahr. Gleich heute Abend müsste ich in dieser Sache ein Machtwort sprechen und Taten folgen lassen.

Ich nutzte Frau Ackermanns verbale Unterbrechung und entgegnete ihr hektisch: »Entschuldigen Sie bitte, mir ist eingefallen, dass ich heute pünktlich ins Büro muss.«

Ohne näher darauf einzugehen, schloss ich meinen Wagen auf und setzte mich rein. Meine Nachbarin stand ratlos daneben, wahrscheinlich war sie dies auch, zumindest wegen ihres Mannes.

Meine Flucht war gelungen, meine Gedanken dagegen kollabierten. Ich musste Paul von meinem kriminellen Nachbarn fernhalten.

KPD hatte mir gestern zu verstehen gegeben, dass ich gleich zu Dienstbeginn bei ihm vorbeikommen sollte. Dennoch war mein Ziel zunächst Juttas Büro, um zuerst die Lage zu eruieren. Während ich mit eingezogenem Genick an dem Büro meines Vorgesetzten vorbeischlich, bemerkte ich das Schild auf seiner Tür. ›Wegen Bauarbeiten vorübergehend geschlossen‹, stand dort und verhieß nichts Gutes.

Dementsprechend geknickt saßen meine Kollegen in Juttas Büro und bliesen Trübsal.

»Guten Morgen, ihr Lieben«, begrüßte ich sie überschwänglich. »Was für ein wunderschöner Morgen, die Tulpen blühen, die Vögel zwitschern …«

»Was soll der Scheiß, Reiner?«, fuhr mich Gerhard an. »Und Tulpen im September kannst du auch vergessen.«

»Der kann nicht einmal eine Tulpe von einer Rose unterscheiden«, meinte Jutta. »Vielleicht nicht mal von einer Birke.«

»Was ist euch denn über die Leber gelaufen? Seid ihr auf Kaffeeentzug? Birken sind übrigens weiß und Tulpen bunt.«

Schweigend ging Jutta zu einem Schrank und holte eine Flasche Schnaps und vier Schnapsgläser hervor. »Normalerweise bin ich dagegen, im Dienst übermäßig Alkohol zu trinken, heute machen wir mal eine Ausnahme. Jürgen, Reiner, wollt ihr auch einen?«

Ich winkte ab und Jürgen sagte: »Nein, danke, das riecht meine Mama nicht so gern.«

Sie öffnete die Flasche. »Die ist von meinem Bruder. Schwarzgebrannter Obstler, das bleibt aber unter uns, meine Herren.«

Nach wie vor durchschaute ich den momentanen Zustand meiner Kollegen nicht. »Jetzt sagt doch endlich mal, was los ist!«

»KPDs Büro«, murmelte Gerhard. »Es kam, wie du befürchtest hast. Die Maschine lief aus und zerstörte sein wertvolles Tropenholz-Parkett, hat uns vorhin der Hausmeister erzählt. KPD haben wir heute noch nicht gesehen. Am liebsten würde ich mich krankschreiben lassen.«

»Jetzt bleibt doch mal locker«, versuchte ich sie zu beruhigen. »Schuld ist die Maschine und nicht ihr. Jedenfalls ist das kein Grund, schwarzgebrannten Obstler zu trinken. Ich bin dafür, die Mindeststrafen für Schwarzbrennen drastisch heraufsetzen. Ohne Bewährung dürfte bei mir keiner davonkommen. Und denkt an die vielen Kinder, die völlig unbedarft mit dem Alkohol in Berührung kommen könnten. Das Delikt müsste gleich hinter Mord und Totschlag kommen.«

»Bleib mal auf dem Teppich, Reiner«, fuhr mich Jutta an. »So kenne ich dich gar nicht. Schwarzbrennen ist nur ein unbedeutendes Kavaliersdelikt. Schließlich geht es nur um das Verhindern von Steuereinnahmen.«

»Eben drum. Diese Steuern könnte man in die Präventionsarbeit stecken, um Kinder und Jugendliche vom Alkohol fernzuhalten. Folglich muss der Schwarzbrennerei-Sumpf trockengelegt werden und zwar mit drastischen Mitteln.«

Jutta und Gerhard ließen sich von meinen Kommentaren nicht abschrecken und tranken ihren Beruhigungsobstler.

»So, jetzt kann er kommen«, sagte Gerhard.

»Wen meinen Sie damit«, antwortete KPD, der just in dieser Sekunde im Türrahmen erschien.

»Herr Steinbeißer meinte damit einen arbeitsreichen Tag«, antwortete Jutta schlagfertig für ihren Kollegen.

KPD gab sich damit zufrieden, er schien ganz gut gelaunt zu sein. Er entdeckte die Flasche auf dem Besprechungstisch. »Ist das Schnaps?«

»Obstler«, meinte Jutta schüchtern. »Es ist nicht so, wie Sie denken.«

KPD nahm die Flasche in die Hand. »Schwarzgebrannt, oder? Es ist kein Etikett drauf.«

So still wie im Moment war es in Juttas Büro noch nie.

»Es ist ein Obstler«, sagte schließlich Jutta, auch wenn die Antwort nicht auf die Frage passte.

»Da hätte ich jetzt richtig Lust drauf«, sagte unser Chef völlig überraschend. »Ah, da stehen schon die Gläser.« Er schenkte alle vier voll.

»Bedienen Sie sich«, sagte er und lächelte, als würde der Obstler ihm gehören.

»Los, nimm«, raunte mir Jutta zu. Sie war klatschnass verschwitzt.

»Boah«, rief KPD, nachdem er einen Schluck genommen hatte. »Der hat aber mal Power. Ist der von der diesjährigen Ernte?«

Jutta nickte fast unmerklich und wartete weiter ab.

»Der schmeckt beinahe so gut wie mein eigener Obstler, den ich zu Hause drei oder viermal im Jahr brenne.«

Verschwörerisch schaute er uns der Reihe nach an. »Das bleibt aber unter uns, verstanden? Ist schließlich nur ein Kavaliersdelikt. Bedenken Sie meinen hohen Grenzsteuersatz, dem ich als guter Chef ausgesetzt bin.«

Meine Kollegen atmeten auf, und ich verstand die Welt nicht mehr. War ich der einzige Steuerehrliche auf diesem Planeten? War ich der Einzige, der keinen Schnaps schwarzbrannte? Und was zum Teufel ist ein Grenzsteuersatz?

KPD gönnte sich ein zweites Gläschen. »Mehr sollte es vor dem Mittagessen nicht sein«, erklärte er uns und stand auf. »Ich muss jetzt rüber in mein Büro, die Handwerker müssen eingewiesen werden. Danach werde ich mir ein Glas Wein gönnen oder zwei.«

Da Jutta und Gerhard sich nicht trauten, nach dem Grund der Arbeiten zu fragen, tat ich es. »Welche Renovierungen stehen im Moment an, Herr Diefenbach?«

Wieder absolute Stille.

»Das Parkett, Herr Palzki. Die *Koffein 5000* hatte gestern beim ersten Probelauf einen kleinen Fehler produziert. Dabei wurde glücklicherweise mein sauteures Tropenholzparkett überflutet.«

»Wieso glücklicherweise?«

»Na ja, es war mir schon immer einen Tick zu dunkel. Ich suche schon seit Wochen nach einer Begründung, es austauschen zu lassen.«

Die Hochspannung, die in der Luft lag, löste sich auf.

KPD hatte sich bereits der Tür zugewandt, als er zurückkam, einen Zettel aus seiner Hosentasche zog und mir überreichte.

»Herr Palzki, leider habe ich heute Vormittag keine Zeit für Sie. Zuerst muss ich zu den Handwerkern und dann

Organisatorisches bezüglich meiner Jubiläumsfeier klären.«

Er deutete auf den Zettel in meiner Hand. »Ein Mitarbeiter des DLR hat sich gemeldet und wollte sich mit mir hinter der Spielbank in Bad Dürkheim im Kurpark treffen. Es geht um die beiden Morde auf dem Wurstmarkt und dem Geilweilerhof, für die Schiwab verantwortlich ist. Ich habe ihm zugesagt, dass ich einen meiner Untergebenen schicken werde. Seien Sie bitte pünktlich. Heute Mittag können Sie mir persönlich Bericht erstatten.«

Auch wenn der erste Kontakt mit KPD heute für mich hätte schlimmer ausgehen sollen: ›Kontaktaufnahme mit Mitarbeiter des DLR um zwölf Uhr hinter der Spielbank Bad Dürkheim‹, stand kurz und knapp auf KPDs Notiz. Ein konspiratives Treffen? Ich hatte nicht die geringste Ahnung, was hinter der Abkürzung DLR stand. Deutsche Luftrettung, das hatte ich schon einmal gehört, auch wenn es wenig Sinn machte.

Nachdem unser Chef verschwunden war, wandte ich mich an unseren Jungkollegen: »Jürgen, würdest du dich bitte mal an Juttas Computer bequemen und eine Kleinigkeit nachschauen? Gib mal DLR in den schlauen Kasten ein.«

Jutta und Gerhard stritten sich leise am Besprechungstisch, vermutlich über den Obstler.

»Willst du unter die Astronauten gehen?«, fragte mich keine Minute später Jürgen. »DLR steht für Deutsches Zentrum für Luft- und Raumfahrt.«

Das war noch schlimmer als die Luftrettung, dachte ich. Hatte das vielleicht mit der Fahrt auf dem defekten Karussell am vergangenen Wochenende zu tun? Wollte mir jemand einen Job als Astronaut anbieten? Nein, das konnte nicht sein. Die Person wollte schließlich ursprünglich KPD treffen. Obwohl, auf den Mond schießen könnte man den schon.

»Die Abkürzung steht auch für ›Dienstleistungszentrum Ländlicher Raum‹, das soll eine staatliche Organisation sein.«

»Geht's noch ein wenig genauer?«

Jürgen vertiefte sich in den Monitor. Nach wenigen Augenblicken erhellte sich seine Miene. »Das könnte passen. Die Organisation gibt es nur in Rheinland-Pfalz und laut Wikipedia widmet sie sich unter anderem der ergänzenden Forschung in Weinbau, Önologie und Phytomedizin sowie anderen weinbaulichen, gartenbaulichen und landwirtschaftlichen Aufgaben.«

»Phytomedizin?« Ich hatte nur die Hälfte verstanden. »Und was ist Önolodingsbums? Das hört sich verdammt schräg an.«

»Das hat alles irgendwie mit Wein zu tun«, fiel Gerhard in den Dialog ein. »Seit wann interessieren dich Details?«

Statt erbost aufzubrausen, antwortete ich dankbar: »Da hast du auch wieder recht. Ich bin sehr gespannt, was der DLR-Typ von mir will.«

Ich stand auf und bemerkte die Wirkung des Obstlers. Das Zeug hatte es in sich. »Ich fahr nach Dürkheim, sagt KPD keinen schönen Gruß von mir, wenn er noch mal vorbeischauen sollte.«

»Halt, Reiner!«, rief mir Jürgen nach. »Willst du nicht wissen, was bei meinen Recherchen über die Teilnehmer der Geburtstagsrunde herausgekommen ist?«

Jutta hatte eine weitere Information für mich. »Das vorläufige Obduktionsergebnis von Britta Zapfenstreich habe ich inzwischen gelesen.«

»Prima«, antwortete ich. »Da haben wir gleich einen guten Grund, uns heute Mittag zusammenzusetzen, sobald ich von meiner Dienstfahrt zurückkomme. Vielleicht steht bis dahin der Täter fest, falls es wider KPDs Erwarten doch nicht dieser Arnold Schiwab ist.«

Der Dienststellenleiter stand im Eingangsbereich seines Büros und begutachtete die Parkettarbeiten. Ich sah keine Möglichkeit, an ihm vorbeizukommen, wenn ich nicht aus dem Fenster eines Büros springen wollte.

»Klappt's, Herr Diefenbach?«, fragte ich ihn in legerem Plauderton. »Ich bin auf dem Weg nach Bad Dürkheim, falls sich die Ereignisse in Schifferstadt dramatisch zuspitzen sollten.«

KPD drehte sich zu mir um. »Die Attentäter sind immer noch auf freiem Fuß, Herr Palzki. Es ist mir unbegreiflich, warum bisher keiner meiner Untergebenen auch nur die geringste Spur gefunden hat. Aber seien Sie sicher, Herr Palzki. Sobald meine Jubiläumsfeierlichkeiten vollstreckt sind, widme ich mich mit meinem ganzen Elan der Sache. Wehe der Person, die mir dieses anonyme Fax geschickt hat.«

Da ich mit dem Attentat fast nichts zu tun hatte, wechselte ich das Thema, um meinen Chef anderweitig zu beschäftigen.

»Schönes Parkett, Herr Diefenbach. Allerdings scheinen mir die Spaltmaße nicht so hundertprozentig übereinzustimmen. Bei so einem schönen und großen Büro fällt es gleich auf, wenn die Fugen einen halben Millimeter unterschiedlich sind.«

KPD stierte mich mit einem typisch debilen Gesichtsausdruck an. »Meinen Sie wirklich, Herr Palzki? Vielleicht haben Sie recht. Nicht, dass ich am Ende mit meinem Büro unzufrieden bin.« Er wandte sich den beiden Handwerkern zu, was mich dazu veranlasste zu gehen.

Da ich schon immer ein eher natürlicher Typ war, meisterte ich auch die folgende Szene vor dem Eingang unserer Dienststelle mit Bravour. Dietmar Becker wollte gerade das Gebäude betreten.

»Wo fahren wir heute hin?«, begrüßte er mich.

»Ich muss mir schnell was zu essen holen«, antwortete ich, ohne rot zu werden, da die Begründung gar nicht so abwegig war. »Ohne Mampf kein Kampf, wenn Sie verstehen, was ich damit sagen will.«

Bevor der Student auf die Idee kam, mich begleiten zu wollen, ließ ich den zweiten Teil meiner Abwehrtaktik folgen. »Herr Diefenbach erwartet Sie bereits. Gehen Sie am besten gleich hoch, er ist in seinem Büro. Wir sehen uns dann nachher.«

Über die Relativität des Wörtchen ›nachher‹ machte sich Becker keine Gedanken und folgte meiner Empfehlung. Ich freute mich über mein manipulatives Rhetorikgeschick und stieg zufrieden in meinen Wagen.

Mit knurrendem Magen fuhr ich nach Bad Dürkheim. Mein Kaloriendefizit bereits in Schifferstadt aufzufüllen, versagte ich mir. Zu hoch wäre die Wahrscheinlichkeit gewesen, dass mich dieser Lyrik-Mörder finden würde.

Der Kurgarten lag in der Nähe des Festplatzes. Der Wurstmarkt wurde, soviel ich wusste, unter der Woche für zwei oder drei Tage unterbrochen, an denen nur die Schubkarchstände und wenige andere Betreiber geöffnet hatten. Das erste Wochenende wurde Vormarkt genannt, das zweite Nachmarkt.

Um die fußläufige Entfernung zum Kurgarten zu minimieren, fuhr ich dieses Mal nicht nördlich an den Salinen vorbei, sondern südlich auf der Mannheimer Straße. Etwa in Höhe der Parkanlage sah ich linkerhand einen Parkplatz. Was für ein Zufall, dachte ich: Genau gegenüber befand sich das Dürkheimer Rathaus. Hier arbeiteten also Ronald Hop und seine Vorgesetzte Wilma Bier. Beide standen auf meiner internen Abarbeitungsliste, doch heute würde ich nicht dazu kommen, sie zu besuchen.

Ich stellte meinen Wagen ab, und da es sich um einen Dienstwagen handelte, verzichtete ich großzügig darauf, ein Parkticket zu ziehen. Meine Hintergedanken waren dabei eine Winzigkeit gemein. Wenn KPD das wahnwitzig hohe Verwarnungsgeld sah, dass die Dürkheimer Verwaltung verteilte, hatte er einen weiteren Grund, sich über seinen Kollegen Schiwab aufzuregen, auch wenn er nichts mit der Höhe der Strafen zu tun hatte.

Den gut gepflegten Kurgarten fand ich sofort. Während ich in Richtung Kurhaus ging, das neben der Spielbank ein Restaurant beherbergte, kam mir eine Person entgegen, die ich nur zu gut kannte.

Diese Person starrte in die Luft und schien die nicht vorhandenen Wolken zu zählen.

»Passen Sie auf, dass Sie da vorn nicht in den Weiher fallen, Herr Fratelli.«

Der Angesprochene zog seinen Blick nach unten in menschliche Gesichtshöhe. »Herr Palzki, was für eine Freude! Wie geht es Ihnen?«

Marco Fratelli war Geschäftsführer des Speyerer Verlages Peregrinus, der die Kirchenzeitung *Der Pilger* herausgibt. An Ostern konnte ich eine Attentatsserie auf ihn und seinen Chefredakteur aufklären. Wie so viele Vorgesetzte litt auch Fratelli unter einem ausgeprägten Spleen. An Ostern war es ihm gelungen, für zwei Wochen den Speyerer Dom zu verhüllen, genauso wie es Christo mit dem Berliner Reichstag vorgemacht hatte. Dem nicht genug, zeichnete er zurzeit für die Verhüllung des Mannheimer Barockschlosses verantwortlich. Sein Ruf als Verhüller eilte ihm inzwischen weit über die Region hinaus voraus.

»Mir geht's blendend, Herr Fratelli. Was machen Sie in Dürkheim? Können Sie Ihr Schloss einfach so alleine lassen oder planen Sie bereits die nächste Aktion? Vielleicht das Riesenrad?«

Der Geschäftsführer lachte. »So verkehrt liegen Sie mit Ihrer Vermutung nicht. Aber ein Riesenrad ist mir zu wenig.« Er gaffte mir auf den Bauch. »Sie suchen doch einen Imbiss oder so etwas in der Richtung? Wollen wir zusammen einen kleinen Happen essen gehen?«

Fratelli schien über ein gerüttelt Maß an Menschenkenntnis zu verfügen. Außerdem kannte er sich in der Stadt aus. Er führte mich über ein paar Wege und durch zwei oder drei Straßen, dann kamen wir an einem Café an.

»Die Croissants, die es hier gibt, sind köstlich. Und erst der geniale Kaffee, den könnte ich literweise trinken.«

Da ich weder von einem Kaffee noch von der Krümelei angetan war, bestellte ich mir süßere, festere und wesentlich mehr Teilchen als Fratelli aus der Auslage. Da mein Gegenüber meine Nahrungsgewohnheiten kannte, bewertete er diese nicht.

»Das wird mein bisher größtes Projekt«, prahlte Fratelli zwischen zwei Bissen. »Die Planung ist allerdings alles andere als trivial.«

Mir kam ein Gedanke, der an Größenwahn nicht mehr zu überbieten war. »Sie wollen den Pfälzerwald verhüllen?«

Der Pilgerchef verschluckte sich, anscheinend hatte ich sein neues Projekt erraten.

»Nein, Herr Palzki. Das wäre selbst für mich eine Nummer zu groß. Obwohl …« Er dachte nach und schüttelte dann als Ergebnis den Kopf. »Die Folienmengen dürften weniger das Problem sein. Aber bestimmt würden sich ein paar militante Tier- oder Naturschützer melden und auf irgendeine bedrohte Goldhamsterart hinweisen, die mit der Folie nicht klarkommen würde, selbst wenn sie lichtdurchlässig wäre.«

»Was ist es dann?«, hakte ich mehr als neugierig nach.

Verschwörerisch rückte er ein Stück näher. »Das ist eigentlich im Moment noch streng geheim, aber einem Polizeibeamten kann man das erzählen. Sie sind zur Verschwiegenheit verpflichtet?«

Ich nickte, um mehr zu erfahren. Außerdem hatte ich meinen Mund voll.

»Nächstes Jahr wird es keinen Wurstmarkt mehr geben«, begann Fratelli. »Jedenfalls nicht mehr in der Art und Weise wie bisher. Ein Großinvestor hat das komplette Gelände aufgekauft, ich glaube, über Strohmänner. Auf dem Parkplatz wird ab Oktober das weltgrößte Weindorf mit mittelalterlicher Kulisse gebaut. Na, was sagen Sie dazu?«

»Ein Weindorf?«, fragte ich skeptisch zurück. »Wie muss ich mir das vorstellen? Wird es dann kein Bier mehr geben?«

Fratelli, mit seinem Spleen fürs Größenwahnsinnige, war ganz in seinem Element. »Da bei uns in der Kurpfalz das Wetter oft so unbeständig ist, wird das komplette Weindorf überdacht. Mit einer gigantischen Kuppel aus Plexiglas.«

Ich hatte in meinem Leben schon viel gehört. Ich hatte KPD als Chef und kannte Dr. Metzger. Das, was ich hörte, überbot alles bisher Dagewesene. »Den ganzen Parkplatz?«

Fratelli nickte. »Inklusive Weinfass und Salinen. Das Weindorf wird 365 Tage im Jahr geöffnet sein. Selbst bei stärkstem Regen oder Sturm können die Besucher um den Gradierbau flanieren. Alles wird nach Mittelalter aussehen, man will zur Unterhaltung der Besucher sogar eigene Schauspielergruppen engagieren.«

Nachdem ich mein fünftes und vorläufig letztes Schokobrötchen mit einem gewaltigen Schluck Cola hinuntergespült hatte, war meine Neugier immer noch nicht befriedigt.

»Und wer steckt hinter dem Projekt? Das muss Unsummen kosten.«

Fratelli lächelte geheimnisvoll. »Der Investor wird bisher nicht genannt. Ich habe mich an eine Verbindungsperson gewandt. Zur Einweihung soll die Glaskuppel für zwei Wochen verhüllt werden. Von mir, um genau zu sein.«

Dazu fiel mir nichts mehr ein. Ich überlegte, ob ich nicht in ruhigere Gegenden ziehen sollte, zum Beispiel Ägypten oder die Ukraine.

Fratelli kruschelte in seiner Tasche und zog ein Buch hervor. *Himmlische Tropfen*, war es betitelt. »Hier, das schenke ich Ihnen, Herr Palzki. Dieses Weinbuch ist auch aus dem Hause Pilger. Da können Sie etwas über Hölle und Himmelreich lernen.«

Er lachte, als er meine Mimik wahrnahm. »Das sind die Namen von verschiedenen Weinlagen. Schauen Sie es sich in Ruhe an. Das Buch soll auch in dem neuen Weindorf verkauft werden.«

Ich bedankte mich höflich. Meine Gedanken schwirrten nach wie vor über den geplanten Glaskuppelbau, als mir etwas einfiel.

»Ich habe gehört, dass ab nächstem Jahr sämtliche Weinfeste europaweit ausgeschrieben werden müssen. Hat das Ihr Investor in seinen Planungen berücksichtigt?«

Fratelli nickte. »Das ist nicht *mein* Investor, ich kenne ihn nicht einmal. Von der Ausschreibungspflicht habe ich bereits gehört. Man ist sogar an unser Bistum getreten, um zu prüfen, ob die Osterfeier vor dem Dom zukünftig extern ausgeschrieben werden muss. Diese Idee war aber schnell weg vom Tisch. Am Anfang dachte ich, Ihr Chef würde dahinterstecken. Der hat doch manchmal so verrückte Ideen.«

»Manchmal? Eigentlich immer«, verbesserte ich. »Und wie sieht es mit dem überdachten Weindorf aus?«

»Das fällt nicht unter die neue Regel, da es kein wiederkehrendes Fest mit einer begrenzten Dauer ist. Ich habe Ihnen vorhin gesagt, dass es den Wurstmarkt nicht mehr geben wird. Das Weindorf wird täglich geöffnet haben, ohne Ruhetag. Das ist wie ein Restaurant, nur ein paar Nummern größer.«

Ich dachte nach. Vielleicht waren die Dürkheimer Winzer und ihre Winzergenossenschaft selbst die mysteriösen Investoren im Hintergrund? Die Motivation dürfte klar auf der Hand liegen: Konkurrenzschutz und die Vermeidung der öffentlichen Ausschreibung. Aber warum dann gleich in diesen irrsinnigen Dimensionen? Bad Dürkheim hatte auch so genügend Superlative zu verzeichnen: Wurstmarkt, Riesenfass, Gradierbau, tolle Burgen und deutschlandweit die höchsten Verwarnungsgelder für geringfügige Falschparker. Was ich mir aber nicht vorstellen konnte: Dass dies mit den beiden Morden im Zusammenhang stand. In der Vergangenheit hatte sich zwar während komplexer Ermittlungen meist herausgestellt, dass verschiedene unabhängig voneinander erscheinende Fäden am Ende doch in einem gemeinsamen Knoten mündeten. Im Moment konnte ich dazu jedoch nicht den geringsten Anhaltspunkt finden. Dennoch würde ich alles im Auge behalten und meinen Kollegen Jürgen mit einer Internetrecherche auf den ominösen Investor ansetzen.

Fratelli riss mich aus meinen Gedanken. »Ich muss mich jetzt leider auf den Weg machen, Herr Palzki. In einer knappen Stunde gebe ich eine Pressekonferenz im Mannheimer Barockschloss.«

Automatisch schaute ich ebenfalls zur Uhr und erschrak. »Oje, ich komme zu spät zu meinem Termin.« Hastig stand ich auf.

»Wo wollen Sie eigentlich hin, Herr Palzki?«

Fratelli konnte ich das durchaus verraten. »Ich treffe einen Informanten des DLR hinter dem Kurhaus.«

Der Pilgerchef nickte zustimmend und stellte keine weiteren Fragen.

Nach dem Bezahlen ließ ich mir von ihm kurz den Weg erklären und verabschiedete mich.

Da Bad Dürkheim nicht wirklich groß ist, verlief ich mich nur wenig. Wie aus heiterem Himmel standen plötzlich die Bürgermeisterin Wilma Bier und Ronald Hop vor mir.

»Was machen Sie hier?«, fragte Bier überrascht. »Sind Sie etwa auf dem Weg zum Rathaus, um mich zu besuchen? Dann haben Sie sich aber ein wenig verlaufen.«

Mist, dachte ich. Diese beiden standen zwar ebenfalls auf meiner Überprüfungsagenda, im Moment konnte und wollte ich mich mit ihnen aber nicht befassen. Obwohl, eine kleine Schockfrage dürfte zeitlich noch drin sein.

»Gut, dass ich Sie treffe.« Ich wandte mich an den Marktmeister und ignorierte die Bürgermeisterin, die mir sowieso zu herrisch wirkte.

»Ich hätte da mal eine Frage.«

Hop nickte und grinste. »Ich weiß schon Bescheid, Herr Palzki. Meine Mannschaft hat Ihren Wagen im absoluten Halteverbot entdeckt. Das tut mir leid, aber ich kann Ihnen die Strafe leider nicht erlassen. Bei uns in Bad Dürkheim gibt es keinen kleinen Dienstweg.«

Wilma Bier wurde hellhörig. »Aber Ronald, das war doch nur ein Versehen. Herr Palzki war mit Sicherheit im Einsatz. Bringe mir bitte nachher gleich den Vorgang in meinem Büro vorbei.« Dann ergänzte sie: »Wenn Sie später Zeit haben, können wir im Rathaus zusammen eine Tasse Kaffee trinken. Ich habe für Sie ein paar vertrauliche Informationen über Herrn Schiwab.«

So langsam litt mein armes Gehirn an Informationsüberflutung. Da ich im Gegensatz zu meinen Kollegen so gut wie nie einen Notizblock dabeihatte, musste ich eine weitere Informationseinheit in meinem Kopf abspeichern. Hinzu kam, dass ich meine Frage noch gar nicht losgeworden war.

»Ich habe erfahren, dass der Wurstmarkt aufgelöst werden soll, damit auf dem Platz ein überdachtes Mittelalterweindorf entstehen kann.«

Volltreffer, dachte ich befriedigt, die Reaktion der beiden entlarvte sie als Mitwisser.

»Wo…, woher wissen Sie das?«, stammelte Hop.

»Ich bin ausgebildeter Kriminalbeamter. Bisher habe ich immer alles herausgefunden.«

Hop hatte sich wieder gefangen. »Das ist bislang nur ein Gerücht. Eines von vielen. Ich weiß nur, dass durch die Gesetzesänderung vermutlich die Stellplätze der Zelte und Schubkarchstände europaweit ausgeschrieben werden müssen. Aber auch das ist noch nicht endgültig geklärt.«

Die Bürgermeisterin nickte zustimmend. »Darüber können wir nachher sprechen, wenn Sie bei mir sind.«

Damit war ich einverstanden. »Ich muss nur schnell im Kurpark einen Informanten treffen, dann komme ich zu Ihnen«, sagte ich und ergänzte: »Können Sie mir bitte kurz den Weg beschreiben? Zum Kurpark und zum Rathaus?«

Wilma Bier lachte auf. »Das ist alles in unmittelbarer Nähe. Verlaufen ist ausgeschlossen.« Gemeinsam mit Hop erklärte sie mir den Weg.

»Das ist ja wirklich simpel«, bestätigte ich im Anschluss und verabschiedete mich. Die beiden gingen von dannen.

Kaum eine Viertelstunde nach dem avisierten Termin fand ich das Kurhaus und ging seitlich daran vorbei zum Park.

Auf einer Parkbank entdeckte ich die Zielperson. Natürlich wusste ich das nicht definitiv, doch mein professionelles psychologisches Gespür sagte mir, dass der Mann auf jemanden wartete, und zwar auf mich. Trotz des Sommerwetters trug er einen weiten, allerdings geöffneten Mantel. Ich vermutete sein Alter auf Anfang 30, ohne Berücksichtigung seiner polierten Glatze. Neben ihm lag ein silberner Aktenkoffer, in beiden Händen hielt er eine Zeitung, ohne sie jedoch zu lesen.

Ich blieb stehen und beobachtete ihn. Nervös schaute er mal hierhin und mal dorthin. Ich stand zwar in seinem Blickfeld, er bemerkte mich aber nicht. Wartete er auf KPD? Hatte mein Chef vergessen zu sagen, dass er eine Vertretung schicken würde?

So kurz vor dem Ziel wollte ich nicht kneifen. Außerdem interessierte mich brennend, was die DLR machte und warum man ein vertrauliches Gespräch mit der Polizei suchte.

»Sie sind von der DLR?«, sprach ich ihn unvermittelt an, als ich vor ihm stand. Er zuckte heftig zusammen. Ein abgebrühter Killer war er nicht. »Polizei Schifferstadt«, ergänzte ich schnell. »Sie wollten mich sprechen?«

Der Typ faltete die Zeitung wenig korrekt zusammen und legte sie beiseite. »Sind Sie Herr Diefenbach? Ich dachte, Sie wären viel älter.«

Ich triumphierte innerlich. Endlich mal jemand, der mein jugendliches Randalter richtig einschätzte.

»Reiner Palzki ist mein Name. Diefenbach ist leider be…, äh, verhindert.«

Mit eisernem Griff hielt er seinen Aktenkoffer fest. »Ich kann Ihnen wirklich trauen? Meine Mission ist äußerst heikel.«

»Bedingungslos«, antwortete ich. »Ich war bereits zweimal fast ›Bulle des Monats‹ unserer Dienststelle. Herr Diefenbach hält viel von mir, sonst hätte er mich schließlich nicht geschickt. Außerdem habe ich mich vorab über die DLR umfassend informiert.«

Er schien immer noch nicht hundertprozentig von meiner friedlichen Mission überzeugt zu sein. Er stand auf, ohne seinen Koffer auch nur eine Sekunde lang loszulassen.

»Wollen wir ein Stück durch den Park gehen? Dann kann ich sehen, ob wir verfolgt werden.«

Paranoiden Personen sollte man möglichst nicht widersprechen, da sich dadurch ihr Krankheitsbild verschlechtern könnte. Wenn es einen Verfolger geben würde, hätte ich, als kriminalistischer Experte, diesen längst entdeckt. Im Kurpark flanierten nur ein paar rüstige Senioren, teils mit, teils ohne Gehhilfen. Eine Frau mit Kinderwagen und quengelndem Kleinkind, die uns entgegenkam, dürfte auch eher harmlos sein. Zumindest, solange das Kind noch klein war.

»Warum sind Sie so spät gekommen?«, fragte er mich nach den ersten zurückgelegten Metern, »ich habe Herrn Diefenbach ausdrücklich die Dringlichkeit des Treffens deutlich gemacht.«

»Herr Diefenbach muss sich um seinen Schaden kümmern, da muss wohl eine Kleinigkeit an Informationen verloren gegangen sein. Sie kennen das Problem der Stillen Post? Aber jetzt sagen Sie endlich: Was wollen Sie von mir?«

»Sie kennen das DLR?«, fragte er mich und blieb ruckartig stehen. Er schaute mich fest an, wahrscheinlich wollte er damit den Wahrheitsgehalt meiner Antwort analysieren.

»Natürlich. In welcher Position arbeiten Sie dort?«

Der Hauch eines Lächelns huschte über sein Gesicht. »In überhaupt keiner. Ich arbeite freiberuflich. Zumindest im Moment.«

Jetzt verstand ich gar nichts mehr. »Und warum haben Sie sich Herrn Diefenbach gegenüber als DLR-Mitarbeiter ausgegeben?«

Er zeigte auf seinen Aktenkoffer. »Deswegen. Wollen Sie wissen, was drin ist?«

Was hätte es gebracht, Nein zu sagen? Ich gab ihm eine letzte Chance, bevor ich den Koffer beschlagnahmen wollte. »Dann zeigen Sie mal her, was Sie Schönes für mich in Ihrem Koffer dabei haben.«

»Schönes?«, fragte er mit dem letzten Wort seines Lebens.

Ein helles Pfeifen übertönte sein gesprochenes Fragezeichen. Mit aufgerissenen Augen gaffte er mich an, währenddessen sich ein roter Fleck auf seiner Stirn bildete, der sich rasch vergrößerte. Die Augen blieben offen, während er langsam in sich zusammensackte. Im Reflex bückte ich mich, um den toten Körper aufzufangen. Dies rettete mir vermutlich das Leben. Ein weiteres Pfeifen zog wenige Zentimeter an meinem Kopf vorbei und erstarb an einem Baum. Als professioneller Beamter war mir die Tragweite des zweiten Pfeifens sofort klar. Ein einziges Opfer war dem Schützen zu wenig.

Da mich der Körper des Nichtparanoiden weiter nach unten zog, gab ich den Schwerkraftgesetzen nach und ließ mich auf die Leiche fallen. Innerhalb einer Sekunde folgten zwei weitere Schüsse aus der ohrenscheinlich schalldämpfergeschützten Waffe. Der erste knallte mit einem metallischen Ploppgeräusch in den Aktenkoffer, wohin der zweite ging, konnte und wollte ich im Moment nicht feststellen. Da mein Leben an einer ganzen Reihe von Unbekannten hing, versuchte ich die Wahrscheinlichkeit eines sofortigen Todes zu minimieren. Unter größtem körperlichen Einsatz hechtete ich aus der Hocke heraus hinter einen Busch, der sich in sprungnaher Entfernung befand. Im Bewusstsein, dass dieser alles andere als geschosssicher war und nur die Trefferwahrscheinlichkeit verringerte, musste eine weitere Tat folgen, und zwar sofort. Ich ignorierte die höllischen Knieschmerzen aufgrund der unsanften Landung und schlug mich in Hasenmanier mit spontan wechselnden Fluchtrichtungen in die wirklich großen Büsche. Noch zwei Meter, dann würde ich eine Ansammlung mittelprächtiger Bäume erreichen, die mir genügend Deckung versprachen. Beim letzten Sprung, ich hörte ein näher kommendes Pfeifen, verfing ich mich in einer Wurzel, wollte noch einmal die Richtung ändern, doch da war es bereits zu spät. Das Letzte, was ich bemerkte, war, dass mir irgendeine fremde Kraft den Schädel wegsprengte.

KAPITEL 10
DAS VERBOT

Ich fühlte mich, als wäre ich ein Bestandteil der Kernfusion im Zentrum der Sonne. Schmerzen überfluteten meinen geschundenen Körper bis in die Zehenspitzen. Erst vor wenigen Minuten war ich aufgewacht und wusste zunächst rein gar nichts. Erst langsam verdrängte meine Erinnerung ansatzweise die höllischen Schmerzen. Mir fiel wieder mein Name ein und was passiert war. Jedenfalls so ungefähr. Fühlte es sich so an, wenn man tot war? Warum lag ich dann in diesem komischen Bett mit den tausend Schläuchen und Kabeln? Im Hintergrund piepste es nervtötend. Doch meine Nerven waren leider alles andere als tot. Lag ich auf einer Intensivstation? Lebte ich überhaupt noch? Was mir wichtiger war: Ich konnte, zumindest rudimentär, klar denken. Was, wenn das niemand bemerken würde, falls ich gelähmt wäre?

Ich versuchte es mit Sprechen. Meine Zunge bewegte sich, auch meine Lippen und vermutlich meine Stimmbänder. Allerdings wenig sinnvoll beziehungsweise aufeinander abgestimmt. Ein schauderhaftes Gurgeln. Mehr war nicht drin.

Es reichte, um die Aufmerksamkeit einer Ärztin oder einer Arzthelferin zu gewinnen.

»Da ist er ja wieder«, sagte sie zu irgendjemandem außerhalb meines Sichtfeldes. »Oje, das sieht nach heftigen Schmerzen aus.«

Sie fuchtelte über meinem Kopf herum. »So, gleich sind die Schmerzen weg. Können Sie mich verstehen?«

Mir gelang ein weiteres Grummeln. Meine Augen und Ohren funktionierten einwandfrei, vom Rest meines Körpers hatte ich außer Schmerzen noch keine Rückmeldungen erhalten. Die Dame sah mich mit bedauerlichem Gesichtsausdruck an und wartete. Ich tat ihr gleich, was hätte ich auch anderes tun sollen? Wie durch ein Wunder ließen die Schmerzen schnell nach.

»Na, geht's jetzt besser?«

»Durst«, antwortete ich unverständlich und bemerkte im gleichen Moment den Schlauch, der in meinem Mund steckte.

Sie nickte. »Der Oberarzt wird die Sonde entfernen, sobald er Sie untersucht hat. Ihr Kreislauf ist übrigens sehr stabil, trotz Ihrer heftigen Verletzung.«

Die nächsten beiden Stunden waren wenig geeignet, sie literarisch zu verewigen.

Mittlerweile waren fast alle Kabel und Schläuche, die an mir irgendwo befestigt waren, entfernt. Mir ging es ganz gut, was an dem Schmerzmittel lag, das man mehrfach nachdosiert hatte. Inzwischen kannte ich auch mein medizinisches Hauptproblem.

»Sie sinn awer mol kräftisch uff de Deez gefalle«, erklärte mir der erste mir bekannte dialektsprechende Oberarzt. »Ma hot uns erzählt, Sie sinn volle Lotte direkt an ähn Baamstamm dra gschprunge. Des halt kähn Kopp aus.«

Er tätschelte den Verband, der eher ein Turban war. »Awer Sie sinn, so wie's aussieht, jo ä richtisch Kämpfernatur.«

Sein letzter Satz machte mich richtig stolz, auch wenn er das wahrscheinlich allen Patienten auf der Intensivstation suggerierte.

»Noch ähn oder zwee Tach, dann kenne mir Se uff die Normalstation verleche.«

»Wieso?«, fragte ich ihn. Das Sprechen, zumal ohne Schlauch im Mund, ging schon wieder ganz gut. »Mir geht's prima. Ich fühle mich wie Supermann.«

Der Oberarzt lachte. »Soll ich Ihne mol des Schmerzmittel abstelle? Dann hubsense awer richtisch im Dreieck. Sie hän zwar kähn Schädelbruch awer ä Beul wie Harry.«

Ich vertagte beziehungsweise verstundete das Problem, da in dem Moment Stefanie ankam.

»Reiner, alles klar mit dir?«, fragte sie aufgeregt.

»Sicher doch«, antwortete ich wenig überzeugend. »Warum hat man mich wegen solch einer Lappalie auf die Intensivstation gesteckt? Bloß weil man vorhin auf mich geschossen hat?«

Stefanies Stirn kräuselte sich. »Vorhin? Das war gestern, lieber Reiner.«

»Wie bitte? Ich liege bereits seit gestern hier? Das kann doch nicht sein.«

Stefanie zeigte mir die Zeitung von heute, die sie in der Hand hielt. Es war Donnerstag, eindeutig. Ich befühlte meinen Turban. Hatte mich der Baum so lange außer Gefecht gesetzt? Ich wusste inzwischen, dass ich keine Schussverletzung hatte. Warum musste mitten in meinem Fluchtweg dieser Baum stehen? Hatte er mir das Leben gerettet, weil der Schütze dachte, *er* hätte mich getroffen?

»Ich bin so froh, dass dir nicht so viel passiert ist«, sagte Stefanie. »Der Arzt meinte, es wäre nur eine schwere Gehirnerschütterung, und nach ein paar Beobachtungstagen könntest du wieder nach Hause.«

Ich wollte gerade aufbegehren und die Harmlosigkeit meiner Verletzung dramatisieren, wie es sich für einen richtigen Mann gehörte. Rechtzeitig fiel mir ein, dass dies kontraproduktiv sein könnte. Stefanie würde mir täglich dreimal frisches Gemüse ins Krankenhaus bringen und mich sogar noch füttern.

Stefanie packte rund ein halbes Dutzend Plastikschüsseln aus und stellte sie auf den Tisch neben meinem Bett.

»Ich wusste nicht, ob du schon ohne fremde Hilfe essen kannst. Daher habe ich dir ein paar gesunde Sachen mitgebracht und sie püriert. Der Arzt sagte mir aber vorhin, dass du durchaus wieder normal essen kannst. Ich habe mir erlaubt, deinen Essensplan für die nächsten Tage auszufüllen und der Schwester zu geben. Die haben wirklich sehr leckere Sachen im Krankenhaus.«

Ich hatte den Eindruck, als hätte sie für den Bruchteil einer Sekunde sarkastisch gelächelt.

»Ein fettes Kotelett käme mir jetzt recht«, sagte ich zu meiner Frau, beugte mich zum Tisch und gab ihr die Plastikschüsseln zurück.

»Dir geht's schon wieder ganz gut, da bin ich beruhigt. Lass die Schüsseln ruhig da, falls du zwischendurch etwas an dem pürierten Gemüseauflauf naschen willst. Kotelett kannst du vergessen, ich habe dich für eine vegetarische 1.000-Kalorien-Diät eingetragen.«

Ich war tatsächlich zurück im Leben angekommen. Ob es das aber wert war? Die veranschlagte Kalorienzahl war zum Sterben wahrscheinlich zu viel und zum Leben ein Vielfaches zu wenig. Na ja, ich hatte sowieso nicht vor, das staatliche Gesundheitswesen durch meine Anwesenheit überzustrapazieren.

Ich versuchte aufzustehen.

»Halt, was machen Sie da?«, rief eine Schwester. »Bleiben Sie liegen.«

»Ich muss aufs Klo.« Im gleichen Moment bemerkte ich den Katheter.

Nachdem mich meine Frau ausgiebig bedauert und getröstet hatte, verabschiedete sie sich. »Gegen Abend komme ich wieder. Wenn du morgen auf die normale Station darfst, bringe ich Paul und Melanie mit.«

Nach meiner ersten Mahlzeit, es war eher ein Mahlzeitchen, beschloss ich, meinen Genesungsfortschritt stark zu beschleunigen. Die Schwester stoppte auf meine Verantwortung hin die Zufuhr weiterer Schmerzmittel. Wohlweislich ließ ich mir vorher den Katheter ziehen. Ich wusste, dass ich jetzt sehr tapfer sein musste. Wie tapfer, konnte ich zu dem Zeitpunkt nicht erahnen. Der zurückkommende Schmerz konzentrierte sich in meinem Schädel. Man konnte das auch positiv sehen: Mit Ausnahme der ramponierten Knie war mein Körper unterhalb des Halses einigermaßen schmerzfrei. Wenn man es realistisch betrachtete, war gegen mein Schädelpochen die Hölle ein Blümchenparadies.

»Sie müssen viel trinken, das hilft«, lautete einer der vielen Ratschläge der Krankenschwester. Dass es nur ungesunden Tee gab, verschwieg sie.

Aufstehen war unmöglich. Eigentlich. Leider musste ich nun tatsächlich zur Toilette. Mit diesem Problem wollte ich die Schwester aus Schamgründen nicht belästigen. Erst nachdem der Blasendruckschmerz den Kopfschmerzen ebenbürtig war, quälte ich mich in die Vertikale. Die Schwester kam angelaufen und staunte.

»Ich bin halt eine Kämpfernatur, hat der Oberarzt selbst gesagt«, nuschelte ich ihr entgegen und schwankte zur Toilette. Die Schwester zog eilig eine Plastikflasche ab, die über mir an einem Gestell hing und deren Ablauf in meinem Unterarm mündete. »Nehmen Sie wenigstens Ihre Infusion mit, Herr Palzki.« Sie drückte mir die Flasche in die Hand.

Nach einem anstrengenden Toilettengang knurrte mein Magen, die Hauptorgane schienen sich wieder gefangen zu haben. Der Oberarzt kam und untersuchte mich erneut.

»Reschpekt, Herr Palzki. So ganz ohne Schmerzmittel. Ich ded mir des net atue wolle, awer jeder, wie er will. Morje dirfen Se die Intensivstation verlosse. Drauße wart iwwrischens Ihr Bruder. Ich habm gsagt, dass er erscht noch de Unnersuchung zu Ihne noi darf.«

Bruder?, fragte ich mich selbst. Ich konnte mich nicht erinnern, jemals einen Bruder besessen zu haben. Litt ich unter Erinnerungslücken?

Der Oberarzt ging, und mein Bruder kam rein.

»Hallo, Bruder, wie geht's?«, begrüßte er mich.

Ich war auf vieles gefasst, auf dieses nicht. Als er neben meinem Bett stand, fauchte ich ihn an: »Was soll der Mist?«

Er antwortete: »Nur engste Verwandte dürfen in die Intensivstation. Sie sind mir doch nicht böse für den kleinen Trick?«

Der Lügner winkte mit einem halben Bestechungs-Arsenal an Schokolade und Keksen. »Ich dachte, im Krankenhaus gibt's so was nicht.«

Damit hatte er einen Kantersieg errungen. Ich bin schließlich auch nur ein Mensch.

»Ihr Turban sieht echt brutal aus«, meinte er. »Wie lang müssen Sie im Krankenhaus bleiben?«

»Bis jetzt«, sagte ich unvermittelt. »Ich habe nur auf meinen Bruder gewartet, der mich mit nach Hause nimmt.«

Der falsche Bruder sah mich ungläubig an. »Das geht doch nicht. Sie liegen auf der Intensivstation.«

»Als privat versicherter Beamter kann man sich das ab und zu durchaus leisten.« Ich hatte meinen Humor zurück. Jetzt müsste nur noch das außerordentliche Schädelpochen aufhören. Die drei Tafeln Schokolade, die ich innerhalb einer Minute verschlungen hatte, um den Heilungserfolg zu beschleunigen, taten gut. Auch wenn es sich um warme und äußerst klebrige Noisette-Schokolade handelte.

»Schwester«, rief ich. »Mein Bruder nimmt mich mit. Ist das in Ordnung?«

Sie kam und lachte erst mal ausgiebig. »So lustig war es bei uns noch nie.«

»Ja, ich weiß«, sagte ich. »Er sieht nicht wirklich wie mein Bruder aus. Er ist das schwarze Schaf in unserer Familie.«

»Ist das Ihr Ernst, Herr Palzki?«, fragte mich die Schwester.

»Nein, das ist mein Dietmar«, antwortete ich selbstbewusst. »Ernst ist mein Onkel.«

Der Oberarzt, der von der Schwester gerufen wurde, teilte ihre Meinung. »Dess is uverantwortlich, Herr Palzki. Sie hänn kä Ahnung, was alles passiere kann, wenn ich Se jetzert gehe loss.«

Ich schaute ihm in die Augen. »Ich weiß, was passiert, wenn ich nicht gehe. Ein Mörder hat seit dem letzten Wochenende drei Personen, fast vier, ermordet. Er kann jederzeit erneut zuschlagen.«

Nachdem ich gefühlt 100 verschiedene Dokumente unterzeichnet hatte, ließ man mich gehen. »Dass ich des noch erlewe darf«, sagte der gar nicht so alte Oberarzt zum Abschied resignierend.

Wir waren keine zehn Meter von der Intensivstation entfernt, da wollte ich mich bereits übergeben. Becker ahnte meine Unpässlichkeit und passte seine Gehgeschwindigkeit stillschweigend an mein Schneckentempo an. Das Ziel ist der Weg oder so ungefähr: Nach endlosen Gängen und Hallen traten wir ins Freie, was ähnlich fatal war wie nach ausgiebigem Alkoholgenuss. Die vor dem Eingang stehenden Raucher sprangen erschrocken zur Seite, als ich ihren Standaschenbecher bis zum Rand füllte.

Becker hielt mich am Oberarm fest, schwieg aber.

»Das tat gut«, sagte ich nach vollbrachter Tat und überließ die halb verdaute Noisette-Schokolade den Rauchern als Mahnmal für ihre Lungen.

»Haben Sie zufällig eine Schmerztablette dabei?«, fragte ich den Studenten, als wir in den Wagen mit Carsharing-Aufkleber einstiegen. »Oder zwei?«

»Ich halte an einer Apotheke, okay? Wollen Sie wirklich heim? Noch können wir zurück.«

Ich schüttelte den Kopf, was ich mir aufgrund einer dadurch ausgelösten Schmerzattacke für die nächste Zeit sofort abgewöhnte. »Immer nach vorn schauen, Bruder. Hat man den Schützen wenigstens gefasst?«

Jetzt schüttelte Becker den Kopf. »Der ist unerkannt entkommen. Sie haben unwahrscheinliches Glück gehabt, dass Steffen zufällig in der Nähe war.«

»Was?«, schrie ich im Reflex. Auch das Schreien war im Moment für mich, rein körperlich gesehen, ein eher unangemessenes Verhalten. »Ihr Freund war am Tatort?«

»Nur zufällig«, schwächte er zum zweiten Mal ab. »Gemeinsam mit einer agilen Seniorin und ihrem Dackel hat er den Toten gefunden. Erst ein paar Minuten später hat Steffen Sie entdeckt, da Sie etwas versteckt hinter einem Busch lagen.«

»Und wer ist der Tote?«

»Herr Schiwab konnte die Identität nicht klären …«

Ich unterbrach trotz hämmerndem Schädel den Studenten: »Woher wissen Sie das überhaupt?«

Becker lächelte geheimnisvoll. »Steffen hat mich gleich angerufen. Natürlich erst, nachdem er die Dürkheimer Polizei verständigt hat.«

»Und Sie sind dann sofort zu ihm gefahren, stimmt's?«

Er nickte. »Als mir Steffen gesagt hatte, dass er Sie tot in einem Gebüsch gefunden hat, bin ich, so schnell ich konnte, zum Tatort gefahren.«

»Ich, tot? Soll das ein blöder Scherz sein?«

»Es sah halt so aus. Der andere Mann war erschossen worden, das war eindeutig. Steffen vermutete zunächst, dass das auch für Sie galt. Erst der Notarzt erkannte, dass Sie nur bewusstlos und schwer verletzt waren.«

»Höchstens mittelschwer verletzt«, verbesserte ich und genoss unfreiwillig, aber tapfer die nächste Schmerzattacke.

»Als die Polizei Steffen und mich wegschicken wollte, erwähnte ich den Namen Diefenbach. Daraufhin wurde dieser Schiwab hellhörig und saufreundlich.«

Unser Gespräch wurde unterbrochen, da Becker wie versprochen vor einer Apotheke hielt. Er war sogar so freundlich, die Tabletten zu kaufen, damit ich nicht extra aussteigen musste. Wenig später warf er mir eine Zehnerpackung Schmerztabletten auf den Schoß. »Wenn Sie reingegangen wären, hätten Sie eine Klinikpackung gekauft. Teilen Sie sich die zehn Stück gut ein.«

Ich wusste nicht, was an Klinikpackungen schlecht sein sollte, gegen Sodbrennen führte ich ständig Großpackungen mit mir.

Ich kam zum Thema zurück. »Verraten Sie mir, was bei der Untersuchung herauskam?«

»Wie gesagt, Herr Schiwab kam zunächst nicht weiter, da der Tote keinerlei Papiere bei sich hatte. Nachdem er wusste, dass Sie das zweite Opfer sind, wurde er merklich nervös und hat Herrn Diefenbach angerufen.«

»Und der kam dann auch?«

»Ach was, dafür hatte er keine Zeit. Er sagte, dass der Tote Mitarbeiter des DLR aus Neustadt sei und er sich notgedrungen darum kümmern wird, da sein Untergebener sich so einfach übertölpeln ließ. Er hat Herrn Schiwab zum Schluss gesagt, er soll einfach alles nach Schifferstadt schicken.«

Wahnsinn, was sich da wieder abspielte. »Schiwab war damit einverstanden?«

Der Student hob die Schultern. »Keine Ahnung, was er dann gemacht hat. Ich habe mit seiner Erlaubnis Ihren Wagenschlüssel genommen und ihn zur Dienststelle gefahren. Steffen fuhr mit meinem Wagen hinterher.«

Ich wollte gerade erneut aufbegehren, doch rechtzeitig erkannte ich, dass Beckers Aktion ausnahmsweise durchdacht war.

»Links«, befahl ich ihm, als er kurz nach der Schifferstadter Kläranlage geradeaus fahren wollte.

»Sie wollen doch heim?«, fragte er überrascht.

»Erst muss ich kurz im Büro vorbei.«

Becker parkte vor der Dienststelle neben meinem Wagen. Beschädigungen konnte ich auf die Schnelle nicht feststellen.

»Den Schlüssel habe ich Frau Wagner gegeben«, sagte er. »Ich bringe Sie hoch.«

Darauf hätte ich zwar liebend gern verzichtet, doch Becker hatte mir mit seiner verlogenen Brudergeschichte immerhin einen kleinen Gefallen getan.

Ich wollte KPDs Büro meiden und zu meinen Kollegen schleichen, doch die Tür zum Diefenbach'schen Thronsaal stand weit offen.

»Meine Gedichte gehen um die Welt
bei jedermann, der etwas auf sich hält.
Ich bin der bald gekrönte Reimmeister,
Und wenn er nicht reimt, dann beißt er.«

KPD entdeckte uns. Wahrscheinlich eher mich.

»Palzki?«, fragte er schließlich. »Sie leben ja noch. Warum das denn? Ich bin dabei, ein paar Gedichte zu schreiben, um die Trauerfeier etwas aufzuhübschen.« Er wechselte seinen Blick zu dem Studenten. »Ist das wirklich Palzki oder habe ich Wahnvorstellungen?«

Dietmar Becker drehte sich einen Moment weg, bevor er wieder Augenkontakt zu KPD suchte. »Herr Palzki ist zwar schwer verletzt, will sich aber dennoch diensttauglich melden.«

»Papperlapapp«, schnitt ihm KPD das Wort ab. »Ich hätte es wissen müssen, dass Palzki wieder mal nur simuliert. Kaum gerät er in eine nicht alltägliche Situation, die einen Hauch gefährlich ist, dann mimt er gleich den Bewusstlosen.«

Jetzt sah er mich an und schüttelte eine Minute lang seinen Kopf, währenddessen er unappetitlich vor sich hin schmatzte.

»Palzki, Palzki«, sagte er endlich. »Wegen Ihnen musste ich in der Ermittlungssache intervenieren und eine Viertelstunde lang mit Schiwab telefonieren, obwohl ich gerade dabei war, den Lachsanteil des Buffets für mein Jubiläumsfest vorläufig festzulegen.«

Bei so einem Chef konnte man sich wirklich nur fragen, wie man es ein Jahr lang mit ihm aushielt, ohne ihn umzubringen. Ich deutete auf meinen übergroßen Kopfverband. »Herr Diefenbach, obwohl mich der Krankenhauschef persönlich aufgrund meiner üblen Verletzung für mehrere Monate krankschreiben wollte, bin ich hierhergeeilt, um Sie von dieser Mehrarbeit zu befreien.«

Ich hoffte, dass ich einigermaßen glaubwürdig klang. In Wirklichkeit ging es mir einzig und alleine darum, den Schützen zu fassen, der es gewagt hatte, auf mich zu schießen. Die Querelen rund um den Geilweilerhof und den Wurstmarkt waren in meiner persönlichen Erledigungsliste auf die Ränge gerutscht. Und KPDs persönliches Anliegen tauchte auf meiner internen Liste überhaupt nicht auf.

»Ich mache mich gleich wieder an die Arbeit. Hat man den Toten von der DLR inzwischen identifiziert?«

»Von was reden Sie da, Palzki?« KPD schien nicht so richtig bei der Sache zu sein.

»Sie haben doch mit Herrn Schiwab gesprochen. Im Kurpark wurde der Mitarbeiter des DLR erschossen, und mich hätte es auch beinahe erwischt.« Mit einer großzügigen Geste zeigte ich auf meinen Verband.

»Ach so, das meinen Sie. Die Akte wird erst morgen früh bei uns sein«, stotterte KPD zunächst etwas hilflos. »Die Ermittlungen sind ab sofort einzustellen. Ich bespreche das morgen gleich mit dem Staatsanwalt. Herr Borgia wird sicherlich mit mir wie immer einer Meinung sein.«

Wenn ich den Namen Borgia schon hörte. Bis zur Inthronisierung KPDs vor einem Jahr war ich eine Zeit lang kommissarischer Leiter dieser Dienststelle gewesen und hatte ständig regen Kontakt mit dem für uns zuständigen Staatsanwalt Borgia gehabt. Ich konnte ihn nicht riechen, was auf Gegenseitigkeit beruhte. Ständig versuchten wir, uns wechselseitig Knüppel zwischen die Beine zu werfen. Leider war er als Staatsanwalt der Dienstherr. Zum Glück musste sich inzwischen KPD mit ihm rumärgern. Seltsamerweise hörten wir seitdem keine Klagen aus Frankenthal, dem Sitz der Staatsanwaltschaft. Borgia und KPD, ich hatte keine Ahnung, wie das funktionieren konnte. Es war mir aber auch egal.

»Einstellen?« Ich schnappte nach Luft. »Drei Morde, fast vier mit mir, und wir sollen das einfach vergessen? Herr Diefenbach, sind Sie sich da sicher?«

KPD nickte. »Ich habe vorhin einen Anruf von der DLR bekommen. Die Sache hat sich erledigt, basta!«

KPD ging in Richtung seines opulenten Schreibtischs. Plötzlich drehte er sich um. »Herr Becker, wenn Sie schon einmal da sind, können wir gemeinsam die Presseeinladungen durchgehen. Ich habe das Gefühl, dass der Satzbau im zweiten Abschnitt noch nicht so hundertprozentig stilsicher ist.«

Becker stöhnte auf, während ich mit einem verschmitzten Lächeln den unwürdigen Schauplatz verließ. Ich überlegte: KPD hatte einen Knall. Gut, das wusste ich seit dem ersten Tag, aber das, was er jetzt von sich gegeben hatte, ging auf keine Kuhhaut, wie man sprichwörtlich zu sagen pflegte. Irgendetwas von gewaltigem Ausmaß war da im Busch. Zuerst die Feindschaft mit seinem Kollegen Schiwab. Beide bekämpften sich bis aufs Blut, waren sich aber darin einig, die Neustadter Kriminalinspektion außen vor zu lassen. Und dass jetzt KPD, kurz nach einem Telefonat mit Schiwab beschloss, die Ermittlungen einzustellen, ohne einen vernünftigen Grund zu nennen, das roch geradezu nach einer großen Geschichte. Ob ich, natürlich undercover, mal beim Spiegel, Focus oder Stern anrufen sollte?

»Wie siehst du denn aus?«, rief Jutta erschrocken und ließ beinahe ihre Kaffeetasse fallen. Sie stand zusammen mit Gerhard und Jürgen in ihrem Büro. »Wir wollten uns gerade auf den Weg machen und dich im Krankenhaus besuchen. Von Stefanie wissen wir, dass du auf der Intensivstation sein solltest. Daher haben wir uns eine Geschichte ausgedacht.«

»Ihr auch?«

Gerhard ignorierte meine Zwischenfrage und führte Juttas Ausführungen fort. »Wir sind alles Geschwister von dir, hätten wir den Ärzten gesagt.«

Jürgen, der bisher geschwiegen hatte, machte einen Witz über meinen Turban. »Mensch, Reiner, fällt dein Kopf auseinander, wenn man den vielen Mull abwickelt?«

»Kaffee«, sagte ich und setzte mich an den Besprechungstisch. »Und ein paar Kekse, falls welche da sind.«

Während Gerhard extra für mich eine neue Keksdose öffnete, die er hinter einer Reihe Ordnerattrappen hervorzog, schenkte mir Jutta einen Kaffee ein.

»Nimm dir lieber etwas mehr Milch, der Kaffee ist versehentlich sehr stark geworden.«

Der Hinweis war mehr als eine Warnung. Ich schätzte, dass Jutta und Gerhard für rund ein Drittel des Koffeinverbrauchs in Deutschland zuständig waren. Doch es half nichts, ohne Flüssigkeit konnte ich generell keine Tabletten schlucken.

»Halt, was machst du da?«, rief Jutta, als ich zwei Tabletten mit dem dickflüssigen Etwas in der Tasse hinunterspülte.

»Suizid«, entgegnete ich trocken und versuchte mich mit einem kleinen, aber misslungenen Lächeln.

Gerhard nahm mir die Schachtel ab und las die Aufschrift. Dann lachte er. »Du schluckst homöopathisches Zeug? Bist du auf dem Gesundheitstrip?«

Ich zog ihm die Schachtel aus der Hand, die oberflächlich betrachtet wie ein Schmerzmittel aussah. Allerdings nur oberflächlich betrachtet. Wut stieg in mir hoch, der Student hatte mich mal wieder ausgetrickst. Ich pfefferte die Schachtel in die Ecke.

»Jutta, hast du wenigstens eine vernünftige Schmerztablette? Mein Kopf brummt wie im Innern einer Flugzeugturbine.«

Meine Kollegin suchte eine Zeit lang in ihrer hoffnungslos überfüllten Handtasche. »Da nimm«, sagte sie. »Die sind noch nicht ganz so lange abgelaufen wie dein Personalausweis. War nur ein Witz«, ergänzte sie schnell.

Meiner Vermutung nach war es nicht der Tablette zu verdanken, dass es mir nach fünf Minuten besser ging. Es dürfte eher an der halben Packung Schokoladenkekse gelegen haben. Das Völlegefühl breitete sich in meinem Körper aus, ich war wieder in meinem Grundzustand angelangt. Wenn nur der blöde Kopfverband nicht wäre.

Während meiner Nahrungsaufnahme hatte ich beobachtet, wie Gerhard auf einem Beistelltisch eine Kaffeemaschine reparierte. Oder zumindest versuchte, eine zu reparieren.

»Dass die Dinger immer so schnell verstopfen«, fluchte er. »Bei keinem anderen technischen Gerät wird so stark an den Kundenanforderungen vorbei entwickelt wie bei Kaffeemaschinen.«

»Und wadum pflimmst …« Ich schluckte den reichlichen Inhalt meines Mundes hinunter. »Und warum keine neue *Koffein 5000*?«

»Du hast doch gesehen, was passiert ist«, sagte Jutta.

»Wir haben jetzt eine Durststrecke von mindestens acht Wochen vor uns.«

»Durststrecke? Ihr habt neun oder zehn Maschinen in deinem Büro rumstehen«, fragte ich verwundert.

»Die meisten sind kaputt oder so«, sagte Gerhard. »Rechtzeitig vor Weihnachten wird die *Koffein 6000* auf den Markt kommen. Die soll eine elektronische Einspritzungsregelung und einen Koffeinkatalysator haben.«

»Gibt's dann endlich bei euch koffeinfreien Kaffee?«

»Spinnst du?«, ereiferte sich Gerhard. »Der Katalysator soll nicht das Koffein entfernen, sondern den Kaffee weiter damit anreichern.«

Ich kapierte nicht, was er mir damit sagen wollte. Jutta sah mir das an und erklärte: »Reiner, du kennst doch diese Wassersprudler. Da kann man normales Leitungswasser mit Kohlensäure anreichern. Genauso funktioniert der Koffeinkatalysator. Im Handel wird es Koffeinpatronen geben, die man an die Maschine schrauben kann. Dann kannst du stufenlos regeln, wie stark du deinen Kaffee haben willst. Von 20 bis 100 Prozent ist alles möglich. Allerdings sollen laut Datenblatt bei Maschinen, die in der EU verkauft werden, Koffeinraten über 35 Prozent technisch blockiert werden. Aber wir finden bestimmt eine Möglichkeit, die Sperre aufzuheben.«

Das war zu viel für mich. Jürgen wechselte das Thema und fragte, warum ich eigentlich hier sei. Unter Auslassung einiger Nebensächlichkeiten erklärte ich meinen Kollegen die Lage. Bei der Wiedergabe des Gesprächs mit KPD, das ich fast wörtlich zitierte, geriet ich in Rage.

»Da muss eine Riesensauerei dahinterstecken«, beendete ich meinen Vortrag.

In das allgemeine Schweigen platzte Jürgen. »Soll ich die

Zeugen wieder ausladen, die ich zur Vernehmung geladen habe? Und was ist mit meinen Recherchen?«

»Gemach, gemach«, beschied ich unserem Jungkollegen. »Lass alles so weiterlaufen. Vielleicht überlegt es sich KPD bis morgen anders.«

»Du kannst nicht einfach KPDs Verbot ignorieren«, meldete sich Jutta erstaunt. »Das kann dich Kopf und Kragen kosten.« Sie lachte mit einem Blick auf meinen Verband kurz auf. »Bildlich gesprochen.«

»Falsch, Jutta, das kann unserem Chef den Kopf und Kragen kosten – und nicht nur das. Ich muss herausfinden, was er für eine Rolle in der Sache spielt. Unser Chef steckt mit Sicherheit bis zur Halskrause mit drin.«

Gerhard hob die Brauen, was er nur sehr selten machte. »Das heißt, du machst weiter?«

Ich nickte. »Meinst du, ich lege mich zur Erholung ein paar Wochen ins Krankenhaus? Ich bin ein hoch motivierter Beamter.«

Alle außer mir lachten, was mich ziemlich ärgerte.

»Jemand hat auf mich geschossen. Soll ich das einfach so hinnehmen?«

»Oha, unser Reiner gibt den Rächer der Witwen und Waisen. Mal im Ernst, Kollege: Als Kriminalbeamter musst du stets damit rechnen, dass man dir nach dem Leben trachtet. Das war schließlich nicht das erste Mal, dass du geradeso mit dem Leben davongekommen bist.«

»Genau«, stimmte ich zu. »Habe ich sie nicht alle erwischt? Die meisten jedenfalls. Ich sage euch was: Wer sich mit Reiner Palzki anlegt, hat sich den Falschen rausgesucht. Gleich morgen früh fahre ich nach Neustadt zu dieser DLR. Danach sehen wir weiter.«

Nachdem ich Jutta um eine weitere Tablette angebettelt hatte, stand ich auf. Die Keksdose war leer. »Gibst du mir bitte meinen Autoschlüssel? Mein Bruder hat ihn bei dir abgegeben.«

Juttas Stirn kräuselte sich. »Dein Bruder? Das war Herr Becker. Bist du sicher, dass in deinem Kopf alles klar ist?« Widerwillig überreichte sie mir den Schlüssel. »Fahr bitte langsam.«

Zum Abschied gab ich meinen Kollegen einen kleinen Auftrag.

»Schaut, dass ihr an die Akte von der Schießerei im Kurpark kommt. Das Opfer wollte mir den Inhalt eines Aktenkoffers zeigen, dazu ist es allerdings nicht mehr gekommen. Es würde mich brennend interessieren, was da drin war. Und passt bitte ein bisschen darauf auf, dass KPD nichts mitbekommt. Falls er nach mir fragt, ich habe einen Arzttermin.«

*

Daheim angekommen, wollte ich die Haustür aufschließen, als diese von innen geöffnet wurde.

»Reiner, du?«, sagte Stefanie erstaunt. Sie trug eine Tasche in der Hand.

»Hast du das an meinen Augen erkannt?«

»Wa…, war…, warum bist du hier?«, stotterte sie. »Ich wollte gerade ins Krankenhaus fahren. Meine Mutter ist da und passt auf die Zwillinge auf.«

Ich verdrängte zunächst das böse Thema Schwiegermutter und antwortete: »Ich wollte dir die weite Anreise ersparen. Ist das nicht nett von mir?«

Meine Frau hatte sich wieder gefangen. »Rede keinen Quatsch. Was ist los?«

Auf dem Weg ins Haus kam uns Stefanies Mutter entgegen. Unser Verhältnis war seit eh und je etwas zwiespältig. Sie hatte es offenbar nie überwunden, dass ihre Tochter einen Polizisten geheiratet hatte, wo sie sicherlich auch einen reichen Manager hätte finden können.

Aufgrund meines gewaltigen Verbandes war sie ausnahmsweise friedlich gestimmt. »Reiner, wie siehst du denn aus? Hast du große Schmerzen?«

Psychologisch gesehen ist es durchaus opportun, den Erwartungen des Gegenübers zu entsprechen.

»Es geht so«, stöhnte ich mit zusammengebissenen Zähnen. »Ich brauche nur etwas Ruhe, dann wird es wieder.«

Ich ließ mich auf die Couch plumpsen. Die Zwillinge schliefen anscheinend, von Paul und Melanie war weder etwas zu hören noch zu sehen.

Um einer weiteren Frageorgie zu entgehen, erklärte ich den beiden Frauen zwar nicht mein Dasein, aber mein Hiersein.

»Ich habe es im Krankenhaus nicht mehr ausgehalten. Überall die Schläuche und Kabel, das macht mich richtig krank. Der Oberarzt hat festgestellt, dass ich eigentlich nur noch zur Beobachtung bleiben müsste. Trotz meiner starken Schmerzen«, ergänzte ich intuitiv, um den Erwartungen meiner Schwiegermutter weiterhin gerecht zu bleiben.

»Da habe ich mir gedacht, das kann ich auch zu Hause haben bei meiner lieben Frau und meiner, äh, lieben Schwiegermutter.«

Ich war mir unsicher, ob mir Stefanie das abnahm. Leider verfügte sie, wie die meisten Frauen, über eine Überportion Menschenkenntnis, was für uns Männer im Alltagsleben nicht immer vorteilhaft war.

»Okay, dann legst du dich auf die Couch, während ich dir einen gesunden Gemüsemix zaubere.«

Stefanie hatte die Rechnung ohne ihre Mutter gemacht. Schwiegermütter können nerven. Ich meine, so richtig nerven. Doch eine kleine positive Eigenschaft hatte zumindest meine dennoch: Kochmäßig zählte sie zur alten Garde. Mit vegetarischem Kram und gesundheitsbewusster Firlefanz-Küche konnte sie nichts anfangen. Ihr Lieblingsspruch lautete ›Ein Gemüseteller schmeckt am besten, wenn man ihn kurz vor dem Verzehr gegen eine Schweinshaxe eintauscht‹.

»Lass mal, Stefanie«, sagte ihre Mutter. »Dein Mann braucht in seinem lädierten Zustand etwas Kräftiges, da kannst du ihm kein Gemüse hinstellen. Ich haue ihm ein paar Koteletts in die Pfanne.« Sie wandte sich mir zu: »Zwei oder drei?«

»Drei«, stöhnte ich ihr mit weinerlicher Stimme entgegen. Bis dahin waren die Kekse verdaut.

Der für dieses Haus ungewohnte Geruch, der kurz darauf aus der Küche flutete, hatte auf mich den gleichen gesundheitlich positiven Effekt wie zig Tage im Krankenhaus liegen. Wahrscheinlich blendete mein Hirn in Vorfreude der Koteletts sämtliche Schmerzen aus. Auch meine Schaltzentrale war anscheinend ein richtiger Genießer, die Störfeuer zu unterbinden wusste.

Während ich genüsslich die fetttriefenden Fleischbrocken abnagte, fragte Stefanie: »Wo hast du eigentlich die Schüsseln, die ich dir ins Krankenhaus gebracht habe?«

Beinahe hätte ich einen mittelprächtigen Knochen verschluckt. »Mist, das muss ich in der Eile vergessen haben.«

»In der Eile?«, fragte meine Frau sofort nach.

Warum mussten Frauen immer alles so wörtlich nehmen. »Nein, das war falsch ausgedrückt. Ich habe alles zum Mitnehmen schön sortiert bereitgelegt. Als dann Dietmar Becker kam, um mich abzuholen, und ich mich von allen verabschiedet hatte, muss ich die Schüsseln vergessen haben. Ich rufe später an, damit sie mir das Zeug zuschicken.«

»Zeug?«, fragte sie erregt. »Und was ist mit Herrn Becker?«

Mist, wenn die Fragerei so weiterging, würde das letzte Kotelett kalt werden. Zum Glück unterstützte meine Schwiegermutter den weiteren Heilungsprozess.

»Jetzt lass doch deinen Mann erst mal in Ruhe essen, Stefanie.« Sie lächelte mich an, wie sie es noch nie getan hatte. »Schmeckt's, Reiner?«

Ich nickte und lächelte zurück. »So etwas Gutes habe ich noch nie gegessen.« Mit einem schnellen Erweiterungssatz verhinderte ich meine Ermordung: »Außer von Stefanie natürlich. Hast du noch ein wenig von dem genialen Ketchup?«

Sie ersäufte mit dem Inhalt der Flasche das letzte Kotelett paritätisch.

Nach dem Genuss unterdrückte ich halbwegs eine ausgewachsene Rülpser-Salve und lehnte mich zufrieden zurück.

»Deine Koteletts sollte man rezeptpflichtig machen«, schleimte ich meine Schwiegermutter an. »Die helfen besser als sämtliche Arzneimittel, die ich kenne.« Ich konnte es kaum glauben, ich war sogar sodbrennenfrei. Jedenfalls bis sie mir den Nachtisch hinstellte, einen abartig großen Pott Schokoladenpudding, der bei mir als Kochtopf durchgehen würde.

»Das werde ich aber nicht mehr ganz packen«, sagte ich vorbeugend.

Meine Schwiegermutter lachte. »Das würde mich auch sehr wundern. Der Pudding ist für uns alle, du kleiner Vielfraß.«

Der Rest des Tages verlief ereignislos. Paul faselte etwas von Herrn Ackermann und den Plänen, die sie in den nächsten Tagen hegten. So richtig konnte ich nicht folgen. Egal, was er anstellen würde, ich hatte im Moment weder Kraft noch Muße, dem Einhalt zu gebieten.

Mit Melanie musste ich ein kleines Machtwort sprechen. Zufällig erfuhr ich, dass sie sich neuerdings mit ihren Freundinnen beinahe täglich in dem Fastfood-Restaurant traf, das vor nicht allzu langer Zeit in unserer Nachbarschaft eröffnet hatte. Ich fragte mich, wie Melanie auf diese schiefe Bahn geraten konnte und den, zumindest von einem Elternteil, akzeptierten Alternativen wie Caravella entsagte? Mobil war sie ebenso, ein Trip nach Speyer zur Currysau, der Königin der europäischen Imbisse, war mit der S-Bahn wahrlich keine Weltreise.

Auch diesem Problem musste ich mich in der allernächsten Zeit annehmen, bevor Melanies Taten zur Gewohnheit wurden und sie bis ins Alter hinein belasteten.

Nachdem sich meine Schwiegermutter verabschiedet hatte, nahm ich mangels Kotelett zwei Schmerztabletten. Stefanie, die so was Ähnliches wie eine ausgebildete Kinderkrankenschwester war, nur halt ohne Ausbildung, dafür mit vier Kindern, wechselte meinen Verband.

»Das sieht gar nicht so schlimm aus«, bewertete sie die Beule an meiner Stirn.

»Hast du eine Ahnung!«, ereiferte ich mich. »Die Verletzung ist innerlich!«

Meine Frau überlegte kurz und schüttelte dann entschlossen den Kopf. »Glaub ich nicht. Der ist sowieso leer.« Und mit einem Anflug an Sarkasmus ärgerte sie mich weiter: »Dein Gehirn sitzt im Magen. Oder bist du anderer Meinung?«

Mann beziehungsweise ich wusste, wann man Mann sein und schweigen musste.

Paul und Melanie mussten am nächsten Tag zur Schule. Von dem allgemeinen Aufstehstress und dem morgendlichen Geschrei wurde ich wach. Darauf hatte ich natürlich spekuliert. Ich stand auf und freute mich darüber, nur ein mittelprächtiges Ziehen im Stirnbereich zu spüren. Meine lädierten Kniescheiben funktionierten wie neu. Und deswegen wollten die mich im Krankenhaus beobachten? Kein Wunder, dass die Beiträge zur Krankenversicherung inzwischen astronomische Höhen erreicht hatten und zwielichtige medizinische Dienstleister wie Dr. Metzger sich dumm und dämlich verdienten.

»Halt, warum stehst du auf, Reiner?«

»Ich muss arbeiten gehen, schließlich bin ich nicht krankgeschrieben.«

Dieses Argument überzeugte Stefanie nur wenig bis überhaupt nicht. Eine größere Debatte begann, unterbrochen von ständigen Fragen unserer Kinder.

»Mama, ich finde meinen linken Schuh nicht.«

»Mama, hilf mir mal mit meinen Haaren, die sehen heute so blöd aus.«

»Mama, ist mein Frühstück fertig?«

»Mama, schreibst du mir eine Entschuldigung für den Sportunterricht?«

»Mama, fährst du mich in die Schule? Draußen ist es kalt.«

Schließlich gab sie entnervt auf. »Macht doch alle, was ihr wollt.«

Im gleichen Moment legten im Nebenzimmer Lisa und Lars mit ihrem morgendlichen Frühgebrüll los.

Eine halbe Stunde und eine prophylaktische Tablette später fuhr ich los. »Ich muss nur etwas in Neustadt erledigen, bis heute Mittag bin ich zurück und heile mich weiter aus.«

Stefanie blickte mir enttäuscht nach. Erst am Abend sollte ich den Grund erfahren.

KAPITEL 11
ERWISCHT

Zugegeben, der weiße Verband sah etwas verwegen aus. Als prominenter Polizeibeamter war ich es zwar durchaus gewohnt, dass Leute freudestrahlend stehen blieben und mit dem Finger auf mich zeigten, heute waren mir die Blicke der Kollegen auf der Dienststelle mehr als unangenehm.

Der Tag begann mit einem Glücksfall. Als ich um die Ecke des Flures bog, sah ich, wie KPD den Studenten Becker in sein Büro lotste und es hinter sich schloss. Zufrieden mit der Situation ging ich weiter zu Jutta. Die Kollegen waren bereits anwesend.

»Guten Morgen, allerseits«, begrüßte ich sie. Zur Antwort lachten sie, was mich für einen Moment irritierte. Sie hatten nicht mitbekommen, dass ich kam, alle drei schauten auf einen Packen Papier.

»Ah, hallo, Reiner«, sagte Jutta schließlich. »Das musst du dir mal anschauen, absolut genial.«

»Ist das die getürkte Steuererklärung von KPD? Oder die Einstellungskriterien für Lehrer als Quereinsteiger?«

Selbst Jürgen lachte. »Das hat Dietmar Becker vergessen, als er eben von KPD mitgenommen wurde.«

»Es ist der Entwurf eines Gedichtbandes«, klärte mich Gerhard auf, und mir schwante Übles. Ich riss ihm das oberste Blatt aus der Hand.

›Loblied auf die Currysau‹, stand in der Überschrift, und ich entschloss mich weiterzulesen. Gerhard nahm mir das Blatt allerdings sofort wieder ab.

»Immer langsam, Kollege. Jetzt sind erst mal wir dran. Wieso bist du heute überhaupt hier? Hat Stefanie kein Machtwort gesprochen?«

Entrüstet entgegnete ich: »Na, hör mal. Ich werde mich wohl zu Hause noch durchzusetzen wissen.«

Bevor meine Meinung wie so oft ins Lächerliche gezogen wurde, begann ich mit einer sachlichen Ansage. »Was machen die Ermittlungen? Ist der Koffer aufgetaucht?«

Ich erhielt keine Antwort. Zornig riss ich erneut Beckers Literaturexperimente an mich. »Das kriegt ihr gleich zurück, ihr Polizistenlyriker. Was gibt's Neues zu Mord und Totschlag in Sachen Weinstraße?«

Jutta schaute auf. »Warum auf einmal so sachlich, Reiner? Hat der Hieb bei dir ein paar Synapsen verdreht? So kenne ich dich gar nicht.«

»Mir geht's prima«, sagte ich, verschwieg aber die Tabletten. »Den Verband trage ich nur aus optischen Gründen.«

Gerhard prustete los. »Dann solltest du ihn farblich gestalten. Wie wäre es mit ein paar Cartoons von Steffen Boiselle?«

»Woher kennst du den Namen?«, unterbrach ich ihn schroff, da ich nicht an einen Zufall glaubte.

Gerhard reagierte gelassen. »Den kennt doch jeder, der zeichnet den *100% PÄLZER!*. Frag ihn doch mal, ob er dich karikiert. Du hast das ideale Gesicht dafür.«

»Hör auf mit dem Blödsinn. Sag mir lieber, wie du auf diesen Namen kommst.«

Mein Kollege stand auf und ging zu Juttas Schreibtisch. Er nahm eine rote Aktenmappe und drückte sie mir in die Hand. »Der hat dich gefunden, Reiner. Ohne ihn würdest du vielleicht immer noch im Gebüsch liegen und langsam vor dich hin müffeln.«

Okay, daran hatte ich nicht gedacht. Dieser Zeichner musste auf jeden Fall überprüft werden.

»Jürgen, sei so gut und jag diesen Boiselle mal ausführlich durch den Computer. Alles, was du so findest. Aber bitte keine Firmenbilanzen und Fahrtenbücher der vergangenen 40 Jahre wie das letzte Mal.«

Ich blätterte durch die Akte, fand aber nicht, was ich suchte.

»Der Koffer, warum steht da nichts von dem Koffer?«

»Weil es keinen gab«, antwortete Jutta. »Ich habe vorhin extra telefonisch nachgefragt. Am Tatort wurde kein Koffer gefunden. Bist du dir da sicher, Reiner?«

»Ich habe doch nicht geträumt. Vielleicht hat ihn dieser Cartoonist verschwinden lassen. Die Seniorin mit ihrem Hund dürfte unschuldig sein.«

»Vielleicht war es der Mörder«, überlegte Jürgen. »Es konnte nicht ermittelt werden, wie lange es dauerte, bis ihr entdeckt wurdet. Das kann eine Minute gedauert haben oder auch fünf. Der Weg war um diese Zeit nur wenig frequentiert.«

Ich blätterte weiter. »Warum steht da was von unbekanntem Opfer? Hat niemand bei der DLR nachgefragt?«

»Doch, schon«, sagte Gerhard, der gleichzeitig versuchte, mir Beckers Buchstabensalat zu entreißen, den ich mir unter den Arm geklemmt hatte.

»Und?«, fragte ich wenig grammatikalisch korrekt zurück.

»Nichts und. Dort ist kein Mitarbeiter abgängig.«

»Und warum kümmert sich niemand um die Sache?«

»Weil die einzige Aussage, dass der Tote ein Mitarbeiter von der DLR ist, von KPD stammt. Es gibt keinen weiteren Hinweis. Vielleicht hat er sich verhört?«

Da könnte ein großes Korn Wahrheit dahinterstecken. KPD hörte fast nie richtig zu. Ich überlegte: Hatte sich das spätere Opfer sich mir gegenüber als DLR-Mitarbeiter vorgestellt oder nicht? Ich wusste es nicht mehr.

»Dann werde ich mal nach Neustadt fahren. Jürgen, suchst du mir bitte die Adresse heraus?«

Kurze Zeit später hielt ich sie in der Hand.

»Dann wünsche ich euch viel Spaß«, sagte ich zum Abschied ironisch. »Bitte nicht dort anrufen und mich ankündigen. Ich brauche spontane Antworten. Tschüss, bis später.«

»Wohin denn so eilig, Herr Palzki?«

Um ein Haar wäre ich mit KPD kollidiert, der in Juttas Büro wollte.

»Ich, äh, ich, ja, das ist so.«

»Sie wollen doch nicht etwa wegen des Toten im Kurpark ermitteln?«, fragte KPD streng und fixierte mich, was ihm nur teilweise gelang. »Ich habe das ausdrücklich verboten.«

Ich wollte zur Gegenwehr ausholen, doch er schnitt mir das Wort ab. »Ihre Eskapaden habe ich lange genug geduldet. Ab sofort werde ich mit aller Strenge durchgreifen. Einem guten Chef wie mir tanzt man nicht einfach auf der Nase herum.«

Als Spontanist, wie ich mich selbst zu beschreiben pflegte, allerdings ohne zu wissen, ob es diesen Ausdruck überhaupt gab, hatte ich während KPDs Geschwätzmonologs genügend Zeit, Verteidigungsverbalien zu erfinden.

»Ich arbeite ausschließlich in Ihrem Sinn, Herr guter Vorgesetzter«, übertrieb ich um mehrere Millionen Nuancen. »Einer muss schließlich herausfinden, wer für das terroristische Drohfax auf unseren Dienststellenleiter verantwortlich ist. Oder sind Sie inzwischen in der Angelegenheit weitergekommen?« Bewusst wählte ich eine einschüchternde Stimmlage, die nach Kasernenhof klang. KPD als Hierarchieexperte beeindruckte dies sichtlich. Stumm glotzte er mich an, dabei vibrierten seine Brauen und sein Kinn zitterte. Mir war es tatsächlich gelungen, seine Fassade, wenn auch nur kurz, anzukratzen. Ich schrieb mir zufrieden einen Chefpunkt gut.

»Haben Sie einen Verdacht?« KPDs Stimme zitterte vor Erregung. »Es ist wie verhext. Bisher konnte ich nicht den Hauch eines Hinweises auf die Attentäter finden. Es muss sich um eine hochprofessionelle Terroristengruppe handeln. Wahrscheinlich agieren sie aus dem nichteuropäischen Ausland. Auch meine Untergebenen sind hilflos. Nicht ein einziger Hinweis wurde mir bisher zugetragen.«

Ich lächelte ihn an. »Man muss nur die richtigen Leute dranlassen. Es wird nicht mehr lange dauern, bis ich diese Banditen ermittelt habe. Was ich Sie in dem Zusammenhang fragen wollte, Herr Diefenbach: Als guter Vorgesetzter sind Sie doch für die Gefahrenzuschläge zuständig. Ich setze immerhin mein Leben ein …«, ich zeigte auf meinen Kopfschmuck, »da möchte ich meine Familie abgesichert wissen. Für den Ernstfall, Sie verstehen doch?«

KPD verstand. »Das ist doch selbstverständlich, Herr Palzki. Sobald wir die gemeinen Terroristen geschnappt haben, werde ich Ihnen einen üppigen Zuschlag genehmigen. Und als Sonderprämie lege ich einmalig einen halben Tag Sonderurlaub oben drauf. Was sagen Sie jetzt?«

»Ich bin beeindruckt.«

»Außerdem setze ich mich dafür ein, dass Sie endlich mal ›Bulle des Monats‹ an unserer Dienststelle werden. Bisher hat das aus verschiedenen Gründen nie geklappt.«

Bevor er weitere dubiose Angebote aus dem Hut zauberte, verabschiedete ich mich. »Das motiviert mich ungemein, Herr Diefenbach. Ich bin dann mal in geheimer Mission unterwegs.«

KPD klopfte mir auf die Schulter, was meinem Kopf nicht wirklich guttat. »Ich bin stolz auf Sie, Herr Palzki. Das muss einfach mal gesagt werden. Trotz Ihrer nicht unerheblichen Verletzung verzichten Sie auf eine Krankmeldung, um Ihren guten Chef bei der Verbrechensbekämpfung zu unterstützen. Leider kann ich Ihnen Herrn Becker für diese wichtigste aller Missionen nicht zur Seite stellen, den brauche ich im Moment selbst.«

Er drehte sich zu Jutta. »Deswegen bin ich überhaupt gekommen, Frau Wagner. Herr Becker hat seine Unterlagen bei Ihnen liegen lassen. Würden Sie mir diese bitte geben?«

Jutta blieb nichts anderes übrig, als die kulturzerstörenden Werke des Studenten herauszurücken.

»Ich werde das ausnahmsweise ohne unseren Polizeireporter schaffen«, sagte ich zu KPD und war im nächsten Moment verschwunden.

Das Autofahren klappte ganz gut. Eine gewisse Nackensteifheit, die sich seit KPDs Schulterklopfen bei mir eingestellt hatte, ignorierte ich tapfer. Hier ging es ums Ganze, sollte der seitliche Verkehr halt mal ein bisschen mehr aufpassen.

Mein Magen erinnerte mich an mein Frühstück beziehungsweise Nichtfrühstück. Ohne ihre Mutter war Stefanie küchentechnisch sofort wieder in ihren alten Trott zurückgefallen. Vielleicht sollte ich meiner Frau zu Weihnachten einen Kochkurs schenken? Kochen nach alter bayerischer Tradition – 100 Möglichkeiten, eine Schweinshaxe zuzubereiten, oder so etwas in der Richtung.

Nachdem der Imbiss Caravella das Geschäft der Woche gemacht hatte, fuhr ich angespannt nach Neustadt.

Das DLR – was sich genau dahinter verbarg, war mir immer noch nicht so klar – fand ich auf Anhieb. Einer Tafel vor dem Gebäude entnahm ich weitere Informationen: ›Dienstleistungszentrum Ländlicher Raum (DLR) Rheinpfalz für wein- und gartenbauliche Berufsbildung, Beratung, Forschung und Landentwicklung‹.

Das Gebäude machte auf mich den Eindruck einer Schule. Gerade wollte ich die Eingangstür öffnen, als von drinnen Steffen Boiselle herauskam.

»Hallo, Herr Palzki«, sagte er, ohne auch nur einen Hauch überrascht zu sein. »Der Turban steht Ihnen vorzüglich. Den kann ich gut in die Cartoonreihe einbauen. Da fällt mir ein flotter Spruch dazu ein.« Er blinzelte mich kurz an. »Sie sind spät dran, Herr Palzki.«

Wahrscheinlich sah ich in dieser Sekunde ähnlich debil aus wie KPD stets aussah. »Was machen Sie hier?« An einen Zufall konnte ich beim besten Willen nicht mehr glauben. »Haben Sie auf mich geschossen?«

Boiselle überlegte einen Moment. »Geht es Ihnen wirklich besser? Sie wirken auf mich im Moment leicht überfordert.«

Überfordert! Was diesem Bilderkritzler nicht alles einfiel! Ich hatte lediglich kleinere Informationsdefizite aufgrund meines Klinikaufenthaltes. Ehrlich gesagt, sah mein Gegenüber nicht wie ein Mörder aus. Auf der anderen Seite hatte ich schon dermaßen viele Gauner festgenommen, die über einen hervorragenden Leumund verfügten und im gesellschaftlichen Leben voll integriert waren. Wenn sie nicht gerade jemandem nach dem Leben trachteten.

»Jetzt sagen Sie endlich, was wollen Sie hier? Oder soll ich Sie gleich in Handschellen abführen?«

Boiselle hob schelmisch seinen Zeigefinger. »Na, na, na, wenn das Ihr Vorgesetzter erfährt.«

Ich dachte nach: Hatte Boiselle mit KPD einen Deal ausgehandelt, weil er ein Geheimnis von Diefenbach kannte? Inzwischen tauchte viel zu oft Neustadt in dieser ominösen Geschichte auf. Warum wollten Schiwab und mein Vorgesetzter vermeiden, dass die Neustadter die Ermittlungen übernahmen? Kannte der Zeichner den Grund?

Boiselle dauerten meine Gedankengänge zu lang. »Kommen Sie, da vorn um die Ecke gibt's ein Café. Dort können wir uns austauschen.«

Während wir so dastanden, gingen einige Personen in das Gebäude hinein oder kamen heraus. Alle starrten mich beim Vorübergehen intensiv an. Zuerst dachte ich, es lag an meiner mittlerweile erlangten Berühmtheit. Ausnahmsweise lag ich falsch: Die Leute glotzten auf meinen Kopfverband.

Ich ließ mich auf seinen Vorschlag ein. Es konnte immerhin sein, dass ich von ihm wertvolle Informationen erhielt, die ich bei meinem späteren Besuch bei der DLR gewinnbringend einsetzen konnte.

Da der Caravellabesuch nachwirkte, begnügte ich mich mit einer großen Cola und drei oder vier süßen Teilchen.

»Jetzt schießen Sie mal los«, forderte ich den Zeichner auf. »Aber bitte nicht mit scharfer Munition.«

Boiselle lachte ausgiebig. »Meine Waffe ist der Zeichenblock. Sie sind bestimmt neugierig darauf, zu erfahren, warum ich bei der DLR war.«

»Darauf können Sie einen lassen«, antwortete ich sprachlich wenig korrekt, was mir ein Kritiker negativ auslegen wird.

»Ich wollte herausfinden, wo der Tote gearbeitet hat. Dietmar gab mir gestern Abend, nachdem er mit Herrn Diefenbach gesprochen hatte, den Auftrag, dort mal nachzuforschen.«

»Er gab Ihnen *was*? Den Auftrag?«

»Nehmen Sie doch nicht immer alles so wörtlich, Herr Palzki. Er fragte, ob ich mich dort informell umschauen könnte, da er von Diefenbach in Beschlag genommen wurde und daher selbst keine Zeit hat.«

Bisher klang alles halbwegs einleuchtend. »Und wer ist jetzt dieser Tote? Und was war in dem Koffer?«

Boiselle blickte zu Boden. »Ja, die Sache mit dem Koffer. Davon hat Dietmar erst gestern Abend nach dem Gespräch mit Ihrer Kollegin, Frau Wagner, erfahren. Diefenbach wusste davon anscheinend nichts.«

Ich wurde unruhig, was aber nicht an der Cola lag. »Jetzt sagen Sie endlich, wer war der Mann?«

Er zuckte mit den Schultern. »Ich weiß es nicht. Es fehlt niemand. Es hatte auch niemand den Auftrag, Ihnen etwas zu übergeben. Und niemand hat bei Herrn Diefenbach angerufen. Ist das nicht seltsam?«

»Da lügt irgendjemand, das ist doch klar.«

»Es ist nur die Frage, wer gelogen hat. Wenn es der Tote war, sind wir keinen Schritt weiter. Im Gegenteil, wir wären auf einer falschen Fährte.«

Wir? Warum redete er ständig von ›wir‹? »Woher wussten Sie überhaupt, dass ich komme? Sie sahen kein bisschen überrascht aus.«

Boiselle trank seinen Kaffee aus und bestellte sofort einen weiteren.

»Menschenkenntnis, Herr Palzki. Als Cartoonist ist es unabdingbar, sich in die Psyche der Mitmenschen hineinversetzen zu können. Und da ich Sie in den letzten Tagen einige Mal karikiert habe, ist mir das sehr leicht gefallen. Dietmar sagte mir gestern am Telefon, dass Herr Diefenbach die Ermittlungen eingestellt und Ihnen verboten hat, in der Sache weiter zu ermitteln. Daher war mir sofort klar, dass Sie heute bei der DLR auftauchen. Ich hätte Sie allerdings früher erwartet. Nachdem ich eine Zeit lang vor dem Gebäude gewartet habe, bin ich alleine rein.«

Es war nicht zu fassen, wie vorhersehbar man selbst war. Wenn KPD nur ein Promille der Menschenkenntnis dieses Zeichners hatte, würde er sofort ahnen, dass mir das Ermittlungsverbot sonst wo vorbeiging. Ein Geistesblitz durchzuckte mich. Was, wenn KPD tatsächlich einen Hauch, sagen wir besser, einen winzigen Hauch Menschenkenntnis besaß und von vornherein wusste, dass ich sein Verbot nicht einhielt? Gehörte es zu seiner Taktik? War ich mal wieder nur eine Marionette, ein Spielball anderer? Ich musste unbedingt herausfinden, wie unabhängig ich überhaupt agierte. Zumindest im beruflichen Bereich. Was meine Situation im häuslichen Umfeld anging, machte ich mir schon lange keine Illusionen mehr.

»Und Sie konnten wirklich nichts in Erfahrung bringen über das DLR?«

Ich bemerkte, dass vor lauter Reden noch die Hälfte der Süßteilchen auf dem Teller lagen, und biss zu.

»Nichts, Herr Palzki. Sie können sich von mir aus selbst überzeugen. Es ist allerdings sehr müßig, sich von Abteilung zu Abteilung durchzufragen. Wenn Sie da mit jedem sprechen wollen …«

»Dann werde ich meinen Besuch auf einen späteren Zeitpunkt verschieben, ich bin sowieso inoffiziell hier. Hat Ihnen Herr Becker gesagt, warum Diefenbach die

Ermittlungen eingestellt hat? Normalerweise darf das nur der Staatsanwalt tun.«

Boiselle druckste herum. »Früher oder später würden Sie es sowieso erfahren. Herr Diefenbach hat die Ermittlungen überhaupt nicht eingestellt.«

In meinem Kopf schwirrten tausend Fragezeichen zwischen den Kopfschmerzsektoren herum. »Hä? Äh, wieso?«

»Herr Diefenbach möchte nur, dass Sie und Ihre Kollegen nicht weiter ermitteln.«

»Das ist doch die Höhe! Das macht der nur, weil er selbst mit den Morden zu tun hat. Erst will Diefenbach, dass ich dem Dürkheimer Kripochef die Morde in die Schuhe schiebe, dann verlangt er, dass die Neustadter Kollegen nichts mitbekommen dürfen, und jetzt kickt er mich aus dem Fall. Ich fahre sofort zu Staatsanwalt Borgia. Der ist zwar nicht unbedingt mein Freund, aber für solche Mätzchen hat er auch nichts übrig.«

»Langsam, langsam«, beruhigte mich Boiselle und machte sich ein paar Notizen in seinem Block. »Von der Sache mit Schiwab und der Neustadter Polizei wusste ich bis eben gar nichts. Herr Diefenbach hat Herrn Becker einen anderen Grund genannt.«

»Da bin ich aber sehr neugierig.«

Durch meine nachvollziehbare Erregung schrie ich den Satz förmlich. Sämtliche Cafébesucher glotzten zu uns rüber. Ich rückte meinen Turban zurecht.

»Herr Diefenbach will den Fall selbst lösen. Dietmar soll ihm dabei helfen. Ihr Chef hat aber wegen seiner Jubiläumsfeier bis zum Wochenende keine Zeit. Ab nächster Woche will er sich um die Morde persönlich kümmern und den Täter innerhalb von höchstens zwei Tagen fassen. Das hat er Dietmar gesagt.«

Ich fluchte unschicklich, was mir nur äußerst selten passierte. »Dieser Doofmann. Er weiß über den Fall noch weniger als ich. Drei Tote entlang der Weinstraße haben wir bisher. Ein Wunder, dass es bis heute dabei geblieben ist. Neustadt ist zurzeit leichenmäßig stark unterrepräsentiert.«

»Machen Sie keine Witze«, meinte Boiselle erschrocken. »Dietmar und ich kümmern uns schließlich darum. Und Sie, wie ich sehe, auch. Sollten wir uns da nicht zusammentun?«

Was war das für eine Frage? Ich soll mit dem Möchtegerndetektiv Becker und einem Witzezeichner zusammenarbeiten? Unmöglich, das würde eine vernünftige Polizeiarbeit ad absurdum führen.

»Mal schauen«, antwortete ich unbestimmt und trank meine Cola leer. »Gibt es weitere Hiobsbotschaften?«

Boiselle winkte der Kellnerin. »Mehr weiß ich im Moment auch nicht. Dietmar wird sich heute Mittag mit Ihnen in Verbindung setzen. Sie fahren doch zurück zur Dienststelle?«

»Mal schauen«, wiederholte ich mich, um meinen Tagesablauf etwas unvorhersehbarer zu gestalten.

Während wir das Café verließen, hatte er eine schlechte Nachricht für mich.

»Ich habe die ersten Dubbegläser mit Ihrem Konterfei in Auftrag gegeben. Der lustige Spruch unter dem Bild wird Ihnen gefallen.«

Ich verzichtete darauf, konkret nachzufragen, und verabschiedete mich.

Auf der Rückfahrt musste ich aufpassen, nicht depressiv zu werden. Zu viel war in den letzten Tagen schiefgelaufen und lief im Moment immer noch schief. Hinzu kam, dass ich nach wie vor nicht die leiseste Ahnung hatte, wer hinter den Morden steckte. Die einzige Vermutung war, dass es sich um mehrere Täter handeln musste, was auf eine große Sache schließen ließ. Auch was die nähere Zukunft anging, hatte ich keinen Plan. Vielleicht wäre es tatsächlich besser, mich ein paar Tage daheim auszukurieren und KPD das Schlachtfeld zu überlassen.

KAPITEL 12
ARGE KLANG UND MORD

Jutta und Gerhard saßen am Besprechungstisch und drehten, bildlich gesehen, Däumchen.

»Oh, bin ich versehentlich im Ruheraum gelandet?«, fragte ich die beiden zur Begrüßung. Jürgen entdeckte ich nicht.

»Lästere du nur«, konterte Jutta. »Dir wird das Lachen bald vergehen.«

Ich setzte mich an Juttas Schreibtisch, um den beiden mit ihrer schlechten Laune nicht zu nahe zu kommen. Wer wusste schon, ob die trübe Stimmung ansteckend war. »Ihr werdet es nicht glauben, das Lachen ist mir längst vergangen. Und wenn ich es dennoch versuche, tut mir gleich mein ganzer Kopf weh.«

»Der wird dir gleich noch viel mehr wehtun.«

»Was ist das denn für eine Weltuntergangsstimmung? Man könnte fast meinen, KPD hätte ein allgemeines Kaffeeverbot in der Dienststelle erlassen. Gibt es ab sofort Pfälzer Wein zu den Keksen?«

»Wir sind beurlaubt«, murmelte Jutta vor sich hin.

Ich glaubte, nicht richtig zu hören. »Beurlaubt? Habe ich das richtig verstanden?«

Jutta und Gerhard nickten. »Nicht richtig beurlaubt, aber so was Ähnliches«, seufzte Gerhard und zeigte auf einen Stapel verstaubter Akten, der unsortiert auf Juttas Schreibtisch lag und meiner Meinung nach auf einen

Schredder wartete. Ich nahm die oberste Akte in die Hand und staunte über die Beschriftung. »Ist das Sütterlin? Will KPD ein Polizeimuseum eröffnen?«

»Nix Museum, wir müssen uns ab sofort um die offenen Altfälle kümmern.« Gerhard stand auf und riss mir die vergilbte Papiersammlung aus der Hand und öffnete sie. »Kneipenschlägerei 1928 in Friesenheim. Haupttäter unerkannt entkommen.«

»Ihr wollt mich veräppeln«, sagte ich und suchte grinsend in Juttas Regalen nach einer versteckten Kamera.

»Dir wird das Grinsen schnell vergehen«, wiederholte Jutta und klang dabei ungewohnt sarkastisch. »Das haben wir alles dir zu verdanken.«

Lag ich vielleicht auf der Intensivstation im Koma und träumte das alles? Realität war anders, zumindest bei uns im Polizeidienst. Auf der anderen Seite hatten wir KPD. Ich war mir nicht sicher, was ich von dem gerade Erlebten oder eventuell nicht Erlebten halten sollte.

»Na, haben Sie schon die ersten Fälle lösen können?« KPD stand im Türrahmen und fixierte meine beiden Kollegen am Besprechungstisch. »Damals war die kriminalistische Polizeiarbeit nur sehr gering ausgeprägt. Mit unseren heutigen hochmodernen Methoden sollten sie es schaffen, die Altfälle endlich zum Abschluss zu bring…« KPD brach ab, da er mich entdeckte.

Er schnaufte durch. Viermal, achtmal, zigmal. Seine Gesichtsfarbe wechselte ins Karminrote. Seine überlangen Nasenhaare flimmerten wie eine Überpopulation Glühwürmchen in der Dämmerung.

»Palzki!« Das ›Herr‹ ersparte er sich, dafür sprach er meinen Namen mit zehn ›i‹ aus. »Das war das letzte Mal, dass Sie mir auf der Nase herumtanzen! Ich lasse mir das nicht länger gefallen. Mit sofortiger Wirkung versetze ich Sie als Parkwächter an die Hessler Bruchwiese.«

Ich verstand immer noch nicht, was los war. Die Hessler Bruchwiese, ein Landschaftsschutzgebiet, das zwischen Schifferstadt und Speyer mitten im Wald lag und legal mit dem Auto nicht erreichbar war, kannte ich natürlich.

»Schauen Sie nicht so dämlich«, motzte KPD weiter. »Sie sind selbst schuld an Ihrer Situation. Warum haben Sie keinen Beruf erlernt, der Ihren Unfähigkeiten besser entspricht, Lehrer oder so etwas in der Richtung?«

Mist, dachte ich. Das Fax. Kein Wunder, dass mein Chef wenig amüsiert war. Angriff ist die beste Verteidigung, insbesondere dann, wenn man im Unrecht war.

»Tut mir leid, Herr Diefenbach, die Geschichte mit dem Fax in Ihrem Drucker war ein Irrtum. Das war wirklich nicht so gemeint.«

KPDs Stirn kräuselte sich wie ein Wattenmeer. »Was meinen Sie jetzt damit, Palzki? Lenken Sie nicht ab. Wenn Sie sich wenigstens um die Terroristen gekümmert hätten, so wie Sie es mir versprochen haben.«

KPD machte eine dümmliche, weit ausholende Geste. »Stattdessen fahren Sie nach Neustadt zur DLR. Denken Sie, ich kriege das nicht mit? Sie sind in Ihren Handlungen so was von vorhersehbar, Palzki. Ich hätte eigentlich gleich unterbinden müssen, dass Sie während der Arbeitszeit die Dienststelle verlassen. Immer wenn etwas schiefgeht, sind Sie vorn dabei, Palzki!«

KPD redete sich weiter in Rage, niemand hörte mehr zu. Lustlos blätterte ich in einer alten Akte: 1922: Hilfspolizist in einer Eckkneipe im Hemshof ermordet.

»Kann es sein, dass Sie etwas übertreiben?« Diese Frage von mir, in einer kurzen Verschnaufpause gestellt, hatte die Wirkung einer Bombe. KPDs Unterkiefer pendelte wie ein Metronom, ohne das zunächst ein Ton herauskam. »Wa…, was haben Sie da eben gesagt?«

»Dass Sie übertreiben.« Ich hatte nichts zu verlieren. »Wer behauptet denn, dass ich *in* der DLR war?«

KPD gewann wieder seine Fassung. »Alle«, polterte er und wurde konkreter. »Man hat mich angerufen und gesagt, dass Sie vor dem Eingang der DLR in Neustadt stehen. Mit Ihrem auffälligen Verband wurden Sie sofort erkannt. Oder wollen Sie etwa leugnen?«

Jemand hatte mich also verpetzt. Boiselle war es nicht, vermutlich war es eine der Personen, die während meines Zusammentreffens mit dem Cartoonisten das Gebäude betraten oder verlassen hatten.

»Nein«, sagte ich. »Ihre vielen Informanten haben vollkommen recht.« Ich war überzeugt, dass es nur ein Informant war.

»Sehen Sie«, folgerte KPD. »Und darum muss ich Sie und Ihre Kollegen aus dem Verkehr ziehen. Die Ermittlungen sind auf meine Order hin eingestellt worden. Noch heute Mittag spreche ich mit dem Staatsanwalt über dieses brisante Thema.«

Ich versuchte mich mit einem kleinen Lächeln. »Ihr Informant hat mich nur vor dem Gebäude gesehen, stimmt's?«

KPD fuchtelte erneut ungelenk mit seinen Armen. »Er konnte Sie ja nicht die ganze Zeit beschatten. Warum sollten Sie vor dem Eingang gestanden haben, wenn Sie nicht drin waren?«

Ich reichte Jutta die Akte. »Lies dir mal das Protokoll durch, da stimmt offensichtlich etwas nicht.« Im Lösen von Ratekrimis war ich schon immer gut. Jetzt wandte ich mich wieder an KPD. »Ich war nicht drinnen. Im Übrigen habe ich nicht wegen der Morde recherchiert, sondern wegen der Terroristen, die Ihnen das böse, böse Fax geschickt haben.«

Mein Vorgesetzter antwortete etwas verwirrt. »Sie haben nicht? Sie haben was?«

Ich schüttelte besonders ausladend meinen Kopf, was mittelmäßig schmerzhaft war. »Nein. Oder können Sie ausschließen, dass jemand von der DLR das Fax geschickt hat?«

Mit dieser Frage war KPD eine knappe Minute mit sich selbst beschäftigt. Dann hakte er nach: »Haben Sie konkrete Anhaltspunkte?«

»Na klar«, log ich. »Ich muss aber meinen Informanten schützen. So wie Sie auch.«

»Egal«, meinte er schließlich. »Sie und Ihre Kollegen bearbeiten jetzt Altfälle. In der nächsten Woche sehen wir weiter.« Er drehte sich um und ging.

Gerhard warf ihm, allerdings bewusst zu spät, eine der Akten nach, was eine Staubwolke auslöste.

»Na, prima«, stöhnte Jutta. »Jetzt wird KPD alle halbe Stunde kommen und uns kontrollieren. Reiner, du bist unser Held.«

Ich stand auf. »Helden dürfen auch mal krank sein. Ich gehe zum Arzt und lass mich krankschreiben. Soll unser Chef den Mörder fangen, ich habe genug von dem Kasperletheater.«

»Und uns lässt du zurück?«, rief Jutta erbost. Im gleichen Moment schrillte das Telefon. Sie ging dran. »Ja, der ist hier«, sagte sie in abfälligem Ton. »Reiner, für dich. Vielleicht ist es dein Arzt und deine Hirnprothese ist fertig.«

Ich schnappte mir den Hörer. »Ja? Hier ist Reiner Palzki.«

Die männliche Stimme klang sehr rau. »Hallo, Müller-Thurgau ist mein Name. Kann ich Sie sprechen?«

»Das tun Sie doch gerade«, antwortete ich dem Unbekannten mit dem seltsamen Doppelnamen.

»Nicht am Telefon, ich habe vertrauliche Informationen.«

»Dann kommen Sie halt zu uns in die Dienststelle. Wir beißen nur bei Vollmond.«

Die Stimme wurde rauer. »Ich möchte lieber inkognito bleiben. Können Sie in einer Stunde in Großfischlingen sein? Ich bin Mitarbeiter der DLR.«

Längst hatte ich mir einen Kugelschreiber geschnappt und die Stichworte Müller-Thurgau, Großfischlingen und DLR auf Juttas jungfräuliche Schreibunterlage geschrieben.

»Großfischlingen? Nie gehört. Können Sie zur Hessler Bruchwiese kommen, da muss ich nachher sowieso beruflich hin.«

»Das geht nicht, Herr Palzki. Ich kann nicht weg. Ich weiß, wer für die Verbrechen verantwortlich ist.«

Das war mal eine Ansage. Wahrheit oder Lüge? Am Telefon würde ich das schwerlich klären können. Bei KPD war ich sowieso abgeschrieben, warum sollte ich nicht einen letzten kleinen Versuch wagen. Besser, als zum Arzt zu gehen, war es allemal.

»War das in Bad Dürkheim Ihr Kollege, der erschossen wurde?«

Ich vernahm am anderen Ende der Leitung ein dezentes Schnauben. »Haben Sie den Koffer?«

Mit dieser Frage bewies er eindeutig, dass er über Insiderwissen verfügte. »Wo liegt dieses Großfischlingen?«

»Das ist leicht zu finden, nordöstlich von Landau. Wir treffen uns in einer Stunde bei Gutting Pfalznudel, okay?«

Schneller, als ich reagieren konnte, hatte er aufgelegt. Mit einem Seufzer schrieb ich ›Pfalznudel‹ auf die Unterlage.

»Müller-Thurgau«, murmelte ich. »Komischer Name, aber irgendwo habe ich ihn schon mal gehört.«

Jutta und Gerhard lachten. Hatten sie ihr Tief überwunden?

»Du bist der Knaller, Reiner«, meinte Jutta. »Deine Bildungsbreite scheint sich in äußerst engen Grenzen zu halten.«

»Na und? Alles, was man nicht im täglichen Leben braucht, kann man nachlesen. Wer ist jetzt dieser Kerl?«

»Das ist kein Kerl.«

»So hat er aber geklungen.«

»Er hat dich angelogen. Müller-Thurgau ist eine Rebsorte, aber nicht der Name einer Person. Jedenfalls nicht, dass ich wüsste.«

»Ein Deckname? Das könnte passen. Wo ist eigentlich Jürgen? Er muss für mich was nachschlagen.«

Jetzt brüllte Gerhard vor Lachen. »Was hast du eben gesagt? Alles, was man nicht im täglichen Leben braucht, kann man nachschlagen. Bitte, bediene dich an Juttas Computer. Pass aber mit der Fax- und Druckfunktion auf.«

»Jetzt mach keinen Mist. Ich muss nach Großfischlingen zu einer Gutting Pfalznudel. Kennt das jemand von euch?«

»An meinem letzten Geburtstag hast du von deren Produkten gegessen«, sagte Jutta und holte zu einer Erklärung aus. »Gutting Pfalznudel ist der Name einer Nudelfabrik. Die produzieren Nudeln in allen möglichen Formen. An meinem Geburtstag gab's welche in Pistolenform. Ich glaube, dort gibt es über 150 verschiedene Formen.«

»Und warum soll ich dorthin?« Es war in den letzten Tagen nicht das erste Mal, dass ich leicht verwirrt wirkte.

»Das wissen wir doch nicht«, motzte Gerhard. »Du hast mit diesem komischen Weintypen telefoniert.«

»Er hat Informationen zu den Kapitalverbrechen und wusste, dass der Tote im Kurpark einen Koffer dabeihatte.«

»Du willst nach Großfischlingen fahren? Wenn das KPD mitkriegt, kannst du deinen Hut nehmen.«

»Erstens bin ich noch nicht alt genug für einen Hut, zweitens hat mich unser Chef höchstpersönlich an die Hessler Bruchwiese versetzt. Ich glaube kaum, dass er dort hinfährt, um meine Anwesenheit zu kontrollieren. Ach ja: Drittens ist es mir so was von egal, was KPD von mir hält. Spätestens wenn ich bewiesen habe, dass KPD direkt oder indirekt mit den Todesfällen zu tun hat, wird sich das Blatt zu meinen Gunsten drehen. Lasst mich nur machen, habe ich euch schon je einmal enttäuscht?«

Dazu fiel ihnen nichts mehr ein.

»Wenn ihr wollt, könnt ihr die Altakten in mein Büro legen. Ich werde die demnächst abarbeiten, wenn ich Langeweile habe. Das ist für mich entspannend wie das Lösen von diesen Ratekrimis, die manchmal in der Zeitung stehen. Wenn es zu viele sind, gebe ich das Zeug an Becker weiter, der kann sie nach und nach in seinen komischen Büchern veröffentlichen. Vielleicht helfen ihm seine Leser bei der Lösung.«

Lachend verließ ich meine Kollegen. Blöd war, dass die Tür zu KPDs Büro offen stand. Ich musste daran vorbei, um zum Treppenhaus zu gelangen. Meinem grenzenlosen Ideenreichtum hatte ich es zu verdanken, blitzschnell eine brauchbare Lösung für dieses Problem entwickeln zu können. Zwecks Umsetzung des Plans ging ich in den

Sozialraum am Ende des Flurs. Da stand sie: Die große weiße Tafel auf Rollen. In einem weiteren Anfall intuitiver Eingebung schnappte ich mir den extradicken Ölstift und schrieb über die volle Breite ›Deine Zeit wird kommen, schon sehr bald‹ darauf. Als Rechtshänder achtete ich darauf, die linke Hand zu benutzen und sie während des Schreibens zusätzlich wie ein Alkoholkranker zittern zu lassen. Mein Werk konnte durchaus als gelungen bezeichnet werden. Mit mir zufrieden, schob ich die Tafel in den Flur. Die Rettungsaktion selbst dauerte höchstens einen Wimpernschlag. Blitzschnell schob ich die Tafel vor KPDs Tür und rannte dahinter vorbei zum Treppenhaus. Als ich KPDs verwunderte Rufe durchs Gebäude schallen hörte, war ich bereits einen Stock tiefer.

Doch jede Glückssträhne hatte mal ein Ende. Meine war auf dem Parkplatz hinter der Dienststelle beendet. Dietmar Becker kam in dem Moment dazu, als ich in meinen Wagen einsteigen wollte.

»Hallo, Herr Palzki«, begann er. »Wo wollen Sie hin? Diefenbach hat Ihnen doch Innendienst aufgebrummt.«

Natürlich war er längst von KPD aufgeklärt.

»Ich muss nur schnell den Wagen tanken, dann komme ich gleich wieder zurück, versprochen, Herr Meisterdetektiv.«

Becker sah mich an, als wollte er mir meine erlogene Geschichte nicht so recht glauben. Also gut, ich musste von der Lüge zur Halbwahrheit wechseln.

»KPD hat mich als Parkwächter an die Hessler Bruchwiese strafversetzt. So, jetzt kennen Sie die ganze Wahrheit.«

Becker kriegte sich vor Lachen nicht ein. »Das ist köstlich. Auf das muss man erst mal kommen. Sie wollen nicht allen Ernstes den Weisungen Diefenbachs folgen?«

Ich blickte ihn möglichst böse an. »Ich bin Beamter, Herr Becker, kein Student, der ein Lotterleben führt und in den Tag hinein lebt. Ein Beamter hat zu tun, was der Dienstherr befiehlt. Das ist nicht nur bei der Bundeswehr so. Schließlich möchte ich nicht meine Pension verlieren, ich habe eine große Familie zu ernähren.«

Anscheinend überzeugten ihn meine Argumente. Hoffentlich würde er jetzt ins Gebäude gehen, damit ich endlich losfahren konnte.

»Wissen Sie was?«, überrumpelte mich Becker mit einer Frage. »Bis Feierabend ist nicht mehr so lange. Ich fahre mit Ihnen, dann können wir uns in aller Ruhe über die aktuellen Ermittlungen unterhalten. Vorhin habe ich mich telefonisch mit Steffen ausgetauscht.«

Ohne eine Antwort abzuwarten, stieg er ein. Jetzt hatte ich diesen Studenten ein weiteres Mal an der Backe. Wenn er auch nur ein Gedicht von sich gab, würde in Heidelberg ein Studienplatz frei werden.

Ich klärte ihn über das Telefongespräch auf. Becker hörte neugierig zu.

»Wissen Sie, wie man nach Großfischlingen kommt?«

Das war eine berechtigte Frage. Nordöstlich von Landau, mehr wusste ich nicht. Durch meinen plötzlichen Aufbruch hatte ich versäumt, eine manuelle Wegbeschreibung zu erstellen.

Die B 272 war kurz hinter Schwegenheim gesperrt. Becker lotste mich mit seinem Streichelhandy durch die Dörfer abseits der Bundesstraße.

Wir tangierten Freimersheim, das augenscheinlich ebenfalls gesperrt war. Grund war allerdings keine Baustelle, sondern eine Demonstration. Das komplette Dorf war auf den Beinen und selbst die vorbeiführende Landstraße, die wir nutzten, war teilweise blockiert. Ein paar Demonstranten hielten sämtliche Autofahrer an.

»Freiheit für die Freimersheimer Kerwe«, schrie uns ein angetrunkener Halbstarker entgegen, der sich breitbeinig vor meinem Wagen postierte, was aus meinem Blickwinkel aussah, als würde er sich auf der Stoßstange erleichtern wollen. Ein kleiner Druck auf das Gaspedal und sein Geist wäre zumindest frei von seinem Körper. Um die vorderpfälzische Unfallstatistik nicht unnötig aufzublähen, blieb ich relativ ruhig und ließ das Fahrerfenster herunter.

»Was ist los, junger Mann? Bekommst du nichts mehr zu trinken?«

Er sah mich erstaunt an. Auf einen Dialog war er weder eingestellt noch ernsthaft dazu in der Lage. »Freiheit für unsere Kerb«, nuschelte er mit schwer beherrschbarer Zunge. Ein älterer Mann kam hinzu und zog den Kerl zur Seite. »Kevin, geh besser nach Hause, du hast dir in die Hose gepinkelt.« Der Angesprochene wehrte sich, hatte gegen den rüstigen und nüchternen Senior aber keinerlei Chance.

Bei der Namensnennung ›Kevin‹ musste ich schmunzeln. Irgendein Schulrektor hatte einmal in einem Zeitungsinterview gesagt, Kevin sei kein Name, sondern eine Diagnose.

»Entschuldigen Sie bitte«, sagte der Senior und schaute interessiert meinen Turban an, »unsere Dorfjugend ist etwas hypersensibilisiert. Das macht sich besonders beim Alkoholverbrauch bemerkbar.«

Ich nickte wohlwollend, da ich endlich weiterfahren wollte. Der Mann reichte mir ein Flugblatt zum Fenster rein. »Seit fast 500 Jahren findet Anfang Juni unsere Kerwe statt. Wegen irgend so einer trottligen EU-Verordnung müssen wir für das nächste Jahr die Organisation der Kerwe europaweit ausschreiben. Stellen Sie sich das mal vor! Bisher haben wir unsere Kerwe immer alleine auf die Beine gestellt. Und nun sollen das irgendwelche Ausländer machen, die vielleicht ihren eigenen Wein mitbringen. Bis Sonntagabend bleibt unser Freimersheim gesperrt. Im Moment sind zwei Delegationen aus unserem Dorf nach Straßburg und Brüssel gereist. So genau haben wir das nicht herausfinden können, an wen man sich da wenden muss.«

Mein Beifahrer, der sich in den Dingen auskannte, wollte sich einmischen. Ein mörderischer Blick von mir und er verstummte vor der ersten Silbe.

»Wir wünschen Ihnen viel Glück mit Ihren Protesten. Dürfen wir jetzt weiterfahren?«

Entschuldigend trat der Senior zur Seite.

Ich fuhr weiter. Die Reststrecke nach Großfischlingen war überschaubar. Das Unternehmen Gutting Pfalznudel lag kurz nach dem Ortsanfang auf der linken Seite. Zuerst kam ein Hof mit einem Restaurant, das in das mächtige Firmengebäude im Hintergrund integriert war. Zur Straße hin stand ein Wohnhaus, aus dem ursprünglich alles hervorgegangen war. Auf der anderen Seite des Hauses befand sich ebenfalls ein Hof, in dem sich der Zugang zu einem Nudelladen befand. Gegenüber mündete eine Stichstraße, die über Parkmöglichkeiten verfügte.

Ohne zu überlegen, nahm ich mit Becker den Weg zum Nudelladen. Ich ging davon aus, dass der Anrufer mich erkennen würde. Ob er erfreut über meine Begleitung war?

Nach dieser Erkenntnis blieb ich ruckartig stehen. »Herr Becker, es dürfte vorteilhaft sein, wenn es nicht offensichtlich ist, dass wir zusammen hier sind. Der DLR-

Mitarbeiter erwartet nur mich. Wenn er bemerkt, dass ich nicht alleine gekommen bin, haut er ab.«

Der Student verstand ausnahmsweise. Allerdings wartete er nicht ab, bis ich im Laden verschwunden war, um dann nachzukommen. Nein, er ging forsch als Erstes hinein. Wütend lief ich ein paar Minuten die Straße auf und ab, bevor ich Becker in den Nudelladen folgte.

Das Geschäft war nicht viel größer als eine Doppelgarage und trotz seiner liebevollen Einrichtung vollgestopft mit Teigwaren aller Art. Es war interessant, in welche verschiedenen Formen man Nudeln pressen konnte. Meinem Erstaunen konnte ich jedoch nur für wenige Momente frönen, da eine Frau aus dem Nichts auftauchte. In der gleichen Sekunde registrierte ich, dass ich bis zu ihrem Auftauchen allein im Laden war.

»Guten Tag, kann ich Ihnen helfen? Mein Name ist Gerlinde Thelen. Zusammen mit meiner Tochter führe ich das Unternehmen.« Sie stockte einen Moment. »Was ist denn mit Ihnen passiert?«, fragte sie mit Blick auf meinen Kopf.

»Äh ja, also«, meine übliche Spontanität ließ mich stotternd im Stich, »ich wollte, äh, ich will, warum ist hier so wenig los?«

Die Dame lachte. »Vermutlich wollen Sie gar keine Nudeln kaufen. Die Veranstaltung findet auf der anderen Seite im Hof vor unserem Restaurant statt.«

Fast wäre mir ein ›welche Veranstaltung?‹ herausgerutscht. Diese Frage würde ich mir selbst beantworten. »Ja, natürlich«, sagte ich und verließ den Laden. Vor der gleichen Situation musste Becker vor ein paar Minuten gestanden haben. Ich war mehr als gespannt darauf festzustellen, um welche Art von Veranstaltung es sich handeln würde. Ein Wett-Nudelessen? Oder wurde heute die Großfischlinger Ulknudel gekrönt?

In dem Hof vor dem Restaurant befanden sich fünf oder sechs große Tische, die fast komplett mit Personen besetzt waren. Auf den ersten Blick sah ich, dass es sich um eine sehr inhomogene Gesellschaft handelte. An den Tischen saßen Familien mit älteren Kindern, Paare, Einzelpersonen sowie eine fünfköpfige Seniorengruppe.

Becker saß etwa am mittlersten Tisch zusammen mit vier Erwachsenen und einem Kleinkind, das im Kinderwagen lag.

Ich stellte mich an den einzigen freien Platz. »Ist hier noch frei?«

Becker nickte, ebenso wie die anderen Erwachsenen.

»Ihr Kopfverband sieht ziemlich spektakulär aus, ich hoffe, es ist nichts Ernstes. Freuen Sie sich auch auf die Lesung?«, fragte mich Becker.

»Wel…«, mir blieb meine Frage im Hals stecken. Nach ein paar Schrecksekunden nickte ich, während mir der Student hämisch grinsend einen Flyer gab, der auf dem Tisch gelegen hatte.

›Autorenlesung mit Percussion und Führung durch die Nudelproduktion‹, stand groß in der Überschrift. ›Der vorderpfälzer Krimiautor Harald Schneider und der Percussionist Pit Vogel vertonen hörspielartig Schneiders aktuellen Regionalkrimi. Im Eintrittspreis enthalten sind ein Nudelgericht in der Pause sowie nach der Lesung eine Führung durch die Produktionsanlage.‹

Während mich die Bedienung fragte, was ich trinken möchte, kämpfte ich mit Bauchkrämpfen. Eine Krimilesung, ausgerechnet. Solchen Veranstaltungen bin ich bisher stets erfolgreich aus dem Weg gegangen. Und jetzt so etwas. Hatte das der Anrufer absichtlich gemacht? Wo war er überhaupt? Unauffällig, aber erfolglos sah ich mich an den anderen Tischen um.

»Kennen Sie den Autor?«, fragte mich Becker und tat weiter so, als wären wir Fremde.

Den Namen hatte ich schon irgendwo einmal gehört. Da die regionale und auch die überregionale Krimiszene keiner meiner Interessenschwerpunkte darstellte, antwortete ich: »Schneiders Krimis sollen viel besser sein als die von Dietmar Becker, der ebenfalls in der Kurpfalz sein Unwesen treibt. Konkurrenz belebt das Geschäft.«

Becker wäre am liebsten herausgeplatzt und hätte sich allen anwesenden Personen als Krimiautor Becker offenbart, doch rechtzeitig dachte er daran, ausnahmsweise inkognito zu bleiben.

Ein Unbekannter, der mit uns am Tisch saß, mischte sich in unsere Diskussion ein. »Ich finde sowohl die Krimis von Becker als auch von Schneider ganz gut, sie sind sich sehr ähnlich. Bisher habe ich aber noch keinen der beiden live erlebt.«

Ich fixierte den Studenten, damit er nicht etwas Verkehrtes sagte. Der Mann sprach weiter. »Dieser Schneider hat im letzten Jahr etwas Pech gehabt. Ein Rheinpfalz-Journalist hat seinen letzten Krimi verrissen, weil angeblich so gut wie alle Hauptfiguren unsäglich seien.«

Das gilt auch für Beckers Figuren, dachte ich sarkastisch.

»Dabei hat sich der Journalist selbst ein Ei gelegt«, sprach der Unbekannte weiter. »Er kritisierte die Rechtschreibung, weil im ganzen Buch konsequent ›Rote Bete‹ mit einfachem ›e‹ geschrieben wurde, statt seiner Meinung nach mit ›ee‹.« Er lachte. »Das gab ein paar böse Leserbriefe, weil sich der Journalist geirrt hat und ›Rote Bete‹ tatsächlich nur mit einem ›e‹ geschrieben wird.«

»Man soll nicht alles glauben, was in der Zeitung steht«, ergänzte Becker. »Ich bin von solchen Verrissen bisher zum Glück verschont geblieben.«

Na toll, dachte ich. Damit hatte er sich durch das Hintertürchen als Krimiautor ins Spiel gebracht.

»Ach, Sie schreiben auch?«, fragte der Mann prompt und ergänzte: »Ich selbst versuche mich hin und wieder mit Lyrik. Aber nichts Weltbewegendes, wenn ich mal Zeit habe, werde ich einen eigenen Gedichtband veröffentlichen.«

Hoffentlich beginnen die beiden nicht, sich gegenseitig mit Reimen zu duellieren.

Ein Applaus kam auf und der Autor wurde begrüßt. Harald Schneider erschien mir gut genährt, anscheinend verkauften sich seine Bücher wie warme Semmeln. Sein Partner Pit Vogel, der hinter einem Aufbau mit unbeschreiblichen Gerätschaften Platz nahm, war eher der Typ Althippie. Mit seinem T-Shirt nebst Spruch ›Es gibt nur zwei Arten von Musik: Heavy Metal & Scheißdreck‹ machte er sich mir nicht gerade sympathisch. Nun ja, ich musste schließlich keine sozialen Kontakte mit ihm pflegen.

»Einen schönen guten Tag«, begann eine Dame, die sich zu dem Duo gesellte. »Mein Name ist Corinna Schreieck von Gutting Pfalznudel. Es freut mich, dass Sie so zahlreich zu unserer Krimiveranstaltung erschienen sind. Die Lesung dauert circa zweimal 45 Minuten. In der Pause servieren wir Ihnen ein mörderisches Nudelgericht.«

Ein Blick auf die Uhr verriet mir, dass fast Feierabend sein würde, wenn dieses überlange Gedöns fertig war.

Noch ein Grund mehr, Autorenlesungen zu meiden. Mit Pause würde das zwei Stunden dauern, da könnte ich mir genauso gut zu Hause auf der Couch einen spannenden Spielfilm reinziehen.

»Und anschließend gibt es eine Spezialführung durch unsere Produktion«, sprach die Nudelchefin weiter.

Im Geiste addierte ich eine weitere Stunde.

Der Percussionist begann, ein leidlich zu einem Drittel abgeschnittenes altes Ölfass mit nach innen gewölbtem Deckel mit Stöcken zu bearbeiten. Das klang zwar harmonisch, interessierte mich aber ebenso wenig wie die kruden Geschichten, die der Autor aus seinem Buch vortrug. Während des Vortrages fiel immer wieder der Musiker ein und untermalte das fiktive Geschehen mit den passenden Geräuschen. An einer Stelle musste ich versehentlich lachen, weil der Protagonist in Schneiders Krimi eine ebenso redeextreme Nachbarin hatte wie Frau Ackermann. Zufälle gibt's, wirklich unglaublich. Pit Vogel schnatterte mit einer Quietschfigur, während der Autor eine Nachbarin-Passage in Turbogeschwindigkeit las. Bisweilen übernahm der Percussionist auch Dialogrollen. So sprach er den Kripo-Chef des Protagonisten und einen als Nebenfigur auftretenden Notarzt, der verdammt viel Ähnlichkeit mit Dr. Metzger hatte. Überhaupt, die Erzählungen erinnerten mich stark an die des Studenten. Schrieb hier der eine von dem anderen ab oder war es die Fantasielosigkeit kurpfälzischer Krimiautoren, die automatisch immer dasselbe schrieben, ohne dass sie und die Leser es bemerkten?

»Pause«, schrie auf einmal der Percussionist. Verwundert blickte ich zur Uhr: Tatsächlich, 45 Minuten. Die Zeit war wie im Fluge vergangen. War das immer so, wenn man sich langweilte?

Becker und ich saßen plötzlich nur noch zu zweit da. Unsere Tischnachbarn waren zum Büchertisch geeilt, um sich mit den haarsträubenden Geschichten einzudecken, die der Autor vorgelesen hatte. Vermutlich würden sie die gekauften Bücher sogar signieren lassen. Nein, diese Welt war nicht meine.

»Haben Sie bereits einen Verdacht?«, fragte ich den Studenten.

»Ich glaube, der Dürkheimer Kripochef ist der Mörder«, antwortete Becker. »Ganz sicher bin ich mir aber nicht. Wenn ich es nach der zweiten Halbzeit nicht weiß, werde ich mir das Buch kaufen und signieren lassen. Wer weiß, vielleicht finde ich darin ein paar Anregungen für meine eigenen Krimis?«

Ich griff mir mit einer großen Geste an den Kopf. »Ich meine doch nicht diese Schundliteratur. Haben Sie einen Verdacht, wer der Typ vom DLR sein könnte?«

»Ach so«, entschuldigte sich Becker. »Das habe ich ganz vergessen, weil ich so vertieft ins Zuhören war.«

Ich verzichtete darauf, mir frustriert ein zweites Mal an den Kopf zu greifen.

»Was halten Sie von dem schmächtigen Kerlchen mit den roten Haaren am Nachbartisch?«

Becker grübelte. »Die männliche Politesse? Ich weiß nicht so recht, der sieht eher harmlos aus.«

»Sie denken viel zu sehr in Klischees, Herr Becker. Nicht alles, was rothaarig ist, ist gleich eine Politesse. Es gibt da genügend Gegenbeispiele. Das wäre genauso, als wenn Sie Pädagogen und Lehrer gleichsetzen wollten.«

Der Student gab keine Antwort, da er sich auffällig unauffällig umsah. »Da, der Typ am Büchertisch mit der unmodernen Latzhose. Der schaut so oberflächlich in die

Bücher rein, als würde es ihn überhaupt nicht interessieren. Und ständig blickt er sich um, als würde er unter Verfolgungsangst leiden.«

Becker konnte recht haben, den Kerl hatte ich ebenfalls längst in meinem Fokus. Er benahm sich wie ein Warenhausdetektiv, der möglichst diskret die Kundschaft abscannte. Seine verspiegelte Sonnenbrille ließ keinen Augenkontakt zu.

»Sobald der Zirkus vorbei ist, spreche ich ihn an.«

Zuerst wurde der versprochene Nudelteller serviert. Er war schön bunt und mit vielen verschiedenen Nudelformen zubereitet. Eine Tomatensauce gab den in der Überzahl vorhandenen Pistolennudeln das gewisse Extra. Dazu gab es für jeden Gast ein Gläschen Wein aus einem hiesigen Weingut. Zuerst wollte ich aus Sodbrennen-Gründen verzichten, dann probierte ich trotzdem. Er schmeckte tadellos. Vielleicht sollte ich meine generelle Abwehrhaltung dem Wein gegenüber überdenken.

Mit einem Besuch bei der Currysau konnte das Gericht natürlich nicht mithalten, dennoch war es sehr schmackhaft. Wenn ich bei Stefanie mal wieder etwas gutzumachen hatte, würde ich mit ihr zur Versöhnung hierherfahren.

Die zweite Halbzeit der Vorführung begann. Die Dialoge der beiden vermehrten sich, und immer häufiger unterbrachen sie die Lesung, um sich gegenseitig zu ärgern. Es klang so authentisch, dass ich eine Zeit lang nicht wusste, ob der Dauerzwist echt oder gespielt war, was auch daran lag, dass Vogel und Schneider völlig unterschiedliche Menschentypen waren.

Irgendwann war auch diese schwierige Etappe in meinem Leben überstanden. Nach dem Schlussapplaus, an dem sich Becker beteiligte, trat Frau Schreieck zu den beiden.

»Ich hoffe, es hat Ihnen gefallen, meine Damen und Herren. Bevor wir zur Führung schreiten, beantworten Herr Vogel und Herr Schneider gerne Ihre Fragen.«

Ich grinste tief in mich hinein, als sich niemand regte. Welche Fragen sollten noch offen sein? Vielleicht sollte ich mich melden und die ketzerische Frage stellen, warum es keine gesetzlichen Toleranzgrenzen bei Kulturaufführungen gab. Quasi eine Vorinstanz, die gute Kultur objektiv bewertete und schlechte von vornherein aussiebte. Damit dürfte sich dann das Thema Regionalkrimi von selbst erledigt haben.

Eine Besucherin traute sich, eine Frage zu stellen. »Herr Schneider, Ihre Krimis sinn immer des selwe. Zuerscht wird ihrn Kommissar Zeuge, wie ähner umgebrocht werd. Dann muss er mit seine Kolleche ermittle und wird laufend vun seim Schef gsteert. Däheem hot er Probleme mit seiner Fraa unn de Kinner. Dann laaft dem Kommissar immer so ähn komische Student iwwer die Fieß und a ähn Notarzt. Unn am Schluss hilft dem Kommissar immer ähn Freund vun ihm, de Fall zu löse.«

Dem Krimiautor fehlten die Worte, was vermutlich nicht am Dialekt der Fragestellerin lag. Ich überlegte: Das, was die Frau eben gesagt hatte, traf genauso auf Beckers Krimis zu. Gab es überhaupt anders gestrickte Krimis?

Schneider räusperte sich. »Äh, ja, vielen Dank für Ihre Frage. In der Tat, wenn man die Krimis auf die zwei, drei Sätze Ihrer Kritik reduzieren würde, hätten Sie recht. Aber ist es nicht bei jeder Buchreihe so, dass es bestimmte wiederkehrende Elemente gibt? In einer Reihe will der Leser schließlich seine liebgewonnenen Figuren wiederfinden und lesen, wie sie sich weiterentwickeln und was ihnen dieses Mal zustößt. Außerdem lebt ein Krimi von seiner

Atmosphäre, und zumindest bei meinen gibt es immer ein interessantes Hauptthema. Da können Sie sogar noch etwas dabei lernen.«

Fast wäre ich vor Lachen herausgeplatzt. Das Einzige, was man aus Schneiders und Beckers Krimis lernen konnte, war, dass man seine Lebenszeit mit schöneren Dingen vergeuden konnte.

Frau Schreieck meldete sich noch einmal. »Selbstverständlich signiert Ihnen Herr Schneider seine Bücher und Herr Vogel seine Krimi-CDs.«

»Scheiße«, unterbrach sie der Percussionist, »ich habe die CDs schon wieder zu Hause vergessen.«

KAPITEL 13
FREMDKÖRPER IN DER TROCKENANLAGE

Nach einem weiteren Schlussapplaus flüsterte mir Becker zu: »Ich werde mir nachher den neuen Krimi von Schneider kaufen. Ich habe den Verdacht, dass er bei mir abgeschrieben hat. Das wäre skandalös!«

»Wissen Sie was, Herr Becker?«, ärgerte ich ihn ein bisschen. »Ich werde mir weder Krimis von Schneider noch von Ihnen kaufen, die sind mir alle viel zu unrealistisch. Lieber schaue ich mir zu Hause einen James Bond an.«

Die Antwort des Studenten blieb aus, da die Führung begann. Frau Schreieck forderte alle Gäste auf, ihr zu folgen.

In förmlichem Befehlston sagte ich zu Becker: »Behalten Sie Ihren Politesser im Auge, ich kümmere mich um den Latzi.«

Dies stellte sich allerdings als schwierig heraus. Zunächst ging es durch das Restaurant und enge Flure in ein Treppenhaus.

»Die Produktion befindet sich im ersten Obergeschoss«, erläuterte unsere Führerin.

Wir kamen in eine kleine Vorhalle, in der historische Maschinen standen. Eine davon hatte Ähnlichkeit mit einer Drehbank. In einem Regal lagen diverse abgepackte Sorten Nudeln, die ich bereits kurz im Nudelladen begutachten konnte. Frau Schreieck gab einen Überblick über die Historie und Entwicklung des Unternehmens. Sie produzierten nicht nur Nudeln für den freien Markt, sondern auch im Auftrag von Unternehmen. Sie ließ diverse Unternehmenslogos in Nudelform durch die Reihen gehen. Dann zeigte sie in der Produktionshalle auf eine große Maschine, die mit Laufbändern gespickt war. »Das ist unsere Verpackungsmaschine. Die Funktionsweise erkläre ich Ihnen später. Lassen Sie uns zunächst zur Eieraufschlagmaschine gehen.« Sie zeigte auf einen engen Durchgang.

In dem kleinen Raum hatten nicht alle Gäste Platz, sodass manche im Türrahmen oder gar vor der Tür stehen mussten. Der Latzhosenträger war nicht in meinem Blickfeld. Sobald ich Gelegenheit hatte, würde ich ihn ansprechen.

Die Eieraufschlagmaschine sah irgendwie komisch aus. Frau Schreieck zeigte symbolisch, wie sie funktionierte.

»Nur noch selten werden bei uns Eier für Nudeln verwendet«, erklärte sie. »Die Nachfrage nach eierfreien Nudeln ist in den letzten Jahren sehr stark gestiegen. In anderen Ländern sind Nudeln ohne Ei schon immer Tradition.« Sie deutete auf eine Ablage oberhalb der Maschine. »Hier werden zunächst die Paletten mit den Eiern gestapelt. Ich schalte jetzt die Maschine ein und zeige Ihnen, wie sie bedient wird.«

Sie drückte auf einen Knopf. Ein schmales Endlosband, auf denen unzählige metallene Eierbecher montiert waren, setzte sich in Bewegung.

»Mit jedem Handgriff schnappe ich nach einem genauen Plan vier Eier und setze sie in die Becher.«

Rasend schnell tat sie so, als würde sie von der Ablage Eier aufnehmen und in das Band einsetzen, das sich ebenfalls sehr schnell bewegte. Als typische Handbewegung für Robert Lemkes *Was bin ich* wäre das ein Idealfall, auf den niemand kommen würde.

Eine Sekunde, nachdem die fiktiven Eier in den Eierbechern lagen, wurden sie durch die Maschine aufgeschlagen und ausgeblasen.

»Für den Hausgebrauch ist die Maschine etwas überdimensioniert«, erklärte Frau Schreieck. »Eine geübte Person kann 7.000 Eier in der Stunde aufschlagen.«

Sie drehte sich um und zeigte auf tellergroße und mehrere Zentimeter dicke Metallscheiben, die in einem Regal standen. »Das sind unsere Matrizen.« Frau Schreieck hielt eine Scheibe senkrecht, sodass wir in der Mitte das ausgestanzte Motiv einer Weinrebe erkennen konnten.

»Das sind die formgebenden Teile, die in die Nudelpresse eingelegt werden. Durch diese wird der Teig durchgepresst und in Form gebracht. Ein Messer schneidet dann die Nudeln automatisch ab. Jede Matrize wiegt 16 Kilogramm.«

Nachdem ein Teil der Besucher die Scheiben bestaunt hatte, führte uns unsere Führerin in den nächsten Raum. Die Freiflächen, die nicht von Maschinen und irgendwelchen Dingen belegt wurden, waren nicht gerade üppig. Immer noch hatte ich keinen Sichtkontakt zu Latzi. Auch Becker und der Rothaarige waren scheinbar verschwunden. Es war unmöglich, den Überblick zu behalten. Andere Gedanken kamen mir auf: Was, wenn der Anrufer gar nicht hier war? Hatte er es sich in der Zwischenzeit anders überlegt? Warum sonst hatte er mich bisher nicht angesprochen? Oder war das eine Falle? Manipulierte er in der Zwischenzeit meinen Wagen?

Inzwischen waren wir vor einem Metallkasten angekommen, der es durchaus mit einem Güterwaggon aufnehmen konnte und dem nicht unähnlich war. Die Nudelchefin zeigte allerdings zur anderen Seite auf weitere ungewöhnliche Maschinen. Da mein Interesse an der Führung sowieso nicht allzu groß war, schaute ich mich vermehrt um und wechselte des Öfteren meine Position. Wo waren nur Becker und die beiden anderen? Meine Suchaktion war schließlich ein Teilerfolg. Hinter einer bulligen Dame in hautengen Leggings mit Tigermotiv stand der rothaarige Politessenanwärter.

»Das ist unsere Nudelpresse«, referierte Frau Schreieck weiter. »Je nach Motivwunsch wird die passende Matrize eingeschoben. Der fertige Teig wird mit hohem Druck durch diese hindurchgejagt und mit einem rotierenden Messer in der gewünschten Länge abgeschnitten.«

Sie zeigte auf eine Nachbarmaschine, die mit einem Laufband verbunden war. »Die an und für sich schon fertigen Nudeln wandern anschließend in diesen Vortrockner. Im Vortrockner verlieren die Nudeln zunächst drei Prozent Feuchtigkeit. Danach folgt die Endtrocknung.«

Sie ging ein paar Meter nach vorn, und wir folgten ihr. So langsam wurde ich zornig auf Becker. Dem werde ich nachher die Leviten lesen.

Frau Schreieck zeigte auf mehrere Öfen. »Entweder in unseren Trockenkammern oder in der automatischen Endtrockenanlage.«

Sie drehte sich um und zeigte stolz auf den Güterwaggon. Ein weiteres Laufband lief von der Vortrockenanlage hinauf auf den höchsten Punkt der Riesenmaschine.

»Die Trockenanlage besteht im Innern ausschließlich aus sich langsam bewegenden Laufbändern. Bis die Nudeln den schonenden Weg durch den Trockner hinter sich haben, dauert es bis zu 30 Stunden.«

Sie machte eine kleine Pause.

»Will sich das mal jemand von oben anschauen?« Frau Schreieck hielt die Sprosse einer Metallleiter fest, mit der man nach oben zur Einfüllöffnung klettern konnte. Zwei neugierige Männer und die Tigerlady stiegen nacheinander nach oben und waren beeindruckt.

»Da möchte ich nicht versehentlich reinfallen«, sagte die wenig zierliche Zeitgenossin zu der Nudelchefin.

Diese errötete. »Der Abstand zwischen den Laufbändern beträgt nur wenige Dezimeter. Diese ›Sauna‹ wäre nur etwas für Schlanke«, sagte sie mit einem Augenzwinkern.

Alle lachten, die meisten davon hämisch. Im gleichen Moment ertönte eine Sirene.

Frau Schreieck wusste im ersten Moment nicht, was los war. »Der Alarm kommt aus der Trockenanlage. Das hatten wir noch nie.« Zielsicher drückte sie auf den Notaus-Knopf und die Sirene erstarb. Das Einzige, was sich änderte, war, dass der Geräuschpegel in der Halle leicht sank, was an dem fehlenden Lüftergeräusch lag.

Während sie unsicher überlegte, kam Frau Thelen angerannt, die ich bereits im Nudelladen getroffen hatte. »Corinna, was ist passiert?«

»Ich weiß nicht«, antwortete sie. »Vielleicht ist eines der Bänder stecken geblieben? Die Trockenanlage läuft seit Jahren fehlerfrei.«

Frau Thelen, die sich als Mutter unserer Führerin vorstellte, begann damit, größere Seitenbleche, die die Anlage verkleideten, zu demontieren. Das ging leicht, weil sie nur eingehängt waren.

»Treten Sie bitte zurück«, sagte sie zu uns. »Da kann warme Luft entweichen.«

Damit hatte sie recht. Wenigstens zum Teil. Neben

warmer Luft lief rote Flüssigkeit aus der Trockenanlage. Vermutlich dachte jeder der Anwesenden automatisch an Tomatensauce, doch das machte in diesem Apparat wenig Sinn. Einer der Besucher half Frau Thelen, ein besonders großes Blech zu entfernen. Geschockt schrien nicht wenige Teilnehmer der Betriebsführung auf. Hastig zogen Eltern die zwei oder drei anwesenden Jugendlichen zur Seite. Zum Glück war Paul nicht dabei.

Der Anblick war widerwärtig. Zwischen zwei breiten Gummibändern, die sich waagerecht in etwa 30 Zentimeter Abstand zueinander befanden, lag der tote Latzhosenträger. Aus mehreren naturwidrigen Körperöffnungen lief Blut über das metallene Seitengerippe der Trockenanlage und tropfte vor Frau Schreieck auf den Hallenboden. Ich hatte schon viele schlimm zugerichtete Leichen gesehen, aber noch keine, die mit bunten Nudeln bedeckt war. Es sah aus wie ein groteskes Kannibalenmahl. In der Hand hielt er seine zerbrochene Sonnenbrille. Ein kurzer Blick genügte mir. Die brillenfreie Hand, beziehungsweise deren Reste, war vom Laufband gerutscht und hatte sich in der Mechanik verhakt. Dadurch wurde der Alarm ausgelöst.

Um den Toten konnte ich mich später kümmern. Wo war Becker? Dass er nicht hier war, konnte ich eindeutig feststellen. In solchen Situationen agierte er stets in der ersten Reihe. Ich blickte mich um und gaffte den Rothaarigen an. Dieser Blick, der nur Sekundenbruchteile dauerte, verschaffte mir Gewissheit: Dies war der Mörder und sonst niemand. Auch ihm wurde die Situation sofort klar. Sich einfach unauffällig unter den Gästen zu bewegen, diese Möglichkeit hatte ich ihm mit meinem jahrelang trainierten Scharfsinn genommen. Mit einer brutalen

Bewegung stieß er die Wuchtbrumme mit den Tigerleggings zur Seite und flüchtete.

»Stehen bleiben, Polizei«, rief ich ihm nach, obwohl ich vermutete, dass er das wusste und es ihm egal sein würde. Die anderen Besucher, die aufgrund des Toten immer noch wie gelähmt waren, ließ ich stehen und rannte dem Mörder in die mir unbekannte Richtung nach. Da es sich um keine riesige Fabrikhalle handelte, kamen wir zügig am Ausgangspunkt der Führung an, dort, wo die Nudelabfüllanlage stand.

Hier lagerten Unmengen an Verpackungsmaterial. Behände sprang der Rothaarige auf ein Laufband und erkletterte in Windeseile die Verpackungsmaschine. Der äußerst sportliche Mörder nahm ein anderes Band wie eine Rutschbahn, allerdings im Stehen. Ich verzichtete auf die artistische Abkürzung und drückte mich durch die Kisten und Kartons, was etwas länger dauerte und mir neue blaue Flecken einbrachte. In der Zwischenzeit hatte er die Treppe erreicht, die er mit einem olympiareifen Sprung über das Geländer nahm. Bis ich im Erdgeschoss ankam, war nichts mehr von ihm zu sehen. Das verwinkelte Haus hatte viele Türen, was die Sache nicht einfacher machte. Ziellos, eine andere Taktik hatte ich nicht, rannte ich durch mehrere Zimmer und landete schließlich in einer Lagerhalle. Hier gab es unzählige Verstecke, doch mir war so gut wie klar, dass der Mörder längst zum Hof hinaus geflüchtet war. Unschlüssig blieb ich stehen und überlegte, während ich durchschnaufte. Für unvermittelte sportliche Höchstleistungen fehlte mir die eine oder andere Trainingseinheit. Entschuldigend redete ich mir ein, dass sich mein Körper nach wie vor in der Erholungs- und Regenerierungsphase befand.

Frau Schreieck kam aus dem Haus und schaute mich unschlüssig an.

»Gehen Sie sofort hoch und rufen Sie die Polizei«, schrie ich ihr entgegen. »Der Mörder kann sich hier irgendwo versteckt haben.«

Sie erfasste sofort die Situation und verschwand im Innern.

Es dauerte mehrere gefühlte Ewigkeiten, bis ich die näher kommenden Sondersignale vernahm. Längst stand ich am Straßenrand neben einem halbwegs schützenden Torpfosten. Ich winkte den Streifenwagen zu.

»Ich bin ein Kollege«, rief ich dem ersten Wagen entgegen, der hart neben mir abbremste.

»Wir kennen Sie vom Geilweilerhof«, rief der Beifahrer zurück. »Was ist passiert?«

»Toter in der Nudeltrockenanlage, eindeutig Fremdverschulden«, erklärte ich stichpunktartig. »Der mutmaßliche Täter ist getürmt, er könnte sich theoretisch irgendwo auf dem Gelände versteckt haben. Rote Haare hat er, etwa 30 Jahre alt.«

Fünf Streifenwagen und mehrere Polizeitransporter blockierten die komplette Straße. Im Hintergrund kam ein Notarztwagen angeschossen.

»Wie viele Personen sind im Gebäude?«, fragte der Landauer Kollege.

»Ungefähr 60«, antwortete ich. »Alles Teilnehmer einer Betriebsbesichtigung. Die sollten sich im Obergeschoss befinden. Der Täter ist nach unten gerannt, dort habe ich die Spur verloren.«

Inzwischen wimmelte es von Beamten. Schnell war man sich einig, aufgrund der vielen Zivilisten nicht auf ein Spezialeinsatzkommando zu warten, das mehr als eine Stunde in Anspruch genommen hätte.

»Wenn er noch drin ist, hat er bemerkt, dass wir hier sind«, sagte der Kollege. »Das Risiko, dass er bewaffnet ist und Geiseln nimmt, ist zu hoch. Wir müssen rein.«

Während sich rund ein Dutzend Beamte auf den Weg in Richtung Hof machte, knallte mir eine Pranke so groß wie ein Klodeckel auf den Rücken.

»Na, Palzki, wie immer für eine Überraschung gut! Was haben Sie dieses Mal angestellt?«

Dr. Metzger stellte sein Höllenlachen zur Schau, das ihm in der Umgebung nicht wenig Aufmerksamkeit bescherte. »Und dann dieser Verband auf Ihrem Kopf, das sieht so was von lächerlich aus. Soll ich Ihnen das mal ordentlich wickeln? Mein Third-Hand-Mull ist saubillig.«

Der leitende Beamte trat fragend zu uns. »Rote Haare hat der Täter?« Er schaute auf Dr. Metzgers blutrote Mähne, dessen Fettanteil den Haaranteil deutlich übertraf.

»Und etwa 30 Jahre alt«, ergänzte ich. »Dieser Notarzt hat locker ein Vielfaches auf dem Buckel und scheidet daher aus.«

»Ausscheiden, das haben Sie gut gesagt, Palzki«, grölte der Notarzt. »Seit ich heute Mittag mit diesem unleserlichen, aber radikal billigen chinesischen Zeug Medikamentenroulette gespielt habe, geht's bei mir ab wie bei einem Moped.« Zum Beweis setzte er eine Duftwolke übelster Art ab. »Wie viele Verletzte gibt es so ungefähr, Palzki?«

Ich hatte inzwischen einen olfaktorischen Sicherheitsabstand eingenommen. »Nur ein Toter, mehr als ein Totenschein springt heute nicht für Sie raus.«

»Scheiße!« Der Notarzt stampfte fluchend mit seinem Fuß auf. »Das reicht nicht einmal für das Benzingeld.«

Ich dachte bereits die ganze Zeit an Dietmar Becker. War er das zweite Opfer? Musste ich mich bei zukünftigen Ermittlungen nicht mehr mit seinen Kapriolen rumärgern? Würde sein letzter Krimi unvollendet bleiben?

Die abwartende Stille der wenigen Beamten, die mit mir und Metzger am Hofeingang standen, wurde jäh unterbrochen.

»Wir haben einen weiteren Toten gefunden«, rief uns ein Beamter von der geöffneten Tür des Nudelladens aus entgegen.

Becker, da war ich mir sicher. Auch wenn er mich ständig bei der Arbeit behindert hatte, so ein Ende hatte er nicht verdient. Ein Autor, der während der Recherchen zu einem Krimi von einem realen Mörder getötet wurde. Wenn sein Verlag diese tragische Geschichte richtig aufzog, könnte sich Beckers Fall posthum zum Bestseller entwickeln.

Tränen kullerten mir aus den Augenwinkeln. Wenigstens hatte er keine Familie, die unter seinem Tod zu leiden hatte.

»Wo bleibt denn endlich der Notarzt?« Ein weiterer Beamter trat hektisch aus dem Nudelladen. »Was ist denn?«, ergänzte er, nachdem er unsere erstaunten Gesichter sah. »Da drin liegt ein Schwerverletzter!«

Dr. Metzger, der nicht wusste, dass es sich vermutlich um Becker handelte, lachte stakkatoartig. »Na bitte, es geht doch.« Er lief zum Eingang des Ladens. »Dann zeigen Sie mir mal, wo mein neuer Kunde liegt. Hoffentlich ist er privat versichert.«

Dietmar Becker lag unter einem Nudelregal. Die Szene hatte gewisse Ähnlichkeit mit dem Latzhosenträger in der Trockenanlage. Mit einem wesentlichen Unterschied: Der Student lebte. Eingetrocknetes Blut klebte auf seiner Schläfe.

»Wir haben ihn erst beim zweiten Durchgang gefunden«, meinte einer der Beamten. »Und auch nur, weil wir ein leises Stöhnen vernommen haben. Irgendjemand hat ihn wohl unter dem Regal abgelegt und die großen Nudelsäcke um ihn herum drapiert.«

»Alles klar, Dietmar?« Dr. Metzger tätschelte die Wangen seines Freundes, dass es nur so klatschte.

Ein unverständliches Murmeln kam aus Beckers Mund.

»Das haben wir gleich«, sagte der Notarzt und holte eine Spritze aus seiner Tasche, die offen darin lag. »Keine Angst, die Nadel ist schon älter und ganz stumpf.«

Der halb betäubte Student reagierte nur wenig. Ich verließ den Nudelladen, da ich im Moment sowieso keine Informationen von Becker erhalten würde. Der leitende Beamte, der sich gerade mit Kollegen ausgetauscht hatte, wandte sich mir zu. »Das Gebäude wird jetzt freigegeben. Die Besucher bitten wir in das Restaurant, um die Adressen aufzunehmen. Die meisten haben einen leichten Schock und sind im Moment nicht vernehmungsfähig. Diesen komischen Arzt wollen wir ihnen aber nicht zumuten.«

In Begleitung des Einsatzleiters durfte ich nach oben gehen. Ich zeigte ihm die Strecke, die ich mit dem Mörder während der Flucht zurückgelegt hatte. Hinter der Trockenanlage war die Spurensicherung an der Arbeit. Die Leiche hatte man mit Tüchern abgedeckt.

»Dess werd noch ä Weil dauere, bis ma denn do aus de Maschin widder raus gefuddelt hawen. Der hot sich total in dem Gestänge verhakt.«

»Kannten Sie ihn?«, fragte mich der Chef der Truppe.

Ich schüttelte den Kopf. »Genauso wenig wie den Rothaarigen. Ich habe beide nie vorher gesehen. Einer könnte von der DLR in Neustadt sein.«

»DLR?«, fragte er verwundert. »Was hat die mit dieser Sache zu tun?«

Mir blieb nichts anderes übrig, als in groben Zügen von dem Anruf zu berichten. Die Hintergründe und das Ermittlungsverbot von Diefenbach verschwieg ich. Das würde früh genug für Ärger sorgen. Hoffentlich hatte es nicht ausgerechnet heute Mittag einen Verkehrsunfall auf der Hessler Bruchwiese gegeben.

Ich beschloss heimzufahren. Für den Studenten konnte ich im Moment nichts tun, er befand sich in den Fängen des Notarztes.

KAPITEL 14
KONFRONTATION MIT KPD

Auch ohne mein menschliches Beifahrer-Navi kannte ich die Richtung, die mich über Speyer nach Schifferstadt führen würde. Da mir so viele Gedanken durch den Kopf schwirrten, empfahl ich mir selbst, einen kleinen Abstecher bei der Currysau zu machen, um mich zu beruhigen und den mutmaßlichen Unterzuckerpegel zu regulieren.

»Wie siehst denn du aus?«, fragte mich der Inhaber der Imbissbude, der noch weniger Haare als mein Kollege Gerhard hatte, und deutete auf meinen Verband.

»Kleiner Unfall«, entgegnete ich und bestellte reichlich aus dem Sortiment.

»Du bist doch bei den Bullen, oder?«, fragte er weiter. »Ich bin übrigens der Robert.« Er zeigte auf den zweiten Mann im Innern. »Das ist mein Bruder, der wird von allen nur Praktikant gerufen.«

Ich nickte, die Duzerei nahm ich ihm nicht übel, schließlich war ich Stammgast und trug zu seinem wirtschaftlichen Erfolg bei.

»Ich bin der Reiner. Woher weißt du, dass ich ein Bulle bin?«

Robert lachte. »Ich habe heute Morgen ein paar Karikaturen im Internet gesehen, von einem gewissen Steffen Boiselle. Der hat dich wirklich einwandfrei getroffen. Und dann lese ich immer diese spannenden Krimis von Dietmar Becker. Da musste ich bloß eins und eins zusammenzählen.« Er zeigte zum zweiten Mal auf meinen Turban. »Ist das im Einsatz passiert?«

»Da hat einer auf mich geschossen, und dabei habe ich mit einem Baum geknutscht.«

Robert zog eine mitleidige Miene auf und warf ein paar Fleischscheiben auf den Grill. »Ich mache dir mal ein paar anständige Burger, damit du zu Kräften kommst. Du siehst nicht wirklich gut aus. Willst du ein Glas Wein dazu?«

Robert leistete mir beim Verzehr Gesellschaft, während sein Bruder die Kundschaft versorgte. Langsam taute ich auf und erzählte ihm immer mehr von den Erlebnissen der letzten Tage. Er war nicht nur ein guter Zuhörer, sondern auch ein brillanter Kombinierer. An einer Stelle meiner Erzählung unterbrach er mich mit einem Einwand. »Das ist doch klar, wer der Täter sein muss.«

Ich schaute ihn an und ließ meine letzten Sätze Revue passieren. Tatsächlich, Robert hatte recht, wie konnte ich nur so etwas Elementares übersehen? Manchmal war es halt doch gut, einen Außenstehenden zu konsultieren, der nicht betriebsblind war.

Mit dieser Spur einer Erkenntnis fuhr ich kurze Zeit später nach Schifferstadt. Ich ahnte nun zumindest, wer hinter den Verbrechen steckte. Wenn meine These zutraf, musste eine Organisation im Hintergrund agieren, denn nur so dürfte es möglich gewesen sein, die Kapitalverbrechen an so vielen unterschiedlichen Orten mit hoher Präzision durchzuführen. Und noch etwas anderes fiel mir im Zusammenhang mit meiner These ein: Wenn sie korrekt war, war mein Leben akut gefährdet, da ich bereits mehrfach um ein Haar einen Ermittlungserfolg hätte verzeichnen können, wenn nicht jedes Mal ungünstige Umstände wie ein weiterer Mord dazwischengekommen wären.

Warum der Rothaarige, den ich im Moment in die Schublade bezahlter Killer steckte, nicht mich, sondern den Latzhosenträger ins Jenseits beförderte, war mir unbekannt. So ganz hasenrein schien meine These bisher nicht zu sein.

Bevor ich mich um das Feintuning der Mutmaßung kümmern konnte, musste ich einen Weg nach Canossa hinter mich bringen, auch wenn es weniger um einen Papst als um den selbst ernannten Kripokönig KPD ging. Ich hoffte, dass sich die Landauer Kripo noch nicht bei ihm gemeldet hatte. Vielleicht war KPD längst im Wochenende?

Mein Hoffnungsschimmer wurde jäh zerstört, als ich das Dienstgebäude betrat.

»Reiner, du sollst gleich hoch zum Chef kommen«, sprach mich eine Kollegin der Schutzpolizei an. »Er hat gesagt, dass er erst Feierabend macht, nachdem er mit dir gesprochen hat.«

Während ich die Treppe hinaufstieg, kalkulierte ich über den Daumen meine bisher erreichten Pensionsansprüche. Das würde verdammt knapp werden. Vielleicht war eine Verbrecherkarriere für mich zukunftsträchtiger als die Alternative Arbeitslosigkeit? Zumindest könnte ich mein Insiderwissen gewinnorientiert einsetzen.

Ich schnaufte ein paarmal tief durch und öffnete mit Schwung die Tür zu KPDs Thronsaal. Entsetzt erkannte ich meine Kollegen Gerhard und Jutta, die zusammen mit ihm an dem tischtennisplattengroßen Besprechungstisch saßen.

»Da sind Sie ja endlich, Herr Palzki.« KPD stand auf.

Hatte er wirklich ›Herr‹ gesagt? Das konnte nur ein Versehen sein.

»Kommen Sie, setzen Sie sich zu uns«, KPD winkte mich an den Tisch. »Na, nun machen Sie doch schon, nur nicht so bescheiden. Bedienen Sie sich.« Er zeigte auf ein für seine Verhältnisse sehr kleines Buffet, mit dem man eine Großfamilie höchstens eine Woche zufriedenstellend ernähren konnte.

Ich nahm Platz und blieb zunächst stumm. Meine Kollegen hatten Pokergesichter aufgezogen, aus denen ich keine Rückschlüsse zur aktuellen Situation ziehen konnte.

Da KPD genüsslich in ein Lachsbrötchen biss, traute ich mich, einen ersten Kommentar abzugeben. »Auf der Hessler Bruchwiese war heute alles ruhig. Kein Verkehrsstau, kein Unfall. Bei Gelegenheit sollten wir über einen Zebrastreifen und eine Ampelanlage diskutieren.«

Gerhard prustete einen Mundvoll Kaffee auf den Tisch, Jutta verschluckte sich an einem Brötchen.

KPD grinste. »Sie Schelm«, sagte er mit halb gefülltem Mund. Es dauerte ewig, bis er ihn leer hatte und weiterredete. »Ich wusste, dass auf Sie Verlass ist, Herr Palzki.«

Hoppla, wo kam jetzt diese Kehrtwende her? Bei Diefenbach war es zwar an der Tagesordnung, dass er wie das berühmte Fähnlein im Wind seine Meinung änderte, doch dieses Mal konnte ich keinen Grund erkennen.

»Ich habe das gleich gewusst«, begann KPD mit seiner Erklärung. »Als das DLR bei mir anrief und mich im Namen des Innenministers aufforderte, die Ermittlungen einzustellen, wusste ich sofort, dass dies nur eine Finte sein konnte.«

»Finte?«, unterbrach ich ihn argwöhnisch.

»Ja, ja, ja«, fuhr KPD fort. »Mir war sofort klar, dass der Anrufer nicht vom DLR war und nur bluffte. Selbstverständlich habe ich anschließend den Innenminister angerufen und der wusste von nichts.«

Ich unterbrach ihn erneut. »Heißt das, das DLR hat mit den Ermittlungen nichts zu tun?«

»Ganz richtig, Herr Palzki. Das haben Sie auch längst vermutet.«

»Und warum haben Sie die Ermittlungen eingestellt und uns verboten weiterzumachen?«

KPD druckste herum. »Na ja, ich habe das selbstverständlich nur pro forma und zum Eigenschutz gemacht. Es ist zu vermuten, dass wir einen Maulwurf bei uns an der Dienststelle haben. Denken Sie nur an das Fax. Heute habe ich eine weitere Warnung erhalten.« Er zeigte auf die Tafel mit dem von mir geschriebenen Spruch, die neben der Tür stand. »Irgendjemand auf dieser Dienststelle hat es auf mich persönlich abgesehen. Diese Tafel ist der eindeutige Beweis. Nächste Woche lasse ich von sämtlichen Beamten Schriftproben einsammeln. Es wäre doch gelacht, wenn ich diesen Schurken nicht fassen würde.«

Ich überlegte. Die Tafel interessierte mich im Moment weniger. Wusste KPD von dem Mord in Großfischlingen?

Der Dienststellenleiter benötigte ein weiteres Lachsbrötchen, um sich zu beruhigen.

»Nur weil ich so viel Organisatorisches für meine Jubiläumsfeier am Sonntag zu erledigen hatte, erreichte mich noch der Anruf der Landauer Kripo.« Er zeigte den Hauch eines Lächelns. »Das haben Sie gut gemacht, Herr Palzki. Wenn Sie nicht vor Ort gewesen wären, würden die Landauer das Verbrechen in ihrer Jahresstatistik verbuchen. Ich habe das gerade noch so umbiegen können, wo kämen wir denn da hin? Wissen Sie schon, wer der Täter ist?«

Keine Spur mehr von seinem Auftrag, die Hessler Bruchwiese zu bewachen.

»Noch nicht so richtig, Herr Diefenbach. Ich vermute, dass die Tat im Zusammenhang mit den anderen Morden an der Weinstraße zu sehen ist.«

KPD nickte zufrieden. »Das war auch mein erster Gedanke. Erfreulicherweise scheint das DLR nicht involviert zu sein, dort habe ich übrigens ebenfalls angerufen.« KPD schaute zu einer der vielen Uhren, die in seinem Büro hingen und bis auf die Sekunde synchron waren. »Gehen Sie jetzt erst mal in das Wochenende, Herr Palzki und kurieren sich richtig aus. Sie sehen erholungsbedürftig aus. Am Montag früh setzen wir uns zusammen und besprechen den Fall. Dann habe ich den Rücken frei und kann mich auf diese Sache konzentrieren. Sie wissen ja: Als guter Chef bin ich immer für meine Untergebenen da und helfe, wo ich kann.«

Er stand auf und klatschte in die Hände. »Dann wünsche ich Ihnen ein schönes Wochenende. Ich gehe morgen mit meiner Frau auf den Wurstmarkt, und am Sonntag sind meine Feierlichkeiten im Mutterstadter Palatinum. Nächste Woche lade ich meine Untergebenen zu einem Diaabend ein, damit wir gemeinsam mein Dienstjubiläum bestaunen können.«

Der Abschied fiel kurz aus, zusammen mit meinen Kollegen ging ich in Juttas Büro. Als erste Amtshandlung warf Gerhard den Stapel historischer Akten, der nach wie vor ungelöst auf dem Schreibtisch lag, in die Ecke des Büros, dass es nur so staubte. Hustend öffnete er ein Fenster.

»Reiner, mit dir macht man was mit, bis man Pension bekommt.«

Inzwischen hatte ich KPDs Aussagen verarbeitet und lachte befreit auf. »Ich habe euch gesagt, auf mich ist wie immer Verlass. Ist schon einmal etwas schiefgegangen?«

Jutta wurde sarkastisch. »Überall wo du hingehst, hinterlässt du zurzeit Tote.«

»Da kann ich doch nichts dazu!«, erboste ich mich.

»Mich hat's schließlich auch kräftig erwischt.« Ich zeigte auf meinen Kopfverband. »Wo ist eigentlich Jürgen?«

»Den haben wir ins Wochenende geschickt. Der arme Tropf muss morgen wieder mit seiner Mama auf den Wurstmarkt. Wahrscheinlich werden ihn die alten Damen ein weiteres Mal unter den Tisch saufen.«

Die Frage hatte ich nicht grundlos gestellt. »Hat er wenigstens vorher meine Aufträge bearbeitet?«

Jutta zog eine Schnute und holte einen Packen Papiere aus dem Regal. »Hier, viel Spaß damit.«

Zunächst fiel mir das Exposé über Steffen Boiselle in die Hand. Seine Vergangenheit war zwar wenig linear, ließ aber keine Rückschlüsse auf eine Verbrecherkarriere zu. Auch sein Verlag war ordnungsgemäß angemeldet. In seinem Übereifer hatte Jürgen sogar Boiselles Abiturzeugnis aufgetrieben: In Mathematik war er wahrlich kein Einstein. Jungkollege Jürgen hatte auch daran gedacht, die Teilnehmer der Geburtstagsrunde von Herrn Hop zur Vernehmung einzuladen. Sämtliche Termine lagen in der nächsten Woche und würden für mich ein gutes Stück Arbeit bedeuten. Vielleicht konnte ich Jutta überzeugen, den Schriftkram wie das Protokollschreiben zu übernehmen.

»Ist alles so, wie du wolltest?«, fragte Gerhard.

»Langsam, mein Junge. Ich bin noch nicht durch.«

Die Obduktionsberichte von Zapfenstreich und Schwager waren in reinstem Fachchinesisch geschrieben. Jutta hatte zu meiner Erleichterung eine handschriftliche Kurzzusammenfassung beigelegt. Beide wurden mit unterschiedlichen giftigen Substanzen getötet. Weitere hilfreiche Angaben fanden sich in den Dossiers nicht.

»Wurden die Wohnungen von Zapfenstreich und Schwager untersucht?«

Jutta zog zielsicher ein paar Zettel aus der Akte hervor, die unter den Obduktionsberichten lagen. »Umblättern hätte genügt, um dir die Frage selbst beantworten zu können.«

Auch die Durchsuchungen brachten bisher keine Erkenntnisse. »Der Tote im Dürkheimer Kurpark, seid ihr damit weitergekommen?«

»Wann denn?«, fragte Gerhard zurück und klang zerknirscht. »Wir haben Altakten gewühlt.«

Jutta deeskalierte. »Schau dir mal die letzten beiden Blätter an. Leider gibt es nach wie vor keinen Anhaltspunkt. Niemand hat den Schützen gesehen – und auch der Koffer bleibt verschwunden.«

Ich überflog die letzten Seiten der Akte und knallte sie auf den Besprechungstisch. Weitergeholfen hatten mir Jürgens Recherchen nicht. Allerdings widersprachen sie auch nicht meiner These.

»Ich weiß, wer es war.«

Jutta und Gerhard erstarrten in ihren Bewegungen.

»Wa…, was ist los?«, stammelte Jutta. »Steht da was in den Akten, das ich überlesen habe?«

Ich beruhigte meine Kollegin. »Ne, du hast nichts übersehen. Seit vorhin weiß ich es, jedenfalls so ungefähr.«

In der nächsten Viertelstunde klärte ich die beiden über meinen Verdacht auf.

»Da hätte man früher draufkommen können«, stellte Gerhard fest.

»Wenn man die Zeichen richtig gedeutet hätte, ja«, bestätigte ich ihn. »Auf die wirklich einfachen und eindeutigen Sachen kommt man oft erst später.«

»Dennoch«, sagte Jutta. »Das ist sehr dünn, auch wenn

es wohl stimmt. Als Beweis taugt es nicht so richtig, das müsste dir klar sein.«

»Ja«, gab ich seufzend zu. »Ich habe bisher keine Ahnung, welche Organisation dahintersteckt. Wir haben bis jetzt nur einigermaßen eindeutig einen kleinen Teil identifiziert. Wir müssen ihnen eine Falle stellen, sonst kommen wir nicht weiter. Wenn ab Montag KPD mitmischt, ist alles zu spät.«

»Jacques?«, Jutta war überrascht. »Willst du wieder Jacques einspannen?«

»Ja, nein«, antwortete ich widersprüchlich. »Ich habe bisher nur den Hauch eines Planes.«

Es dauerte eine weitere Viertelstunde, um Gerhard und Jutta mein unfertiges Gedankengerüst zu skizzieren.

»Das kann nicht funktionieren.« Beide waren sich einig.

»Ich brauche Zeit«, forderte ich. »Lasst uns mal alles so weit vorbereiten, wie es möglich ist, dann treffen wir uns morgen früh.«

»Morgen ist Samstag«, meinte Gerhard.

»Ich weiß. Willst du bis Montag warten und KPD mitmachen lassen?«

Dies fand auch mein Kollege als keine sonderlich gute Idee. »Meinetwegen«, gab er sich geschlagen. »Fangen wir mit den Vorbereitungen an und überschlafen alles bis morgen.«

Der Vorbereitungsaufwand hielt sich in Grenzen und bestand im Wesentlichen aus diversen Telefonaten.

»Mal schauen, was die nähere Zukunft bringt«, sagte Jutta zum Abschied.

Ich fuhr heim, es war längst dunkel.

»Was ist denn mit dir passiert?«, begrüßte mich meine Frau aufgeregt. »Ich habe vor zwei Stunden bei Herrn Diefenbach angerufen, weil Gerhard und Jutta nicht erreichbar waren. Der wusste auch nicht, wo du steckst. Ich war nah dran, eine Vermisstenmeldung aufzugeben.«

Mit dem Einsatz meiner Restkörperkraft konnte ich meine Frau beruhigen. »Tut mir leid, ich hatte keine Gelegenheit, zwischendurch anzurufen. Es gab schon wieder einen Toten.«

»Um Himmels willen!« Stefanie schlug die Hände über dem Kopf zusammen. »Ist dir was passiert?«

Ich wehrte ab. »Keine Sorgen, ich bin okay. Niemand hat auf mich geschossen oder so.« Ich versuchte, sie abzulenken. »Wo sind die Kinder?«

»Paul und Melanie sind in ihren Zimmern, hoffe ich zumindest, und die Zwillinge schlafen. Aber jetzt sag endlich, was ist passiert?«

Ich setzte mich mit ihr auf die Couch und erzählte in groben Zügen von dem Erlebnis in Großfischlingen. Das Attentat auf Dietmar Becker behielt ich für mich.

Stefanie schüttelte unentwegt ihren Kopf. »Ich bin fassungslos, in welche Abenteuer du ständig stolperst. Hoffentlich wollen unsere Kinder später nicht Kripobeamte werden.«

»Warum nicht? Das ist doch ein schöner Beruf. Meistens jedenfalls.«

Meine Frau antwortete nicht. Stattdessen zeigte sie auf meinen Kopfverband. »Ich werde dir das mal entfernen, vermutlich wird ein Pflaster genügen. Bist du so weit okay? Dann mache ich dir danach die Gemüsesuppe warm. Das restliche Essen gibt's zur Strafe erst morgen.«

Während sie begann, den Verband abzuwickeln, versuchte ich, der Suppe auszuweichen. »Sind vielleicht noch Koteletts da? Die haben super gegen mein Kopfweh geholfen.«

Stefanie durchschaute mich sofort. »Wenn das so ist, werde ich meine Mutter bitten, für eine Weile bei uns einzuziehen.« Sie grinste dabei, und ich hoffte, dass sie das nur gesagt hatte, um mich aufzuziehen.

»Das sieht man wirklich kaum noch«, attestierte sie meine Verletzung. »Eine Beule und ein bisschen aufgeplatzte Haut. Und deswegen wollten die dich im Krankenhaus zur Beobachtung behalten?«

Energisch wehrte ich mich auch heute gegen diese Behauptung. »Da kann innerlich ganz schön viel passiert sein, ohne dass man es von außen sieht, Stefanie. Nicht umsonst hat man mich an tausend Kabel angeschlossen.«

Sie lächelte, und es wirkte wenig mitleidig. Mit diesem Thema kam ich nicht weiter.

»Ich muss morgen arbeiten«, kündigte ich ihr an.

Stefanie roch Lunte. »Wird's mal wieder gefährlich? Irgendein Alleingang?«

»Aber Stefanie, aus dem Alter bin ich wirklich langsam raus. Ich habe eine Besprechung mit Jutta und Gerhard, vollkommen harmlos. Kann sein, dass wir danach die eine oder andere kleine Befragung durchführen müssen. Ich schaue, dass ich dafür nächste Woche einen Tag frei bekomme, dann können wir gemeinsam einkaufen fahren.«

Zähneknirschend kapitulierte sie. »Ich kann dich leider nicht festbinden. Außerdem bin ich morgen selbst unterwegs.«

Diese Neuigkeit förderte meinen Argwohn. »Du bist unterwegs? Ohne mich? Wo willst du hin, was ist mit den Kindern?«

Jetzt lachte sie laut heraus. »Oh, oh, mein lieber Mann ist eifersüchtig, dass ich das noch erleben darf.«

»Jetzt sag schon.« Ich ignorierte ihren Sarkasmus.

»Paul wurde von Ackermanns eingeladen, mit der Rhein-Haardt-Bahn zum Wurstmarkt zu fahren. Das konnte ich ihm nicht ausreden. Bevor ich ihn mit unseren chaotischen Nachbarn fahren lasse, habe ich beschlossen, dass wir alle gemeinsam hingehen. Ich hatte eigentlich gehofft, dass du mitkommst.«

Blöde Zwickmühle, dachte ich. »Da kann man leider nichts machen«, sagte ich, ohne rot zu werden. »Ich wäre wirklich sehr gerne mitgegangen. Ihr werdet auch ohne mich viel Spaß haben.«

Meine Frau antwortete nicht. Sie drückte mir ein fast schon peinlich kleines Pflaster auf die Beule. Damit sah ich aus wie ein Vollidiot. Oder noch schlimmer: Wie einer der Cartoons von diesem Zeichner.

Die Gemüsesuppe würgte ich zum Abschluss des Tages mit einem Glas Wein hinunter. Ja, es war Wein. Stefanie hatte ihn zur Feier des Tages in den Kühlschrank gestellt. Einmal im Jahr musste ich zu Hause Wein trinken. Als sie ihn aus dem Kühlschrank holte, wusste ich, was die Zeit geschlagen hatte: Ich hatte schon wieder unseren Hochzeitstag verpennt. Trotz des Versäumnisses: Der Wein schmeckte unerwartet gut, ob er vielleicht von der neuen, noch streng geheimen Sorte stammte? Der Rest des Abends wird auf ewig literarisch unerwähnt bleiben.

*

»Papa!«

Ich schrak aus dem Tiefschlaf hoch. Paul stand in einer Jedi-Ritter-Uniform vor dem Bett. »Mach endlich, du alter Langschläfer!«

Ich sortierte meine wach werdenden Gedanken. Hatte

ich mal wieder im Koma gelegen und es war bereits Fasnacht?

»Was soll der Blödsinn, Paul?«

Mein Sohn schlug mit irgendeinem Fantasieschwert auf das Deckbett. »Heute geht's auf den Wurstmarkt. Herr Ackermann will mir ein paar Sachen zeigen, die er früher mal machen wollte.«

»In dem Aufzug?«, fragte ich.

»Na, klar«, schrie Paul, und seine Augen funkelten. »Ich bin der Retter des Wurstmarkts. Ich werde die böse Macht besiegen. Niemand wird mir entkommen.«

Ich sank zurück. Zum Glück ging Stefanie mit, sie würde ihn schon zurechtweisen.

Pünktlich zum Frühstück klingelte es an der Haustür. Ich blieb sitzen, was Stefanie leicht verärgerte, da sie nun selbst zur Tür musste.

Kurz darauf kam sie mit einem Blumenstrauß zurück. »Das war der Fleurop-Service«, sagte sie und staunte über den riesengroßen Strauß. »Wer mir die wohl geschickt hat?«

»Da ist bestimmt eine Karte dabei«, sagte ich.

Während sie diese las, wurde ihr Mund immer größer. »Das, das ist ja unglaublich!« Sie fiel mir um den Hals. Da ich saß, war dies etwas unbequem, doch ich hütete mich, dagegen etwas zu unternehmen.

»Du hast wirklich an unseren Hochzeitstag gedacht«, jubelte sie. »Vielen Dank für die schönen Blumen.«

Ich lächelte über meinen Sieg. Es hatte sich gelohnt, gestern Abend kurz in meinem Büro im Keller zu verschwinden und auf die Schnelle beim Fleurop-Eildienst einen Strauß zu bestellen. So richtig günstig war das zwar nicht, mein Missgeschick war damit aber ausgeräumt.

Ich stand auf und umarmte nun ebenfalls meine Frau. »Es hat mich schon gewundert, dass er gestern nicht kam. Na ja, auch bei Fleurop kann so etwas Mal passieren.«

Ich wandte mich an Paul und Melanie: »Damit ihr es auch wisst: Eure Mutter und ich hatten gestern Hochzeitstag.«

Die beiden leierten müde ein »Alles Gute«. Damit war die Sache für sie erledigt.

Es hätte alles gut gehen können, wenn der Fleurop-Service nicht doch einen Fehler gemacht hätte. In der Glückwunschkarte lag der Zettel mit der Auftragsannahme nebst Datum und Uhrzeit.

Dennoch, Stefanie haute mir den Blumenstrauß nicht um die Ohren, sondern stellte ihn stolz in eine Vase.

»Auch wenn ich dich erwischt habe, Reiner. Ich freue mich trotzdem über die Blumen.« Sie lächelte mich an. »Ich kenne dich schließlich schon ein paar Jahre.«

Eine halbe Stunde später verabschiedete ich mich von meiner Familie und wünschte ihnen für den Besuch des Wurstmarkts viel Spaß. Den beiden Großen steckte ich unauffällig einen Geldschein zu, während Stefanie die Zwillinge Lisa und Lars reisefertig machte.

ENDE

Entschuldigen Sie bitte das kleine Schockerlebnis, das ich Ihnen bereitet habe. Selbstverständlich geht es gleich weiter mit dem Roman. Gönnen Sie zunächst Herrn Palzki vor dem Showdown eine kurze Verschnaufpause.

Falls Sie bereits frühere Bände gelesen haben, wissen Sie, dass ich mir konstruktive Kritik immer gerne zu Herzen nehme. Doch dieses Mal brachte mich ausgerechnet eine weniger konstruktive Kritik auf eine Idee. Und diese werde ich nun ›rigoros‹ umsetzen, Sie sind folglich ein Ideentester.

Wie ich vermute, haben Sie die vorhergehenden Seiten in diesem Buch bereits gelesen, so auch das Kapitel über die ARGE Klang und Mord, das im Hof des Unternehmen Gutting Pfalznudel spielt. Eine Besucherin meint, dass die Palzki-Romane immer gleich sind. Der Kommissar stolpert zufällig über einen Mordfall, wird von der Familie und seinem Vorgesetzten gestresst, der Student Becker pfuscht ihm ins Handwerk, Dr. Metzger taucht immer irgendwo auf, und am Schluss hilft ihm sein Freund Jacques Bosco aus der Bredouille.

Ja, diese Kritik wurde mir tatsächlich so (fast wörtlich) zugetragen. Sogar in YouTube wurde sie verewigt. Wenn Sie die Gelegenheit und Muße haben, suchen Sie in YouTube mal nach ›Palzki Blutbahn‹. Der Beitrag des mir unbekannten Rezensenten ist herrlich schräg, aber wohl nicht so gedacht. Genauso stelle ich mir in ein paar Jahren Palzkis Sohn Paul vor …

Daher habe ich beschlossen, dieser Art von Kritik Einhalt zu gebieten. Als Kinder- und Jugendbuchautor habe ich gewisse Erfahrungen mit interaktiven Geschichten. ›Die Palzki-Kids‹ kann man immerhin in 56 Billionen Varianten lesen. Nach jedem Abschnitt hat der Leser die

Wahl zwischen zwei oder drei Alternativen, mit der er die Geschichte beeinflussen kann.

So viele Möglichkeiten will ich Ihnen natürlich nicht zumuten. Zumindest nicht in diesem Buch.

Falls Sie es bis eben noch nicht wussten: Sie halten den ersten interaktiven Krimi aus dem Gmeiner-Verlag in der Hand. Wählen Sie aus zwei verschiedenen Showdowns!

Wollen Sie Palzkis Erfinderfreund Jacques Bosco nicht missen, dann lesen Sie weiter im Kapitel 15a.

Sind Sie Verfechter der meiner Meinung nach natürlich unhaltbaren These »Dess is jo immer des Gleiche«, dann lesen Sie weiter im Kapitel 15b.

Selbstverständlich sind der Gmeiner-Verlag und ich auf Ihre Meinungen gespannt, die hoffentlich millionenfach die E-Mail-Postfächer überschwemmen werden.

Schreiben Sie an den Verlag oder an die E-Mail-Adresse reiner@palzki.de

Und nun geht's auch schon weiter. Entschuldigen Sie bitte die Störung und die Unannehmlichkeiten.

KAPITEL 15A
JACQUES BOSCO IST WIEDER DA

Für das Treffen mit meinen Kollegen war es noch zu zeitig. Stattdessen fuhr ich in den Schifferstadter Westen zum Kestenbergerweg. Dort wohnte mein Freund Jacques Bosco, eines der letzten Universalgenies der Menschheit. Bereits als Kind spielte ich in seinem Labor Verstecken, sehr zum Missfallen meiner Eltern. Ich schätzte, dass ich während meiner Schulzeit durch ihn mehr praktische Lebenserfahrung sammeln konnte als durch meine zahlreichen Lehrer. Sehr zum Missfallen dieser Lehrer, denn die praktische Umsetzung von Jacques' Lehrstunden fand meistens in der Schule statt. Wie es beim Lernen halt mal so ist, klappte vieles nicht immer auf Anhieb. Dies galt nicht für das physikalische Experiment, mit dem mir Jacques die Reibung näherbrachte. Jeder weiß, dass man auf glatten Fliesen leicht ausrutschen konnte. Wenn diese Fliesen zusätzlich nass waren, war die Reibung durch den Wasserfilm noch geringer und die Rutschgefahr dementsprechend höher. Glatteis als Anschauungsmaterial taugte zu diesem Zeitpunkt nur in der Theorie, da es Hochsommer war, als mir Jacques diese spannenden physikalischen Zusammenhänge erklärte. Aus diesem Grund hatte er extra für mich ein flüssiges Mittel entwickelt, das die Haftreibung und die damit zusammenhängende Gleitreibung auf annähernd null setzte. Weniger als zwei Liter der Flüssigkeit genügten, um das Stehvermögen der Pädagogen im Lehrer- und Sekretariatsbereich meiner Schule komplett aufzuheben.

Es spielten sich herrliche oder chaotische Szenen ab, je nachdem, aus welchem Blickwinkel man es betrachtete. Nichts ging mehr, und wir genossen einen schulfreien Tag.

Jacques' Labor, das sich hinter der Garage befand und nach einem Unglück erst kürzlich wieder aufgebaut wurde, war leer. Wo war mein Freund? Ihm war doch hoffentlich nichts passiert?

Mangels funktionierender Klingel klopfte ich wie wild an die Haustür. Nach einem bangen Moment öffnete Jacques im Bademantel die Tür. Er war unrasiert und sah richtig krank aus.

»Hallo, Reiner«, begrüßte er mich ohne die übliche Freude in seiner Stimme. »Komm rein.«

Er schlurfte voran ins trübe Wohnzimmer, der Rollladen stand auf Halbmast.

»Bist du krank?«, fragte ich erschrocken. »Soll ich einen Arzt holen?«

»Was heißt krank, Reiner, ich werde alt, das wird mir immer bewusster.«

Damit hatte er nicht unrecht, Jacques sah nicht nur so alt aus wie Einstein in seinen letzten Tagen, er war es auch.

Ich versuchte, ihn zu trösten. »Du musst nicht mehr jeden Tag etwas Neues erfinden, jeden zweiten Tag reicht völlig.«

Mein Freund verzog den Mund. »Darum geht es nicht. Ich habe nach wie vor täglich Ideen für 100 neue Erfindungen. Es geht um die Fehlerquote.«

Fehler?, fragte ich mich selbst. Ich wusste bis eben nicht einmal, dass er diese Vokabel kannte. »Ist was schiefgegangen?«

Er nickte. »Um ein Haar hätte ich einen alten Mann umgebracht.«

Ich schwieg und ließ ihn erzählen.

»Du weißt doch, wie gern ich experimentiere. Seit Jahren pflege ich Kontakte mit ein paar Schaustellern, die mit ihren Karussells von Jahrmarkt zu Jahrmarkt ziehen. Manchmal darf ich vor der offiziellen Eröffnung mit den Fahrgeschäften Versuche anstellen. Es ist mir immer noch nicht gelungen, obwohl ich ständig daran arbeite, mit den bekannten drei Dimensionen die vierte mechanisch abzubilden. Bei manchen Fahrgeschäften war ich schon zum Greifen nahe dran am Erfolg, aber immer scheiterte es am letzten Drive.«

Er sah mich an, ein paar Tränen kullerten.

»Vor einer Woche habe ich bei einem Bekannten auf dem Wurstmarkt experimentiert. Eine Stunde mehr Zeit und es hätte geklappt. Doch dann musste ich meine Manipulatoren abbauen, weil der TÜV das Fahrgeschäft überprüfen wollte. Und in der Hektik habe ich ein paar Dinge vergessen zu entfernen.«

»Killing-me-hardly?«, fragte ich erschrocken.

»Stand es schon in der Zeitung?«, fragte er zurück und seufzte. »Am letzten Sonntag hat sich das Karussell aus mir unerfindlichen Gründen für kurze Zeit auf meine Manipulatoren umgestellt, mitten im Tagesgeschäft. Wie mir erzählt wurde, hat es den Jugendlichen gut gefallen, durch vier Dimensionen geschleudert zu werden, daher könnte das als Erfolg bezeichnet werden. Dummerweise soll aber ein alter Mann zugestiegen sein, der es wohl nicht so gut überstanden hat. Alle Bemühungen, ihn zu finden, sind bisher gescheitert. Ich hoffe, dass er noch lebt.«

Zum Glück bemerkte Jacques nicht, wie mir der Schweiß in Bahnen den Rücken hinablief. Mal wieder war ich zur falschen Zeit am falschen Ort gewesen.

»Ich kenne die Person«, sagte ich zu ihm. »Aber so alt ist der gar nicht. Sogar noch sehr jung.«

Jacques riss die Augen auf. »Er lebt? Geht es ihm gut?«

»Natürlich, nur die ersten paar Minuten nach der Fahrt war er leicht mitgenommen. Du siehst, es ist fast nichts passiert.«

Er atmete hörbar auf. »Könntest du diese Person bei Gelegenheit fragen, wie er die Fahrt empfunden hat? Zusammen mit den Jugendlichen war er der erste Mensch, der durch die vierte Dimension geflogen ist.«

Seine Verfassung besserte sich zusehends. Ich dagegen versuchte, das Gehörte schnell wieder zu vergessen.

»Warum bist du eigentlich hier?«, fragte er nun und war wieder ganz der Alte.

Ich erzählte ihm von meinem Problem. Jacques war sofort Feuer und Flamme. »Auf dem Wurstmarkt? Heute? Das trifft sich gut, meine Ausrüstung ist noch dort. Kann ich wieder auf Dietmar Becker zurückgreifen?«

»Der wurde gestern leider schwer verletzt. Denkst du, dass es dieses Mal ohne ihn gehen wird?« Ich blickte zur Uhr. »In einer halben Stunde habe ich eine Besprechung mit Jutta und Gerhard in der Dienststelle. Soll ich dich mitnehmen?«

Jacques schleuderte wie ein Jungspund den Bademantel in die Ecke. »Ich springe nur kurz unter die Dusche, dann bin ich so weit.«

Die Besprechung dauerte nicht lange und war wenig ergiebig. Wir tauschten unsere Bedenken aus, und selbst ich war danach der Meinung, dass dies nie und nimmer funktionieren konnte. Nur der Erfinder sah das anders.

»Sei mal etwas selbstbewusster, Reiner. Nimm dir ein Beispiel an mir. Oder an dem alten Mann, der durch die vierte Dimension fliegen durfte. Nur wenn man was riskiert, kann man später seinen Enkelkindern an langen Winterabenden spannende Abenteuer erzählen.«

Uns war äußerst unwohl zumute, als wir wenig später gemeinsam nach Bad Dürkheim fuhren.

*

Jacques durfte mit Einverständnis des ihm befreundeten Schaustellers unsere Einsatzzentrale in dessen Wohnwagen installieren. Der Inhaber schaute mich für einen Moment unsicher an, wahrscheinlich erinnerte ich ihn an irgendwen.

Dass wir durch glückliche Umstände eine geheime Zentrale auf dem Wurstmarktgelände hatten, war sehr positiv. Negativ war, dass sie nicht in unmittelbarer Nähe des auserkorenen Treffpunkts stand. Man kann im Leben eben nicht alles haben.

»Schau dich mal ein wenig draußen um«, sagte Jacques zu mir. »Ich bereite meine Überraschung vor. Jutta und Gerhard können mir bei der Installation helfen. Wir haben ausnahmsweise mal genügend Zeit.«

Auch am Samstagnachmittag war das Gelände alles andere als menschenleer. Ich war gerade aus dem Wohnwagen gestiegen, als ich Dietmar Becker und Steffen Boiselle entdeckte. Leider entdeckten sie auch mich. Die Situation war grotesk. Der Student hatte ziemlich exakt den gleichen Turban auf, wie ich ihn getragen hatte.

»He…, Herr Palz…, äh, Palzki«, stotterte er. »Was machen Sie auf dem Wurstmarkt?«

»Ich habe einen Freund besucht. Alles klar bei Ihnen? Die Verletzung sieht tragisch aus.«

Der Cartoonist mischte sich ein. »Ich habe Dietmar

abgeraten, auf eigene Faust das Krankenhaus zu verlassen. Das kann böse enden.«

Becker lächelte gequält, er schien reichlich angeschlagen zu sein.

»Das ist alles Firlefanz. Matthias hat mich grundversorgt, warum sollte ich da tagelang im Krankenhaus zur Beobachtung herumliegen?« Er lächelte Boiselle an. »Nicht wahr, mein Bruder?«

Bevor ich nachhaken konnte, erklärte dieser: »Ich habe mich als sein Bruder ausgegeben, sonst hätte ich nicht auf die Intensivstation gedurft.«

»Um mich gleich mit heimnehmen zu dürfen«, ergänzte der Verletzte. »Übrigens, Herr Palzki. Können Sie sich an die Szene mit dem Standaschenbecher vor dem Eingang des Krankenhauses erinnern? Inzwischen kann man das Tradition nennen.«

Ich wollte gerade damit beginnen, die beiden abzuwimmeln, als Jacques aus dem Wohnwagen stieg.

»Hallo, Dietmar, was ist mit dir passiert? Ich habe dich durch das Fenster gesehen.« Seit Kurzem waren die beiden per Du.

Becker erzählte ausführlich sein Erlebnis. Da das meiste für mich neu war, hörte ich aufmerksam zu. Davon abgesehen, dass er alles ausgiebig ausschmückte und bei seinen Taten schamlos übertrieb, ergaben sich für mich keine neuen Anhaltspunkte.

»Das nächste Mal sagst du mir vorher Bescheid«, tadelte ihn Jacques zum Schluss. »Ich hätte dich in diesem Ambiente sicherlich mit dem einen oder anderen Hilfsmittel unterstützen können.«

Der Student nahm die Gelegenheit wahr, Steffen Boiselle vorzustellen.

»Sie sind das«, meinte der Erfinder erfreut. »Jeden Sonntag lache ich über Ihre Cartoons. Bei dem Witz mit dem SUV beziehungsweise Suff musste ich aber eine Weile nachdenken.« Jacques überlegte kurz. »Wisst ihr was? Ihr könnt mir helfen. Habt ihr Lust?«

Es war nur eine rhetorische Frage. Problematisch und äußerst bedenklich fand ich, dass der Cartoonist die Pläne zwangsläufig erfahren würde.

»Ich habe im Wohnwagen ein selbst entwickeltes Kopfschmerzmittel. Das wird dir helfen, Dietmar.«

Die drei zogen sich zurück und ließen mich allein. Ob ich mal nachhaken sollte, woher Dr. Metzger seine Medikamente bezog?

Ich schlenderte bemüht ruhig über den Wurstmarkt, obwohl mein Herzschlag anderes suggerierte. Die Ruhe vor dem Sturm war heute verdammt großzügig bemessen. Doch eine Alternative sah ich aufgrund der Vorbereitungen nicht.

Die Steaks und die übrigen Köstlichkeiten schmeckten herrlich, aber auch mein Magen war endlich groß, wie ich nach einer Zeit verblüfft feststellen musste. An der Kindereisenbahn entdeckte ich Frau Schreieck mit ihrem Mann und einem Kind. Da sie nicht zu den von uns anonym eingeladenen Personen gehörte, tauchte ich unerkannt in der Menge unter.

Dieses Glück hatte ich eine halbe Stunde später nicht. Wie aus dem Nichts stand Herr Paul vor mir, obwohl mir klar war, dass er früher oder später auftauchen würde.

»Hallo, Herr Palzki«, begrüßte er mich. »Nutzen Sie auch das herrliche Wetter für einen Wurstmarktbesuch? Oder sind Sie im Dienst?«

Klar, dass ich diese Fangfrage verneinte. »Ich bin mit

meinen Kindern unterwegs, um mal ein bisschen abzuschalten.«

»Sind Sie bei Ihren Ermittlungen weitergekommen?«, fragte Paul neugierig.

»Keinen Deut. Wahrscheinlich wird mein Chef die Sache einstellen. Nur ein Zufallsfund kann uns noch helfen, fürchte ich.«

Der Pfalzweingeschäftsführer wünschte mir zum Abschied viel Glück und verschwand in einem Weinzelt.

Auch wenn die Zeit schlich, irgendwann war sie, wenig überraschend, vergangen. Von den anderen hatte ich nichts mehr gehört. Bei einer Stippvisite vor einer Stunde im Wohnwagen hatte ich festgestellt, dass keiner da war. Und den Treffpunkt wollte ich so früh nicht aufsuchen.

Langsam ging ich zum Riesenrad. Dann nahm ich den Weg in Richtung Saline. Der Autoscooter beziehungsweise die Boxautos, wie der Pfälzer zu sagen pflegte, war gut besucht.

Ich stellte mich auf die Randfläche des Fahrgeschäftes und hatte den Eindruck, mit meiner Anwesenheit das Durchschnittsalter beträchtlich zu heben. Vielleicht war es doch keine gute Idee, den Treffpunkt an diesen Ort zu legen. Hoffentlich hatte Jacques alles im Griff.

»Herr Palzki!«, rief von dem Weg eine Frau. Ich drehte mich um und sah Mara Haller, die Wissenschaftlerin vom Geilweilerhof. Sie war allein und kam zu mir hoch. »Sagen Sie bloß, Sie fahren Boxautos, Herr Palzki?«

Mit ihr hatte ich nicht so recht gerechnet, vielleicht war sie nur neugierig? Es würde allerdings grundsätzlich zu meiner These passen, was mich noch unsicherer machte. Da ich an Zufälle selten glaubte, ging ich sie frontal an. »Ich weiß, wer für die Morde verantwortlich ist.«

Für einen winzigen Moment zuckte ihr Mundwinkel. Sie kam einen Schritt näher. »Da bin ich aber mal gespannt. Wie haben Sie das herausgefunden?«

Längst hatte ich bemerkt, dass ihre Hand unter einer Weste verborgen war, die sie über den Arm gelegt hatte.

Ich wollte antworten, als mich ein Schrei ablenkte.

»Palzki, was machen Sie denn hier?«

KPD kam im feinsten Zwirn angestapft, was mich noch mehr verwirrte. »Ich dachte, Sie erholen sich zu Hause?« Er schwankte leicht, nüchtern war er nicht mehr. Dann nahm er mich in den Arm. »Na, wollen wir beide mal eine Runde mit den Scootern drehen? Dann kann ich Ihnen gleich die wichtigsten Verkehrsregeln erklären.«

Mara Haller stand skeptisch schauend neben mir. »Das ist ein entfernter Bekannter von mir«, erläuterte ich leise, sodass KPD es nicht mitbekam. »Er geht gleich weiter.«

Just in diesem Moment kam Arnold Schiwab von der anderen Seite angelaufen. So langsam begann ich, den Überblick zu verlieren. Der Dürkheimer Kripoleiter sah KPD kurz an und nickte ihm zu. »Machen Sie mit Ihrem Untergebenen einen Ausflug?«, fragte er Diefenbach.

Trotz KPDs nicht kalkulierter Anwesenheit nutzte ich die Gelegenheit, die potenzielle Täterfront zu erweitern.

»Ich will Herrn Diefenbach gerade erklären, wer die Kapitalverbrechen begangen hat.«

Alle miteinander glotzten mich an.

»Hier?«, fragte Schiwab. »Ich verstehe nicht.«

Ich überlegte. Wenn es eng werden würde, könnte ich KPD als Schutzschild nehmen.

Die Versammlung vergrößerte sich weiter. Der Marktmeister Ronald Hop und die Bürgermeisterin Wilma Bier kamen hinzu. Ich dachte kurz nach: Fast alle waren nun anwesend, die gestrige Telefonaktion konnte als erfolgreich bezeichnet werden. Jetzt konnte ich nur hoffen, dass Jacques auf Zack war.

Nach einer kurzen Begrüßung erklärte ich ein weiteres Mal, dass ich nun den Täter entlarven würde.

»Es war eigentlich ganz einfach«, begann ich. »Es geht nur um den Wurstmarkt beziehungsweise das Mittelalterdorf, das an dieser Stelle entstehen soll. Die detaillierten Hintergründe kenne ich zwar noch nicht, aber ich weiß, dass Herr Hop und unsere liebe Bürgermeisterin zu dem Täterkreis gehören.«

Die Mimik der beiden hielt inne. »Wieso wir?«, fragte der Marktmeister. »Wie kommen Sie auf diese verrückte Idee?«

»Weil ich Sie beide unmittelbar vor meinem Termin im Kurpark traf, können Sie sich erinnern? Ihnen musste das Herz in die Hose gerutscht sein, als Sie erfuhren, dass ich einen Informanten treffen will. Sie waren doch der Schütze, Herr Hop, oder? Sind Sie nicht seit Jahrzehnten im Schützenverein? Bestimmt haben Sie Frau Zapfenstreich vergiftet, auch wenn mir die Hintergründe bis jetzt unklar sind.«

Mit solch einer schnellen Reaktion hatte ich nicht gerechnet. Hop und Bier zogen Waffen aus ihren Taschen.

»Das ist verdammt unbequem für uns«, sagte die Bürgermeisterin eiskalt. »Wir gehen jetzt alle unauffällig in Richtung Saline. Warum mussten Sie sich einmischen, Herr Palzki? Sie wissen gar nichts.«

Ich fühlte mich unwohl. Weniger wegen der Waffen, sondern wegen des fehlenden Auftritts von Jacques. Was war passiert? Ich musste Zeit schinden. »Dass Sie mit drinstecken, war mir bereits vorher klar. Sie können mir nicht erzählen, dass eine Bürgermeisterin und der Leiter des Ordnungsamtes nicht wissen, was auf dem Wurstmarktgelände geplant ist.«

Die beiden lachten, was ihnen zum Verhängnis wurde. So schnell, dass ich es selbst nicht richtig mitbekam, nahmen Gerhard und Jutta, die unauffällig näher gekommen waren, die beiden in die Zange. Innerhalb einer Sekunde waren sie entwaffnet, und nur wenige Augenblicke später klickten die Handschellen.

Der Zornesausbruch von Wilma Bier ist nicht geeignet, ihn schriftlich zu fixieren.

»Was ist passiert?«, fragte ich Jutta, die einen völlig entspannten Eindruck machte.

»Jacques' Experiment hat versagt«, erläuterte sie. »Daher mussten wir persönlich eingreifen.«

Längst hatten die beiden ihre Waffen eingesteckt und die von Hop und Bier in einer Tasche sichergestellt.

»Hallo, Papa!«, rief jemand von der Fahrfläche der Boxautos. Es war niemand anderes als Paul. Neben ihm saß Herr Ackermann und winkte mir debil zu.

Ein leichter Sprühnebel setzte ein. Ich schaute nach oben: wolkenlos.

»Hände hoch, aber alle!«

Professor Verrevin hatte uns überrascht. Gerhard und Jutta hatten keine Möglichkeit, zur Waffe zu greifen. Außerdem standen wir viel zu beengt auf der Randfläche des Scooters.

»Zu dumm, das Ganze«, schimpfte Verrevin. »Jetzt muss ich Sie alle töten. Das wirft mein großes Projekt um mindestens ein Jahr zurück.«

Und da passierte es: Bedingt durch die Enge stolperten die gehandicapte Bürgermeisterin und ihr Ordnungsamtsleiter auf die Fahrfläche des Scooters. Wie in einem Sog folgten wir alle. Im gleichen Moment verstärkte sich der Sprühnebel und das Stromabnehmergitternetz der Scooterbahn glühte plötzlich rot. Ich sah, wie sämtliche Boxautos beschleunigten wie bei einem Formel 1-Start. Mit einer höllischen Wucht fuhr Paul mit seinem Beifahrer Herrn Ackermann dem Professor in die Waden. Dieser verlor die Bodenhaftung und flog in hohem Bogen rückwärts über den Wagen und zerschellte etwa fünf Meter hinter diesem. Der auf das Fahrgeschäft begrenzte Sprühnebel verdichtete sich innerhalb einer Sekunde zu einem handfesten Regenschauer.

Reaktionsschnell wollte ich zu Verrevin rennen, was völlig misslang. Jacques' Regenaktion hatte ein Begehen der Fahrfläche unmöglich gemacht. Längst war die Stromzufuhr unterbrochen, alle Fahrzeuge waren an die Bande gerutscht und standen still. Die Scooterfahrer versuchten erfolglos auszusteigen, was wie ein Slapstick-Film aussah.

Jacques kam mit Dietmar Becker und Steffen Boiselle hinzu, der Regen hörte so plötzlich auf, wie er begonnen hatte. Die drei trugen Dielenbretter, die sie auf die Fahrfläche schoben. Kurze Zeit später war der Professor, der sich mehrere Knochen gebrochen zu haben schien, aber bei Bewusstsein war, festgenommen.

»Cool, Papa, wie weit der Mann geflogen ist«, ereiferte sich Paul. »War das ein Gauner? Darf ich noch mal?«

Jacques kam zu mir. »Ich werde doch alt. Es hat erst beim zweiten Anlauf geklappt. Und wegen des kurzfristig hohen Stromverbrauchs, immerhin habe ich ein paar Tausend Volt auf die Anlage gelegt, blieb das Riesenrad stehen.«

Im Hintergrund sah ich, wie KPD von Jutta und Gerhard aufgeklärt wurde. Anschließend kam mein Chef zu mir gestapft und nahm mich zur Seite.

»Herr Palzki, ist das wirklich wahr? Schiwab soll unschuldig sein? Das kann und will ich nicht glauben. Kommen Sie bitte Montag früh in mein Büro. Ich denke, Sie haben sich da in etwas verrannt und ein paar Unschuldige festgenommen.«

ENDE

KAPITEL 15B
WIE MAN'S DREHT UND WENDET

Es war sehr angenehm, die Dienststelle zu betreten, ohne KPD über die Füße zu stolpern. Vielleicht sollte ich mir angewöhnen, immer das komplette Wochenende zu arbeiten, und mir im Gegenzug drei oder vier Tage unter der Woche als Freizeitausgleich gönnen. Damit würde ich die Begegnungen mit KPD minimieren und meine Lebensqualität steigern. Wahrscheinlich würde mir meine Frau aber einen Strich durch diese vernünftige und lebensverlängernde Rechnung machen.

Einen kleinen Abstecher in KPDs Büro konnte ich mir nicht verkneifen. Den vorhandenen Spruch auf der weißen Tafel ergänzte ich kurzerhand mit einem ›Ich bin näher, als du denkst‹. Zum Abschluss des Besuchs malte ich noch einen Killroy unter meinen Spruch und drückte ein wenig ziellos auf dem Display der riesigen Kaffeemaschine herum. Nach mir die Koffeinflut.

Nach dieser prophylaktischen Stichelei inklusive persönlicher Genugtuung und Vorfreude auf nächste Woche ging ich zu Jutta. Wie nicht anders zu erwarten, waren sie und Gerhard bereits da.

»Nanu, was ist mit euch los? Warum so betrübte Gesichter? Löst ihr wieder Altfälle?«

Mir gelang es nicht, sie aufzuheitern. Meine Grundstimmung lag allerdings genauso tief im Keller.

»Setz dich zu uns und halt einfach deine Klappe«, motzte Gerhard.

Jutta hatte eine neue Dose Kekse als Stimmungsheber herausgerückt, über die ich mich sogleich hermachte.

Wir diskutierten über den Fall und unseren Plan, ohne zu einem vernünftigen Ergebnis zu kommen.

»Das ist ein saudummer Plan«, attestierte Gerhard, »die Leute ausgerechnet an solch einen Ort zu bestellen.«

»Du warst gestern Abend selbst dafür«, verteidigte ich mich.

»Weil du uns mit deiner These überfallen hast. Wir hatten gar keine Zeit, vernünftig darüber nachzudenken.«

Ich verschränkte eingeschnappt die Arme vor meiner Brust. »Dann warten wir halt bis Montag und überlassen alles KPD. Soll der auch mal seinen Erfolg haben.«

Damit waren die beiden nicht einverstanden.

Die Zeit verging, und wir drehten uns verbal im Kreis. Den einzigen vernünftigen Satz formulierte Gerhard, als er den Pizzadienst anrief.

Während ich meine zweite Pizza aß, läutete Juttas Telefon. Die Zentrale meldete Besuch an, der zu uns hochkommen würde.

»Keine Angst, es ist nicht KPD«, meinte Jutta, nachdem sie den Hörer aufgelegt hatte.

»Als ob KPD sich anmelden würde.«

Dietmar Becker und Steffen Boiselle traten ein. Der Student sah ziemlich verwegen aus, hatte er doch einen Kopfverband auf, der haargenau wie der aussah, den ich auch hatte.

»Guten Tag«, sagte der sichtlich mitgenommene Student. »Ich hoffe, wir stören nicht.«

Ohne eine Antwort abzuwarten, setzte er sich, und Boiselle tat es ihm nach.

»Wir haben leider nichts mehr zu essen«, sagte ich mit

vollem Mund, während ich die letzten Bissen meiner Pizza hinunterschlang.

»Wir haben keinen Hunger«, sagte der Cartoonist.

Jutta interessierte sich für den Studenten. »Wie geht es Ihnen, Herr Becker? Reiner hat uns erzählt, dass Sie schwer verletzt wurden.«

»Na ja, so schwer nun auch wieder nicht«, schwächte ich ab.

»Ich habe ziemliches Glück gehabt«, wehrte sich Becker. »Ein Millimeter tiefer und es wäre um mich geschehen gewesen. Hat Matthias gesagt. Matthias Metzger, der muss es als Fachmediziner schließlich wissen.«

»Und warum sind Sie nicht im Krankenhaus?«, fragte ich neugierig.

Er versuchte sich im Lachen, was sichtlich zu Kopfschmerzen führte. »Ich habe diese Woche gesehen, wie das bei Ihnen so läuft, Herr Palzki. Matthias hat mich grundversorgt und ein paar Spritzen injiziert, danach ging es mir fast wieder gut. Der Verband sieht etwas übertrieben aus, aber sonst ist alles in Ordnung.«

»Erzähl schon, was wir wissen«, drängte der Cartoonist.

»Immer langsam«, beschied ihm sein Freund. »Herr Palzki will bestimmt hören, was in Großfischlingen passiert ist, oder?«

Mit übertriebenen Ausschmückungen erzählte er von dem Aufeinandertreffen mit dem Rothaarigen, der ihn, so wie er behauptete, erst nach langem Kampf k. o. schlagen konnte.

Neue Erkenntnisse ließen sich aus seiner Erzählung nicht gewinnen.

»Genauso weit waren wir auch schon«, sagte ich nach Beendigung seiner Münchhausen-Geschichte.

Becker und Boiselle grinsten. »Das Beste habe ich für den Schluss aufgehoben.«

Beckers Ankündigung machte uns durchaus neugierig.

»Ich bin gestern Abend mit Matthias noch Essen gegangen. Da Sie ohne mich heimgefahren sind, hat er das übernommen. In Speyer haben wir einen Zwischenstopp bei der Currysau eingelegt.«

Er legte eine kleine spannungsfördernde Pause ein. »Und jetzt kommt's: Wie mich der Inhaber der Imbissbude mit meinem Verband sieht, lacht er und erzählt, dass heute schon mal jemand bei ihm war mit so einem Mordstrumm auf dem Kopf. Mir war natürlich sofort klar, dass Sie das waren, Herr Palzki.«

Ich gähnte künstlich, um ihm zu signalisieren, wie wenig mich das interessierte.

»Der Inhaber hat uns erzählt, dass Sie ihm von den Ermittlungen berichtet haben. Dürfen Sie das überhaupt?«

»Wollen Sie das infrage stellen?«, polterte ich los. »Wollen Sie mir sagen, wie ich meine Ermittlungen zu führen habe?«

»Das nicht«, sagte Becker und grinste. »Aber der Chef von der Currysau hat vielleicht den Fall gelöst. Er erzählte uns von seinen Schlussfolgerungen. Und was soll ich sagen: Das passt alles, Herr Palzki. Ich kann Ihnen sagen, wer der Täter ist. Und das nur aufgrund eines Besuches bei Ihrem Lieblingsimbiss.«

Ich kürzte die Diskussion ab und nannte ihm meinen Verdächtigen. Beinahe wäre der Student von seinem Stuhl gefallen.

»Sie wissen das bereits, Herr Palzki?«

»Hat man Ihnen das bei der Currysau nicht gesagt?«

Becker schützte einen kurzen Kopfschmerzanfall vor, um sich beruhigen zu können. »Ich habe den Inhaber so verstanden, dass er die Schlussfolgerung erst gemacht hat, nachdem Sie weg waren. Wer ist nun auf den Täter gekommen? Der Currysauchef oder Sie?«

Ich fixierte ihn eindringlich. »Ist das wirklich eine Frage, Herr Becker?«

Zum Glück hakte er nicht weiter nach, meine Ehre war wiederhergestellt.

Der Cartoonist klinkte sich in die Diskussion ein. »Warum verhaften Sie die Person nicht, wenn es feststeht, dass sie der Mörder ist?«

»Wir verhaften niemanden«, antwortete ich.

Auf sein fragendes Gesicht erklärte ihm sein Freund: »Du hast die falsche Frage gestellt, Steffen. Verhaften darf nur ein Richter. Einfache Polizisten dürfen Personen nur vorläufig festnehmen, das ist ein großer Unterschied.«

»Ich gebe Ihnen gleich eine auf die Mütze, von wegen einfacher Polizist«, griff ich ihn entrüstet an und zog ihm zur Strafe die Schachtel mit den Keksen weg.

»Das war nicht so gemeint, Herr Palzki.«

Ich ignorierte ihn und sprach Boiselle an. »Erstens ist es trotz Indizien nur eine nicht beweisbare Vermutung, zum Zweiten muss es Hintermänner geben, die wir bisher nicht kennen.«

Der Student war in seinem Element. »Das wäre doch etwas für einen tollen Showdown auf dem Wurstmarkt, gleich heute.«

Meine beiden Kollegen und ich konnten es nicht fassen. Wie konnte Becker unabhängig von uns auf den gleichen Gedanken kommen? Wusste er vielleicht längst, dass durch unsere trickreiche Vorbereitung sämtliche Verdächtige heute Abend auf den Wurstmarkt kommen würden? Hatte einer der Verdächtigen mit Boiselle darüber gesprochen? Gehörte er gar zur Tätergruppe und wir hatten ein Kuckucksei bei uns sitzen?

»Und wie wollen Sie das anstellen?« Ich versuchte, möglichst naiv zu klingen.

Der Student zog eine traurige Miene auf. »Ich wollte Ihnen eine Freude machen und Ihren Freund Jacques mitbringen, doch das hat nicht geklappt. Der wüsste bestimmt eine Lösung«, fügte er noch an.

»Jacques, was ist mit ihm?« Natürlich hatten wir heute mehrfach über den Erfinder gesprochen, und es fehlte nur noch eine Winzigkeit an Überzeugungsarbeit gegenüber meinen Kollegen, Jacques mit ins Boot zu nehmen.

»Er ist krank«, meldete Becker.

Mein Herz pochte, Jacques krank? Er war noch nie krank gewesen in seinem Leben, von eingewachsenen Fußnägeln abgesehen. »Was hat er?«, fragte ich nervös. »Braucht er mich? Soll ich zu ihm fahren?«

Becker beruhigte mich. »Er ist nicht im herkömmlichen Sinn krank. Er hat eine depressive Verstimmung, weil er wahrscheinlich einen alten Mann umgebracht hat.«

Er bemerkte, dass er die Sache näher erklären musste. »Jacques darf bei manchen Fahrgeschäften, ich meine diese schnellen Karussells, die sich wie wild in alle möglichen Richtungen drehen, vor der offiziellen Fest-Eröffnung ein wenig experimentieren. Letztes Wochenende war er auf dem Wurstmarkt, und durch Jacques' Versehen hat sich das Fahrgeschäft physikalisch anders verhalten als normalerweise. Ein paar Jugendliche sollen die Fahrt genossen haben, doch einen zufällig eingestiegenen alten Mann soll es laut Betreiber schlimm erwischt haben. Jacques glaubt nun, dass er den Mann auf dem Gewissen hat. Aus diesem Grund hat er sich eine Auszeit genommen. Als wir bei ihm waren, hat er gerade seine Koffer ins Auto getragen. Wohin er fährt, hat er nicht verraten.«

Schlagartig wurde mir bewusst, dass ich diese Teufelsfahrt Jacques zu verdanken hatte. Dennoch, ich musste in den nächsten Tagen zu ihm und ihn beruhigen. Hoffentlich hatte er seine Urlaubsadresse bei den Nachbarn hinterlegt.

Gerhard und Jutta wussten sich in der Not nicht anders zu helfen, als den beiden Nichtbeamten von dem forcierten Treffen auf dem Wurstmarkt zu erzählen.

»Das ist ja wunderbar!« Beckers Gesicht glühte vor Aufregung. »Was haben Sie im Detail vor?«

Allgemeines Schulterzucken war die Antwort.

Boiselle fasste zusammen: »Scheint mir noch nicht so ganz ausgereift zu sein, Ihr Plan. Aber der Pfälzer liebt es schließlich für gewöhnlich spontan.«

»Ich kenne die Attraktion«, sagte der Student. »Bei meinen Recherchen zum Rummel-Guide habe ich es ausführlich getestet, weil es so vielfältig ist. Da können wir bestimmt das eine oder andere drehen, auch ohne Jacques.«

»Wir?« Ich fasste es nicht. »Niemals lasse ich das zu.«

Nachdem ich mich nach einer an- und aufregenden Diskussion abgeregt hatte, fuhren wir zu fünft in zwei Wagen nach Bad Dürkheim. Hoffentlich wird nie jemand erfahren, mit welcher Naivität wir an diese Sache rangingen. Alles war besser, als die Ermittlungen nächste Woche KPD zu überlassen.

Das *House of Mystery* war weder Fahrgeschäft noch Geisterbahn. Der zahlende Wurstmarktbesucher musste sich in dem verwinkelten Gebäude einen Weg durch lauter Widrigkeiten bahnen, um am Ende heil zum Ausgang zu kommen. Da ich solche Geschäfte durch meine Kinder zur Genüge kannte, wusste ich, was einen dort erwartete: Schwankende Fußböden in annähernd abgedunkelten Räumen, ein gläserner Irrgarten, der für Stirn und Nase nicht ungefährlich war, drehende Tonnen, durch die man laufen musste, um nur ein paar wenige Dinge zu nennen.

Da Dietmar Becker den Betreiber des *House of Mystery* durch seine Rummelguide-Aktivitäten kannte, war dieser mit unserem Vorhaben einverstanden, zumindest auf die Art, wie es ihm Becker erzählte.

»Ich habe ihm gesagt, dass Sie von dem Verlag des Rummelguides sind und einer Kommission angehören. Sie wollen schauen, ob sein Geschäft eine besondere Präsentation in dem Buch bekommen kann. Eine sogenannte Hinter-den-Kulissen-Tour. Er grinste. »Er hat uns freie Hand gegeben, solange keine Besucher verletzt oder belästigt werden.«

»Hallo, Herr Palzki«, rief es von der anderen Seite des Weges. Herr Paul von der Pfalzweinwerbung kam auf mich zu. »Na, genießen Sie auch den schönen Samstag? Im Weindorf präsentieren wir nachher ein paar Weine, wollen Sie dazustoßen? Sie sind herzlich eingeladen.«

Ich benutzte die nicht unübliche Notlüge, dass ich meine Kinder dabeihatte. Paul bedauerte und verabschiedete sich kurz darauf. Ob er etwas ahnte? Schließlich gehörte er zu dem Kreis der Personen, die wir anonym auf den Wurstmarkt eingeladen hatten. Es war zwar noch zu früh, vielleicht sondierte er die Lage.

Während ich Paul nachschaute, entdeckte ich im Getümmel der Besucher Frau Schreieck nebst Mann und kleinem Kind. Sie gehörte nicht zu unseren anonym eingeladen Personen und musste folglich zufällig hier sein.

Es gelang mir erfolgreich, mich hinter einem Imbissstand zu verstecken. Der Ort weckte Gefühle in mir: Hungergefühle.

Leider hatte ich keine Möglichkeiten, diese zu befriedigen: Frau Haller hatte mich entdeckt. Verdammt, warum kamen die alle so früh? Wo steckten Gerhard, Jutta und die beiden anderen? Ich hatte nicht einmal die Zeit gehabt, mir das mysteriöse Haus im Detail anzuschauen.

»Mit Ihnen habe ich nicht gerechnet, Herr Palzki«, begrüßte mich Frau Haller.

»Nicht gerechnet?«, entgegnete ich abwartend. »Ich verstehe nicht.«

»Haben Sie keine Einladung bekommen? Das nehme ich Ihnen nicht ab, dass Sie nur zufällig hier sind. Waren Sie schon im *House of Mystery*? Kommen Sie, ich lade Sie ein.«

Ich hatte längst bemerkt, dass sie eine Weste über ihrem Arm trug, die ihre Hand komplett verdeckte. In der Hoffnung, von meinen Kollegen beobachtet zu werden, ging ich mit ihr zum Kassenhäuschen. Sie brachte es tatsächlich fertig, mit nur einer Hand zu zahlen.

»Herr Palzki!«, schallte eine energische Stimme über den Wurstmarkt, die mich mehr als irritierte. »Ich dachte, Sie wollen sich zu Hause kurieren?« KPD stapfte in feinstem Zwirn auf mich zu. »Wollen Sie da rein?«, fragte er. »Können Sie das Dingsbums empfehlen? Ach was, ich vertraue Ihnen ausnahmsweise. Wir können uns drinnen weiterunterhalten.« KPD zückte seinen Geldbeutel.

»Das ist ein entfernter Bekannter«, nuschelte ich Mara Haller zu. »Der ist gleich wieder weg.«

Zu dritt begannen wir mit der Rundreise. Es ging eine Treppe mit beweglichen Stufen nach oben.

»Sie sind sportlicher, als ich dachte«, bemerkte KPD sarkastisch, der sich an die Spitze gesetzt hatte. Wir kamen in einen abgedunkelten Raum, in dem zahlreiche Zerrspiegel standen. Überrascht nahm ich zur Kenntnis, dass sich in diesem Raum die Dürkheimer Prominenz versammelt hatte und offensichtlich auf jemanden wartete. Sie mussten das Gebäude in dem Moment betreten haben, als ich mich hinter dem Imbissstand versteckte.

»Haben Sie uns hierherbeordert?«, polterte die Bürgermeisterin Wilma Bier los. Der Kripoleiter Schiwab funkelte KPD böse und zugleich nervös an.

Mara Haller war ebenso verblüfft, begrüßte die beiden aber genauso wie den Marktmeister Ronald Hop. KPD verstand überhaupt nichts, was eigentlich keiner Erwähnung wert war.

Ich hoffte, dass meine Kollegen auf Zack waren. Wir hatten nicht einmal abgesprochen, wie wir auf solche Situationen reagieren würden.

»Hallo, alle miteinander. Toll, dass es mit diesem Treffen geklappt hat. Zwar etwas früh, aber was soll's. Interessiert sich jemand dafür, wer der Mörder ist?«

Ich hatte meine Ansage bewusst so formuliert, als stände jetzt die Auflösung eines harmlosen Krimidinners an, bei denen die Gäste etwas gewinnen konnten, falls sie richtig geraten hatten.

»Sie haben genügend Beweise gegen Schiwab?«, herrschte mich KPD überrascht an.

Ich schüttelte den Kopf. »Nein, Herr Diefenbach. Unsere Gauner heißen Wilma Bier und Ronald Hop.« Ich fixierte die beiden, die nebeneinanderstanden. »Stimmt's?«

Die Bürgermeisterin reagierte mit einem schrillen Lachen. »Das ist köstlich, Herr Palzki. Eine Bürgermeisterin als Mörderin. Wie kommen Sie auf diese Schnapsidee?«

»Ganz einfach«, begann ich mit der Auflösung. »Sie haben mich in Bad Dürkheim getroffen, als ich auf dem Weg zu dem Informanten war. Sie waren die Einzigen, von Herrn Diefenbach abgesehen, die wussten, wo ich hinging. Und dass Herr Hop seit Jahrzehnten aktives Mitglied in einem Schützenverein ist, nun ja, das passt haargenau ins Bild.«

Das auf meine Feststellung folgende Schweigen war sehr kurz. Die beiden entlarvten sich als Täter, indem sie Schusswaffen zogen.

»Schade, dass ich Sie nicht auch so gut getroffen habe«, meinte Hop gehässig. »Leider müssen wir jetzt Plan B ausführen, meine Liebe«, sagte er zur Bürgermeisterin. »Nehmen wir den Personalausgang.« Er zeigte in Richtung des Glaslabyrinths. »Bitte gehen Sie alle langsam durch das Labyrinth. Wir folgen Ihnen mit gezückter Waffe. Am Ende des Labyrinths befindet sich auf der linken Seite eine kleine Notausgangstür. Die nehmen wir.«

»Und dann geht's zur Saline«, fuhr Wilma Bier fort. »Zum Glück sind wir für Notfälle vorbereitet.« Sie lachte dumpf.

Das Labyrinth war nicht wirklich eine Herausforderung. Mara Haller hatte die Führung übernommen, dann kamen ich, KPD und Ronald Hop. Nach dem schweigsamen Arnold Schiwab folgte die Bürgermeisterin.

Dann passierte etwas Seltsames. KPD war gerade als Dritter aus dem Labyrinth herausgetreten, als wir ein Schleifgeräusch vernahmen.

»Autsch!« Der Marktmeister war frontal an eine Glasscheibe geknallt, obwohl er den gleichen Weg wie wir genommen hatte. Zwei Meter weiter hinten ging es der Bürgermeisterin genauso. Wie aus heiterem Himmel standen auf einmal Gerhard, Jutta, Becker und Boiselle da und überwältigten Hop und Bier, die durch den Zusammenstoß mit der Glasscheibe ihre Waffen verloren hatten.

Wütende Gesichter, klickende Handschellen und ein pochendes Herz: Das waren meine ersten Eindrücke.

»Sauber haben wir das hingekriegt«, meinte die völlig entspannte Jutta. »Wie hat dir unsere Vorstellung gefallen, Reiner?«

Sie zeigte auf eine ganze Reihe an Führungsschienen, die die Fläche des Labyrinthbodens durchzogen. »Die Glasscheiben sind zum Tragen viel zu schwer«, erläuterte sie. »Die werden auf die Laufschienen gesetzt und an ihre berechnete Position gezogen. Auf diese Weise kann man den Irrgarten variieren. Wir haben nichts weiter gemacht, als die Verankerungen gelöst und im richtigen Moment den beiden den Weg versperrt.«

»Sagenhaft«, belobigte ich sie. »Das solltet ihr aber rückgängig machen, bevor sich ein Besucher verletzt.«

»Längst geschehen«, sagte Gerhard. »Außerdem haben wir am Eingang Bescheid gegeben, dass niemand zu uns reindarf. Wir mussten uns zwar als Beamte outen, aber sicher ist sicher.«

KPD kam auf uns zu. »Was soll das? Warum wurden wir bedroht?«

Jutta nahm ihn zur Seite und erklärte ihm die Lage. Bier und Hop hatten in dem »House of Mystery« mit ihren gebundenen Händen keine reelle Chance zu entkommen. Die vor uns liegende Wellenrutsche ins Erdgeschoss würde für die beiden zwar eine Herausforderung darstellen, doch mein Mitleid hielt sich stark in Grenzen. Gerhard und Jutta waren vorgerutscht, und ich gab dem Scharfschützen Hop noch eine Extraportion Schwung, sodass er bei der ersten Welle beinahe aus der Bahn getragen wurde.

Unten erwartete uns eine weitere Überraschung, auf die auch meine Kollegen nicht vorbereitet waren: Professor Verrevin stand am Ende des Vorraumes mit gezückter Schusswaffe. Den blassen Gesichtern von Gerhard und Jutta entnahm ich, dass es dieses Mal keine vorbereiteten Tricks gab.

»So ein Mist«, brüllte Verrevin in Richtung Hop und Bier. »Ihr habt euch überrumpeln lassen wie Kleinkinder. Alles muss man selbst machen. Durch euch wird mein großes Projekt bestimmt um ein Jahr verzögert.« Er schnaubte. »So viele habe ich noch nie auf einmal umgebracht, aber irgendwann ist immer das erste Mal. Schade, dass auch mein Cousin Steffen dabei ist.« Er blickte zu Hop. »Ist bei den Salinen alles vorbereitet?«

Wilma Bier winselte. »Aber Herr Professor, wir können noch alles zum Guten wenden.«

»Nichts da«, beschied ihr Verrevin zornig. »Wer Fehler macht, muss sterben. Los, auf geht's!«

»Mama, hilf mir!«

Der Professor drehte sich erschrocken zu dem Hilferufenden um. Um zum Ausgang zu gelangen, gab es nur einen Weg: durch eine rotierende Tonne in Fassform. Und in diesem Fass torkelte ein junger Mann, der nicht mehr wusste, wo unten und oben war. Von der anderen Seite traten im gleichen Moment mehrere Seniorinnen in das sich drehende Fass.

»Jürgen, wir kommen«, brüllte eine der Damen mit einer Sirenenstimme.

Im gleichen Moment, in dem ich unseren Jungkollegen Jürgen erkannte, fiel er hin und wurde sofort von dem drehenden Fass in die Höhe gezogen. Aufgrund des seitlichen Schwungs schauten seine Beine aus der Tonne heraus und wickelten sich um Verrevins Hals, der dadurch unweigerlich mit in das drehende Karussell gezogen wurde.

Die Handvoll Seniorinnen, darunter Jürgens Mama, hatten ihre Bodenständigkeit überschätzt. Wie in einem Wäschetrockner wurden die Individuen zu einer großen, verknoteten Masse verdichtet und herumgeschleudert.

Jutta reagierte und fand den Notaus-Knopf.

Der Cartoonist fischte mit einem beherzten Griff Verrevins Waffe aus dem nun stillstehenden Fass, was mir eine weitere Schrecksekunde bescherte. Doch Boiselle nahm die Waffe am Lauf und reichte sie mir. »Nicht, dass damit etwas passiert.«

Gerhard knotete den Professor aus dem Menschenknäuel und verpasste ihm Handschellen. Jutta hatte zeitgleich per Handy einen Notarzt informiert. Wie es sich zeigte, war dies überflüssig. Jürgens Mutter und ihre Freundinnen erwiesen sich als sehr agil und sportlich. Die blauen Flecken nahmen sie mit Humor, allerdings konnte dies auch an ihrem Alkoholkonsum liegen.

»Das war so was von oberaffengeil«, flötete eine mindestens 90-Jährige mit mindestens zwei Promille. »Das war noch besser als das Scooterfahren.«

Nur Jürgen war stark mitgenommen. Seine Mutter kniete neben ihm und hielt Händchen. »Bubi-Häschen, was ist denn los mit dir?«

Unser Jungkollege erstarrte, weil er sah, wie ich mich wegen des Kosenamens wegdrehte.

Der Dürkheimer Kripochef hatte Beamte seiner Dienststelle angefordert, die sich um die drei Gefangenen kümmerten.

Während KPD mit Jutta diskutierte, wandte ich mich an Jürgen. »Wie seid ihr überhaupt in dieses *House of Mys-*

tery gekommen? Gerhard hat doch den Eingang schließen lassen.«

»Ach, deshalb«, antwortete Jürgen, der immer noch von seiner Mama getätschelt wurde. »Meine Mama dachte, das gehört zu dem Konzept dieser Attraktion. Darum sind wir durch den Ausgang reingegangen.«

»Na, du bist mir ja ein schönes Bubi-Häschen«, sagte ich zu ihm und ließ ihn in Ruhe. Dann kam KPD auf mich zu.

»Herr Palzki«, begann er. »Ich habe das zwar nicht ganz verstanden, was sich da eben abgespielt hat. Dass Arnold Schiwab unschuldig sein soll, das kann und will ich nicht glauben. Kommen Sie bitte Montag früh gleich in mein Büro, dann kümmere ich mich persönlich um den Fall. So langsam wird es Zeit, dass ich die Ermittlungen zu einem erfolgreichen Ende bringe.«

ENDE

EPILOG

KPD konnte es drehen und wenden, wie er wollte: Seinem Lieblingsfeind Arnold Schiwab war nichts nachzuweisen. Selbst mit zweifelhaft konstruierten Indizien war nichts zu machen. Mein Chef gab natürlich mir die Schuld, weil ich seiner Meinung nach nicht intensiv genug ermittelt hatte.

Selbstverständlich versuchte ich herauszufinden, warum Schiwab und KPD mit allen Mitteln versuchten, die Neustadter Beamten aus den Ermittlungen herauszuhalten. Inzwischen wusste ich, dass die beiden während ihrer Ludwigshafener Zeit einen Monat lang eine Art Praktikum in Neustadt durchführen mussten. Leider sind die Unterlagen zu dieser Zeit verschollen. Nicht einmal ein Protokoll konnte mein darauf angesetzter Spitzel finden.

Claude Verrevin, seine akademischen Titel stellten sich schnell als Fälschung heraus, stammte aus einer angesehenen französischen Familie mit mafiösem Geschäftsgebaren. Vor allem in jungen Jahren soll er es ziemlich wild getrieben haben, und mehr als einmal war er nah dran, den Rest seines Lebens hinter französischen Gardinen zu verbringen. Erst die Änderung seines Vornamens, seines Lebenslaufs und das Hinzufügen der Titel konnte ihm in der deutschen Weinszene ein gewisses Renommee einbringen. Sein Cousin Steffen wusste nichts davon.

Sein Größenwahnprojekt Mittelalterdorf auf dem Wurstmarktgelände wurde nach seiner Festnahme ausgesetzt. Dass es nicht sofort zu Fall gebracht wurde, lag daran, dass es nach Bekanntgabe der Details viele Fürsprecher für dieses Projekt gab.

Verrevin wäre nicht Verrevin, wenn er nicht auch bei den Ausschreibungen der Weinfeste mitgemischt hätte. Ein französisches Konsortium, natürlich unter seiner Leitung, hatte bereits rund zwei Drittel aller Pfälzer Weinfeste vereinnahmt. Damit verfolgte er einen tieferen Sinn: Er wollte keineswegs die Region mit französischem Zwangswein überfluten, sondern sich die Pfälzer Winzer zwangsgefügig machen. In seinem Auftrag sollten sie nämlich ausschließlich die neue Rebsorte anbauen, die am Geilweilerhof als der perfekte Wein entwickelt wurde. Durch eine geschickte Vertragsgestaltung wäre nicht das Julius-Kühn-Institut beziehungsweise der deutsche Staat mit seinem Bundessortenamt Lizenzgeber gewesen, sondern Verrevin persönlich.

Der Pseudoprofessor war ebenso für die Ermordung Schwagers verantwortlich. Sein gefügiger Mitstreiter Ronald Hop ermordete in seinem Auftrag Britta Zapfenstreich und den Informanten im Kurpark, der sich als weiterer Mitarbeiter des Geilweilerhofes und enger Vertrauter Verrevins herausstellte. Er hatte genug von seinem herrschsüchtigen Vorgesetzten und wollte reinen Tisch machen. Genauso erging es seinem Nachfolger, dem Latzhosenträger, der von einem gedungenen Killer in der Nudelfabrik ermordet wurde.

Der Bürgermeisterin selbst konnte kein Verbrechen nachgewiesen werden, sie war allerdings in die Pläne involviert und wusste zumindest von Hops Taten.

Dietmar Becker war längst dabei, das Erlebte literarisch zu verwerten. Zum ersten Mal kooperierte er dazu mit seinem Freund Steffen Boiselle, wie er mir kürzlich stolz erklärte. Ich war davon wenig begeistert. Überall, wo ich in letzter Zeit hinkam, standen Dubbegläser herum mit seltsamen Zeichnungen darauf. ›Du bist super gut getroffen, Reiner‹ oder ›Herr Palzki, alle Achtung‹ sind nur zwei der vielen Kommentare, die ich mir seitdem anhören musste.

DANKSAGUNG

Wer hat an der Uhr gedreht, ist es wirklich schon so spät?

In der Tat, das Abenteuer ist wieder einmal überstanden. Für Sie noch nicht ganz, denn die folgenden Anhänge bieten noch die eine oder andere Überraschung.

Ich bedanke mich bei Roland Poh, dem Marktmeister des Wurstmarkts und des Ordnungsamtes für die vielen Informationen über den Bad Dürkheimer Wurstmarkt. Die Ähnlichkeiten mit dem fiktiven Marktmeister im Roman sind natürlich, äh, was wollte ich sagen?

Frau Margit Harst vom Geilweilerhof in Giebeldingen zeigte mir ausführlich das Julius-Kühn-Institut und wusste auf all meine Fragen eine Antwort. Mein Dank gilt auch ihrem Kollegen Florian Schwander.

Immer am dritten Sonntag im September veranstaltet der Geilweilerhof einen Tag der offenen Tür. Am besten tragen Sie sich diesen Termin gleich in Ihren Terminkalender ein. Es lohnt sich!

Auch in Neustadt wurde ich mit Informationen gefüttert: Vielen Dank an Detlev Janik und seine Mitarbeiterin Susanne Breiling von der Pfalzweinwerbung.

Wo wir gerade in Neustadt sind: Die Zusammenarbeit mit Steffen Boiselle und seinem *100% PÄLZER!* macht sehr viel Spaß. Mehr dazu finden Sie in einem der Anhänge.

Ein besonderer Dank auch an Dr. Matthias Metzger, der ein weiteres Mal die Chuzpe hatte, mit all seinen Unfähigkeiten in diesem Roman aufzutreten.

Marco Fratelli, den Stammleser als Geschäftsführer des Bistumsverlags Peregrinus kennen, spielte mit seinem Einverständnis ebenfalls mit wie Corinna Schreieck von dem Unternehmen *Gutting Pfalznudel* in Großfischlingen. Nach bestätigten Meldungen gibt es dort jetzt die Original Palzki-Nudeln. Schauen Sie mal vorbei und lassen sich überraschen.

Vielen Dank auch an die Winzergenossenschaft Herxheim am Berg. Sie wissen nicht, warum? Dann lesen Sie die Anhänge dieses Buches.

Special Thanks an Robert und Jürgen Schmidt von der Currysau in Speyer.

Zum Schluss noch ein Hinweis zu Ihrer Beruhigung:

Ich werde selbstverständlich kein Lyrikbändchen veröffentlichen.

Außerdem hat sich in der Danksagung ein kleiner Fehler eingeschlichen. Haben Sie es bemerkt?

GLOSSAR

Reiner Palzki – *Kriminalhauptkommissar*
Stefanie Palzki – *seine Frau und die Kinder Paul, Melanie, Lisa, Lars*
Frau und Herr Ackermann – *Palzkis Nachbarn*
Jacques Bosco – *Erfinder und Freund Palzkis*
Klaus P. Diefenbach (KPD) – *Palzkis Chef*
Jutta Wagner, Gerhard Steinbeißer, Jürgen – *Palzkis Kollegen*
Dietmar Becker – *krimischreibender Student*
Dr. Matthias Metzger – *Notarzt*
Britta Zapfenstreich – *Wissenschaftlerin am Geilweilerhof*
Mara Haller – *Wissenschaftlerin am Geilweilerhof*
Felix Schwager – *Wissenschaftler am Geilweilerhof*
Professor Dr. Claude Verrevin – *Leiter Geilweilerhof*
Wilma Bier – *Bürgermeisterin Bad Dürkheim*
Ronald Hop – *Marktmeister Wurstmarkt*
Arnold Schiwab – *Kripoleiter DÜW*
Detlev Paul – *Geschäftsführer Pfalzwein*
Steffen Boiselle – *Agiro Verlag*
Marco Fratelli – *Geschäftsführer Peregrinus*
Corinna Schreieck – *Geschäftsführerin Pfalznudel*

KOMMISSAR PALZKI LIVE ERLEBEN

Die Palzki-Krimi-Show

Die Arbeitsgemeinschaft Klang und Mord präsentiert:

Pit Vogel (Percussion) und Harald Schneider vertonen unplugged die Palzki-Romane im Dialog als Hörspiel. Bizarre Geräusche und spontane Interaktionen mit dem Publikum machen die Veranstaltungen unverwechselbar.

- Eine Veranstaltung, die Sie so schnell nicht vergessen werden.
- 90 Minuten Spannung, Dialog, Schlagabtausch, Humor und Spontanität – Unterhaltung der ganz besonderen Tat.
- Ein eingespieltes Team mit Instrumenten, die Sie noch nie gesehen oder gehört haben – und das alles GEMA-frei.
- Eine in der Kurpfalz bekannte und etablierte Krimi-Serie rund um den skurrilen Kommissar Palzki.

Krimiduett Claudia Schmid und Harald Schneider
Die beiden Kurpfälzer Krimiautoren lesen jeweils gemeinsam aus Claudia Schmids und Harald Schneiders neustem Krimi.

Das erprobte kriminalistische Duo mit Spürsinn für Humor trägt mit schauspielerischem Einsatz die Szenen im Dialog und Rollenspiel vor.

© Jürgen Schmid

RAP – Read and Paint
Mit dem Cartoonisten Steffen Boiselle, bekannt für seinen *100% PÄLZER!* und Harald Schneider.

Steffen Boiselle zeigt, wie Palzki- und andere Cartoons entstehen, und gibt Tipps zum Selberzeichnen. Während Harald Schneider Passagen liest, werden diese von ihm gezeichnet. Alle während der Veranstaltung entstehenden Bilder werden verschenkt. Hören Sie Historisches über die Entwicklung der Cartoon- und der Regionalkrimiszene.

Es erwartet Sie ein bunter und abwechslungsreicher Abend.

BONUS 1: PALZKI UND DIE HISTORISCHEN FÄLLE

Es hätte so ein schöner Tag werden können.

Unser Vorgesetzter Klaus P. Diefenbach, den wir alle nur KPD nannten, hatte mal wieder eine seiner abscheulichen Ideen. »Wir müssen aus den Fehlern der Vergangenheit lernen«, meinte er bei der letzten Lagebesprechung und meinte damit natürlich die Zeit, bevor er die Laufbahn eines Polizeibeamten einschlug. »Das Archiv quillt über mit alten ungelösten Fällen. Wenn wir diese lösen könnten, würden wir unsere Aufklärungsquote verdoppeln.« Dass diese bereits bei 100 Prozent lag, interessierte KPD nicht die Bohne. Verschärfend kam hinzu, dass er mit den ungelösten Fällen Kapitalverbrechen meinte, die sich vor ungefähr 100 Jahren abgespielt hatten. Doch es kam noch schlimmer.

»Ich habe beschlossen, Herrn Palzki auf diese historischen Fälle anzusetzen«, meinte er unter dem Gelächter meiner Kollegen. »Herr Palzki hat immer so wenig zu tun. Da fällt es nicht so sehr ins Gewicht, wenn er mal eine Zeit lang nicht da ist.« Solche Gemeinheiten war ich von KPD längst gewöhnt. Doch ich schwor mir: Bei passender Gelegenheit würde ich es ihm gründlich heimzahlen.

So kam es, dass ich an diesem Mittwochvormittag zum Ludwigshafener Stadtarchiv in die Rottstraße fuhr. Der Archivar Helmut Friedel hatte bereits auf Anfrage von KPD ein paar höchst interessante Akten bereitgelegt. »Hier sind die Unterlagen von zwei ungelösten Mordfällen, die sich zu Beginn der 20er-Jahre des letzten Jahrhunderts ereignet haben«, meinte er mitleidsvoll und schob mir ein paar staubige Ordner zu. »Die sind ja auf Französisch«, erwiderte ich erschrocken, als ich den ersten Ordner öffnete und das Deckblatt sah. Friedel lachte. »Hat Ihnen das Herr Diefenbach nicht gesagt? Ich ging davon aus, dass Sie der Sprache unserer Nachbarn mächtig sind.« Unvermittelt kamen in mir schreckliche Erinnerungen an meine Schulzeit hoch. Meine Französischlehrerin hatte es bis zum Schluss nicht verstanden, dass die angeblich so schön klingende Sprache nicht für meine Zunge geeignet war. Das Erlernen beziehungsweise Nichterlernen dieser Fremdsprache hatte meine Schulzeit nachhaltig sehr geprägt. Aus Regressgründen muss ich leider auf das Erwähnen von Details verzichten. So kam es, dass sich meine Sprachkenntnisse auf nicht viel mehr als auf ›avec fromage‹ beschränkten. Damit kam man zumindest an jeder Imbissbude weiter.

Der Archivar weckte mich aus diesen Gedanken. »Keine Angst, die Akten wurden sehr gewissenhaft eins zu eins in die deutsche Sprache übersetzt.« Mein Aufatmen war wahrscheinlich drei Straßenzüge weiter zu vernehmen. Ich schnappte mir den ersten Ordner. ›Frauenleiche im Winterhafen‹ war dieser neben den unvermeidlichen Aktenkürzeln betitelt. An Heiligabend des Jahres 1920 wurde eine etwa 30-jährige Frau tot aus dem Winterhafen gezogen. Sie war nicht als vermisst gemeldet und ihre Herkunft blieb unbekannt. Der einzige Hinweis, ein ungarischer Roman in ihrer Handtasche, half nicht weiter. Mir auch nicht, daher beschloss ich, den Ordner zur Seite zu legen, und wandte mich dem nächsten Fall zu. Ein 28-jähriger Hilfspolizist wurde im Frühjahr 1922 in einer Eckkneipe im Hemshof ermordet. Einer seiner Kollegen berichtete im Aktenvermerk: ›Der Taglöhner Fritz Huber kam in die Polizeiwache gerannt und teilte dem diensthabenden Beamten mit, dass in einer Kneipe ein Polizist während eines Handgemenges zu Tode gekommen sei. Daraufhin fuhr ich mit dem diensthabenden Kollegen mit eingeschaltetem Martinshorn schnellstmöglich zu besagtem Etablissement. Der anwesende Wirt Hannes Müller berichtete, dass fünf ihm unbekannte Personen dem Hilfspolizisten aufgelauert haben. Nachdem sie ihm mehrfach eine Metallstange über den Kopf gezogen hätten, seien sie verschwunden. Aufgrund der Übermacht habe er nicht eingreifen können.‹ Es folgten die Beschreibungen der mutmaßlichen Täter. Ich kam ins Grübeln. Wie sollte ich aus den wenigen Angaben einen Täter ermitteln, zumal der oder die mit Sicherheit längst nicht mehr lebten. »Und, kommen Sie voran?«, fragte mich Herr Friedel. »Ich gebe auf«, antwortete ich, »zumal mir die Übersetzung fehlerhaft und unglaubwürdig erscheint.«

Frage: Was ist Palzki aufgefallen?
Lösung unter www.palzki.de

BONUS 2: PALZKI UND DIE WINZERGENOSSENSCHAFT HERXHEIM

Es hätte so ein schöner Tag werden können.

Vor nicht allzu langer Zeit hätte dieser Samstagabend zu einem der schlimmsten Tage meines Lebens gezählt.

Zum Dank für die Festnahme der Täter auf dem Dürkheimer Wurstmarkt wurden mir und meiner Frau ein Gutschein zu einer Weinprobe bei der Winzergenossenschaft Herxheim am Berg geschenkt. Die Winzergenossenschaft Herxheim liegt herrlich über den Weinbergen, direkt an der Deutschen Weinstraße, perfekt zum Wein trinken. Ehrlicherweise muss ich zugeben, dass ich nicht einmal wusste, ob Riesling ein Weiß- oder ein Rotwein war. Oder vielleicht sogar eine Mischung aus beiden.

Seit ich bei meiner letzten schwierigen Ermittlungssache kreuz und quer durch die Deutsche Weinstraße von Bad Dürkheim bis Landau fahren durfte, und dabei zum ersten Mal in meinem Leben intensiv mit dem Thema Wein konfrontiert wurde, sah ich die Sache etwas anders.

Wein konnte tatsächlich sehr nuancenreich sein, was ich vorher nie geglaubt hatte. Und ich muss sagen: Ich gewöhnte mich langsam an den Rebensaft. Der eine Wein schmeckte eher nach Vanillekaugummi, der nächste roch wie eine Mischung aus Boskop und nassem Kieselstein. Mit den Beschreibungen der Fachleute konnte ich nichts anfangen, daher hatte ich begonnen, die Weine nach eigenen Erfahrungen zu beschreiben. Schließlich funktionierte mein Geruchs- und mein Geschmackssinn einwandfrei. Ich war sogar so weit, dass ich überlegte, in naher Zukunft einen Weinführer zu schreiben. Mit den umschreibenden und nebulösen Begriffen, mit denen die Weine bisher beschrieben wurden, konnte der Otto-Normaltrinker wenig bis nichts anfangen. Hier brauchte man mal jemanden wie mich, der Tacheles redete und sagte, wie die Weine wirklich schmeckten.

Meine Frau Stefanie und ich standen mit einer ganzen Gruppe im Weinkeller und hatten gerade einen Rotwein im Glas, den der Kellermeister aus einem Holzfass gezapft hatte. Während der Geschäftsführer Thomas Vogel, der zusammen mit dem Kellermeister die Führung leitete, von abstrakten Aromen schwärmte, erkannte ich in dem Wein eher eine Mischung aus zartem Speck mit einem Spritzer Zitronenlimonade.

Nach der Führung durch den Weinkeller ging es wieder nach oben in den Neubau der Winzergenossenschaft. Die verglaste Vorderfront des Verkaufsraumes war der Knaller: Gleich einem Panorama konnte man die komplette Weinstraße von Weinheim bis fast nach Karlsruhe überblicken.

»Die Hanglage ist perfekt«, meinte Vogel. »Und unverbaubar. Unter uns liegt die Einzellage Herxheimer Himmelreich«, ergänzte er stolz.

Er zeigte auf mehrere größere Schalen, die auf der Theke standen. »Für die Führung haben wir etwas Besonderes vorbereitet. In jeder Schale befindet sich eine andere Weinsorte. Hier drin ist ein Müller-Thurgau, dort ein Morio-Muskat und in dieser Schale sehen Sie eine Scheurebe.«

Ich war gerade bei einer Riechprobe, als ein maskierter Mann in den Verkaufsraum kam.

»Hände hoch, Überfall«, schrie er mit einer kräftigen Stimme.

Ich wunderte mich, hatte der Typ das Gebäude mit einer Bank verwechselt?

»Die Tageskasse, aber flott«, schrie er in Richtung Geschäftsführer, während er mit einer Waffe auf ihn zielte.

Der verdutzte Geschäftsführer tat wie geheißen. Wenige Sekunden später war der Spuk vorbei.

Während Herr Vogel ans Telefon ging, um die Polizei zu rufen, sagte ich zu Stefanie: »Das war nur eine Schreckschusspistole, ich werde den Kerl verfolgen.«

Stefanie war damit zwar nicht einverstanden, doch was sollte sie tun?

Durch eine kleine Ungeschicklichkeit meinerseits passierte es, dass ich beim Losrennen versehentlich die Schalen mit den Weinsorten umwarf. Glücklicherweise waren sie so aufgestellt, dass der Rebensaft nicht auf den Boden floss, sondern in ein größeres Gefäß, das unter dem ganzen Arrangement stand.

Ich sah, wie der Räuber die schmale Steintreppe hinunter zur Weinstraße nahm und in Richtung Ortsmitte rannte.

Zu diesem Zeitpunkt ging ich davon aus, dass der Täter nicht allzu weit von hier sein Auto stehen hatte. Alles andere wäre wegen meiner nur befriedigenden Kondition nicht hilfreich. Ich täuschte mich: In der Ferne sah ich, wie der Typ in eine parkähnliche Anlage rannte. Dies musste der Schlossgarten sein, den während der Führung der Kellermeister begeistert erwähnte.

Als ich im Park angekommen war, hatte ich die Spur verloren. Ziellos schlich ich auf den diversen Wegen durch den Park. Plötzlich sah ich den Kerl in wenigen Metern

Entfernung hinter einem alten Baum hervorhechten. Die Verfolgungsjagd war kurz. Die Entfernung zwischen uns nahm rapide zu und schließlich konnte ich nur noch erkennen, wie er in einen weißen Wagen sprang und davonraste. Schwer atmend ging ich zu dem Baum und untersuchte den Ort, wo sich der Gauner verborgen hatte. Ich hatte Glück: Er musste einen Teil seiner Beute verloren haben. Ich nahm das Geld und ging, nun allerdings in gemächlicherem Tempo, zurück zur Genossenschaft. Gleichzeitig mit den von Herrn Vogel alarmierten Kollegen kam ich dort an.

Der Rest der Weinprobe wurde abgesagt, die Gäste hatten allesamt dafür Verständnis. Nachdem die Personalien aufgenommen waren, durften sie gehen. Zusammen mit meiner Frau blieben wir noch ein wenig und ich sagte den ermittelnden Beamten, dass ich am Montagfrüh noch einmal vorbeikommen würde, um ihnen die Stelle zu zeigen, wo ich den Teil der Beute gefunden hatte. Da inzwischen ein Unwetter über Herxheim wütete, konnten wir dies nicht sofort erledigen.

*

Zwei Tage später hatte Herr Vogel den Schrecken überwunden.

»Vielen Dank, Herr Palzki, dass Sie dem Täter nachgerannt sind und wenigstens einen Teil der Beute sicher stellen konnten. Ich muss Ihnen noch etwas anderes zeigen.«

Wir gingen zu der Theke, auf der mir am Samstag das Missgeschick mit dem Wein passiert war. Das Gefäß mit dem zusammengeschütteten Wein stand immer noch da. Der Kellermeister kam hinzu. »Absolut genial, dieses

Cuvée«, meinte er. »Ich hätte es nie für möglich gehalten, dass eine Mischung aus Müller-Thurgau, Morio-Muskat und Scheurebe so toll schmecken kann. Wir denken darüber nach, dieses Cuvée zu vermarkten.

Inzwischen waren auch die ermittelnden Beamten angekommen und wir machten uns auf den Weg in den Schlossgarten.

Ein jüngerer Kerl, der wenig vertrauenerweckend aussah, lungerte in der Nähe des Baumes herum. Als er die uniformierten Beamten sah, erschrak er fürchterlich.

Wir reagierten sofort und ließen uns seinen Ausweis zeigen, den er leider nicht dabeihatte.

»Was wollen Sie von mir?«, schrie er. »Darf man nicht mal mehr im Schlossgarten spazieren gehen? Oder hat das etwas mit dem Überfall auf die Winzergenossenschaft am Samstag zu tun?«

Sofort stellte ich eine Gegenfrage. »Das ist ja interessant. Woher wissen Sie davon?«

Der junge Erwachsene grinste uns an. »Das pfeifen längst die Spatzen von den Dächern. Außerdem habe ich mir vorhin am Kiosk *Die Zeit* gekauft. Da ist ein großer Artikel von dem Überfall drin.«

»Nehmt ihn mit«, sagte ich zu den Kollegen. »Er ist garantiert unser Mann.«

Frage: Was hatte Reiner Palzki bemerkt?
Die Antwort finden Sie auf der Internetseite der Winzergenossenschaft Herxheim. Dort können Sie auch sehen, was mit dem von Palzki unfreiwillig entstandenen Cuvée passiert ist: www.wg-herxheim.de

BONUS 3: PALZKI DUBBEGLÄSER: THE MAKING OF

Steffen Boiselle und ich kannten uns zwar vom Sehen, aber längere Zeit nicht persönlich. Hier mal ein freundschaftliches Zuwinken auf der Buchmesse, dort mal ein Händeschütteln im Vorübergehen. Das änderte sich, als Antje Geis, die Inhaberin der Oppauer Bauchhandlung Leseecke Pit Vogel und mich für eine Veranstaltung verpflichtete. Zum zehnjährigen Jubiläum lud Frau Geis ihre Stammkundschaft in das Oppauer Bürgerhaus zu einem Krimiabend à la Palzki ein.

Nach der Veranstaltung hatten Steffen und ich, der mit seiner Frau Ines unter den geladenen Gästen war, endlich die Möglichkeit, uns eine Weile zu unterhalten.

Schnell wurde klar, dass Steffens zeichnerisches Talent, das weit über die bekannten *100%-PÄLZER*-Cartoons hinausgeht, und Kommissar Palzki nach einer Zusammenarbeit schreien.

Was folgte, war ein denkwürdiger Abend in einer Neustadter Kneipe, bei dem auch Steffens Kompagnon Clemens Ellert anwesend war. Von den mich an dem Abend aus unbekanntem Grund schmerzhaft störenden Oberschenkelkrämpfen mal abgesehen, war es nicht nur ein sehr produktiver, sondern auch ein sehr angenehmer Abend. Die Chemie stimmte und wir waren bereit, die Welt neu zu erfinden.

Die Welt neu zu erfinden, dieses Projekt haben wir noch am gleichen Abend auf Priorität zwei verschoben. Zunächst gab es Wichtigeres zu tun, und das waren keine 148 E-Mails, die zu checken waren: Palzki sollte ein Gesicht bekommen.

Während Steffen sofort einen Stift auspackte und einen Bierdeckel malträtierte, kamen mir Bedenken.

Würden wir die vielen Milliarden Palzki-Fans ein Stückweit ihrer Fantasie berauben? Steffen konnte mich beruhigen. Ein Cartoon ist wie eine Karikatur. Sie überzeichnet die reale Figur. Jeder kann sich auch in Zukunft den realen Palzki und den Grad der Überzeichnung in den Cartoons nach seinen Wünschen vorstellen.

Steffens erste Kneipenskizzen (nun ohne Bierdeckel, da Clemens einen Block organisierte) näherten sich schnell meinen eigenen Vorstellungen, die ich von der Realfigur (glauben Sie es jetzt endlich?) Palzki hatte.

Aufgrund der oben beschriebenen Krämpfe und einiger Weizenbiere verlegten wir die Neuerfindung der Welt auf einen passenderen Zeitpunkt. Steffen erbat sich einige Tage Zeit, da er jede neue Figur (gemeint war natürlich die Realfigur Palzki) einige Dutzendmal zeichnen muss, bevor sie ihm in Fleisch und Blut übergeht. Das ist selbstverständlich sinnbildlich gemeint, denn Steffen sieht unserem beliebten Kommissar nicht im Entferntesten ähnlich. Dann schon eher Palzkis Kollegen Gerhard Steinbeißer. Aber den Grund verschweige ich ihm lieber.

Drei Tage später flutete Steffen meinen E-Mail-Eingang mit seinen ersten am Computer entwickelten Palzki-Cartoons. Mir blieb fast das Herz stehen. Ein Zusammenhang mit den Krämpfen und einem Magnesium- oder Kaliummangel war aber nicht der Grund. Die Cartoons waren einfach nur, ja, wie soll ich es sagen, okay, man muss auch mal über seinen Schatten springen können: Die Zeichnungen waren einfach nur geil!

Da ich zu dieser Zeit gerade die letzten Worte zu dem Palzki-Sonderband »Wer mordet schon in der Kurpfalz - Ein krimineller Freizeitführer« (Juli 2014) schrieb, konnte ich Steffen spontan überzeugen, zu jedem der elf Kurzkrimis einen passenden Palzki-Cartoon zu zeichnen. Mit diesem Husarenstück erblickte unser Kommissar früher als gedacht das Licht der Öffentlichkeit. Die Neuerfindung der Welt war näher gerückt.

Die veröffentlichten Cartoons waren aber lediglich ein Etappensieg. Wer sich schon einmal mit Steffens *100% PÄLZER!* beschäftigt hat (wer nicht, dem sei dringend zur Beseitigung der Bildungslücke die Verlagsseite unter www.agiro.de empfohlen), weiß, dass es von Steffen und Clemens neben Printmedien auch weitere sogenannte »Mördschändeising«-Produkte gibt.

Was würde zu einem Weinpalzki besser passen als Dubbegläser mit Kommissar Palzki-Motiv? Was für ein Glück, dass im vorliegenden Roman der natürlich rein fiktive Steffen Boiselle bereits die Gelegenheit hatte, mit dem natürlich rein realen Reiner Palzki zusammenzuarbeiten. Daher können wir Ihnen das ultimative Palzki-Dubbeglas präsentieren:

Erwerben können Sie dieses tolle Produkt in jeder gewünschten Menge in zahlreichen Buchhandlungen der Kurpfalz und vielen weiteren Verkaufsstellen mit Agiro-Produkten. Selbstverständlich funktioniert das auch ganz modern über Internet. Versuchen Sie es ruhig, wenn Sie mir nicht glauben.

Ob in Zukunft weitere Motive erscheinen werden, hängt auch von Ihrem Kaufverhalten ab. Denken Sie daher zum Beispiel jetzt schon an Ihre Weihnachtsgeschenke. Ich garantiere Ihnen, dass Sie noch nie solch eine entspannte Adventszeit erlebt haben, wenn Sie sich bereits heute mit allen benötigten Geschenken eindecken. Ein kleiner Tipp: Dubbegläser mit Motiv sind ein herrliches Geschenk, auch für Kinder, da sie 100% für Saft geeignet sind. Selbst Biertrinker können getrost zum Dubbeglas greifen, ich habe es selbst getestet.

Aus dem Verpackungsmaterial der 6er-Kartons Dubbegläser lassen sich riesige Türme basteln. Ab einer Europalette Kartons gibt es Sonderrabatt!

Und noch ein wertvoller Tipp zum Schluss: Zwei Palzki-Dubbegläser sind geradezu ideal, um Ihre große Palzki-Romansammlung als Buchstützen im Wohnzimmerregal einzurahmen. Da werden Ihre Besucher garantiert staunen und neidisch werden!

HARALD SCHNEIDER
Tote Beete

978-3-8392-1538-8 (Paperback)
978-3-8392-4371-8 (pdf)
978-3-8392-4370-1 (epub)

»Da haben wir den Salat!«

Hauptkommissar Reiner Palzki besucht mit seiner Familie nicht ganz freiwillig die Landesgartenschau in Landau, als plötzlich eine gewaltige Explosion das Gelände erschüttert. Ein Besucher ist tot, ein Gärtnermeister verletzt. Bei seinen Ermittlungen stößt Palzki auf dubiose Vorgänge, in die der Gärtner verwickelt war. Aber auch der bekannte Salathersteller, bei dem der Tote als Prokurist arbeitete, hat mehr als ein finsteres Geheimnis …

Das Neueste aus der Gmeiner-Bibliothek

Unsere Lesermagazine

Bestellen Sie das kostenlose KrimiJournal in Ihrer Buchhandlung oder unter www.gmeiner-verlag.de

Informieren Sie sich ...

www ... auf unserer Homepage:
www.gmeiner-verlag.de

@ ... über unseren Newsletter:
Melden Sie sich für unseren Newsletter an unter www.gmeiner-verlag.de/newsletter

f ... werden Sie Fan auf Facebook:
www.facebook.com/gmeiner.verlag

Mitmachen und gewinnen!

Schicken Sie uns Ihre Meinung zu unseren Büchern per Mail an gewinnspiel@gmeiner-verlag.de und nehmen Sie automatisch an unserem Jahresgewinnspiel mit »mörderisch guten« Preisen teil!